삶의 속도,
행복의 방향

삶의 속도,
행복의 방향

김남희 · 쓰지 신이치 지음

문학동네

차례

김남희

길 위에서 만난
내   인 생 의   남 자 들

인생은 끈 풀린 풍선 같다. 어디에 내려앉을지 예측할 수 없다는
점에서. 종착지를 상상할 수 없는 그 길에서 누구를 만나게 될지
는 더욱 알 수 없다. 쓰지 신이치 선생님과의 만남도 그렇게 뜻밖
의 장소에서 예상치 못한 방식으로 이루어졌다. 육 년 전 오키나와
로 향하던 '피스 앤드 그린 보트' 선상에서였으니. 첫 만남 이후 선
생님과 함께 부탄, 일본과 한국을 함께 돌아다니며 많은 사람을 만
났다. 그 사이 선생님은 내 삶에 가장 든든한 방향타가 되었다. 세
상이 흘러가는 속도와 방향에 마음이 표류하다가도 선생님의 글을
읽으면 다시 내가 걷고 싶은 길을 응시하게 된다. 바람 다 빠진 풍
선처럼 무기력하게 가라앉을 때, 선생님과 이야기를 나누면 다시
신선한 공기가 내 안에 조금씩 차오른다.

이 글은 그렇게 선생님과 함께 만난 사람들의 이야기다. 이상하게도 남자들의 이야기가 많다. '길 위에서 만난 내 인생의 남자들'이라는 제목을 붙이면 책이 좀더 팔리지 않을까 음흉한 생각을 해볼 정도다. 생명평화운동을 실천하시는 도법스님, 무려 삼십 년 전부터 공정무역을 통해 '슬로 비즈니스'를 구현해온 나카무라 씨, 부모에게 버림받은 문제아에서 일본 제일의 말馬치료사가 된 요리타 씨, 생명에 대한 사랑을 농사로 실천하는 가와구치 씨, 약한 이와 연대해 차별이 없는 사회를 꿈꾸는 자이니치 조박, 지구순례자로 불리는 생태평화운동가 사티시 쿠마르…… 가히 남자열전이라고 해도 될 정도다.

그들 중에서도 나를 뒤흔든 두 남자가 있다. 먼저, 홋카이도의 정신장애인 공동체 '베델의 집'에서 만난 시모노 군. 시모노 군은 내게 약함을 유대로 해서 살아가는 법을 가르쳐주었다. 이십 년이 넘는 세월 동안 정신장애를 앓아온 그가 보여준 미소와 넉넉함은 나를 완벽히 무장해제시켰다. 어째서 이토록 가혹한 시스템 안에서만 살아남으려고 발버둥쳐야 하는지를 되묻게 했다.

또다른 남자는 전기도, 도로도 없는 부탄의 산간마을에서 만난 깔마 왕축이다. 그는 자연의 속도에 맞춰 살아가는 삶의 아름다움을 보여주었다. 몸을 움직여 살아가는 느리고 불편한 삶이 주는 행복을 몸으로 말해주었다. 그 남자 덕분에 내 유전자 안에 남아 있을 원시성을 그리워하게 되었다.

눈치챘겠지만 이들은 평범한 남자가 아니다. 부와 명예, 권력과는 거리가 먼 남자들이다. 인생에서 다른 것을 이루고자 하는 사람들이다. 저마다의 방식으로, 자기만의 속도로, 자기 안의 평화를 이루어내며 살아가는 사람들이다. 기존의 시스템에 흡수되지 않고 자신의 세계를 지켜내는 사람들이다. 한마디로, 행복한 아웃사이더다. 그들은 질주하는 폭주기관차에서 과감히 내려 삶의 속도를 스스로 선택한 사람들이다. 99퍼센트의 사람들이 믿고 있는 행복으로 가는 길을 거부하고, 혼자 묵묵히 등을 돌려 반대쪽을 향한 사람들이다. 느리지만 평화로운 그들 삶의 모습은 행복의 다양한 얼굴을 내게 보여주었다.

이 책은 결국 평화와 행복에 관한 이야기다. 행복이 관계 맺음이라는 것을 그들이 내게 들려주었다. 나 자신과의 관계, 타인과의 관계, 자연과의 관계 맺음이 평화로울 때 행복할 수 있음을. 삶의 속도와 행복의 방향을 개인이 스스로 결정할 수 있음을, 그렇게 스스로 설정한 속도와 방향이 인생을 더 풍부하고 재미있게 만들어준다는 것을 말해주었다.

이들이 들려준 그토록 가슴 뛰는 이야기를 다분히 모자란 방식으로밖에 전할 수 없어 안타깝다. 하지만 훌륭한 선생님이 내 모자람을 채워주실 거라고 믿는다. 나는 내 수준에서 보고 느낀 것들을 가까스로 전할 수 있을 뿐. 모든 일에 느리고, 무딘 내가 겨우 잡아낸 것들을. 이 책을 쓰는 내내 선생님과 같이 책을 낸다는 부담에서 자유롭지 못했다. 하지만 이제는 담담히 받아들인다. 약하고, 보잘것없고, 낮은 목소리의 이야기도 그 나름의 의미를 갖는다는 것을, 꼭 나 같은 이들에게 가닿을 수 있다는 것을. 내 역할은 여기까지라고 생각한다. 부족한 글의 행간을 읽어내고, 더 멀리 나아가는 것은 영민한 독자들에게 맡긴다.

이 책을 준비하는 동안 마음이 맞는 편집자와 함께 일하는 즐거움이 컸다. 능력은 부족한데 게으르기까지 해 종종 좌절에 빠지는 나를 어르고 달래며 여기까지 끌고 와준 소영씨. 그녀가 없었다면 이 책을 끝내지 못했을 것이다. 선생님과 나의 글을 한국어와 일본어로 옮겨 작업을 도와준 번역가 전새롬씨에게도 감사를 전한다.

부탄과 한국과 일본을 가로지르며 만난 수많은 얼굴을 다시 떠올려본다. 혹여나 그들의 삶을 제대로 전하지 못했을까 두렵다. 이 책으로 누군가의 마음이 불편해지는 일만은 없기를…… '측은지심'. 언제부터인가 나를 붙들고 놓아주지 않는 이 단어에 깃든 마음을 그분들이 내게 가져주기를 바랄 뿐.

쓰지 신이치

당신은
행복한가요?

일본과 한국을 다니기 전에 나와 남희는 이미 두 차례나 상당히 특이한 여행을 함께했다. 여러분을 일본과 한국으로 안내하기에 앞서 우선 그 두 차례의 여행에 대해 언급해두고자 한다. 그 여정이 없었다면 우리가 일본과 한국을 함께 여행하는 일은 없었을 테니까.

나와 남희는 일본의 피스보트와 한국의 환경재단이 공동으로 띄운 '피스 앤드 그린 보트'에서 처음 만났다. 일본과 한국에서 각각 삼백 명씩 참가해서, 배를 타고 동아시아 각지를 다니며 그 이름대로 평화와 환경에 대해 조사하고 우리가 할 일을 연구하는 여행이었다. 나와 남희는 강사(피스보트에서는 도선사라고 부른다)로 초청받았고, 선상에서 열릴 한일 공동 토론회의 사회 진행과 총괄 업무를 맡았다.

내 역할은 녹록지 않아 보였다. 기항처가 오키나와, 대만, 한국이었는데, 세 곳 모두 과거에 일본이 식민지로 삼고 군사적으로 지배했던 나라와 지역이었다. 기항처만 봐도 예측할 수 있듯이 이 크루즈여행은 일본의 제국주의 시대를 돌아보는 여행이기도 했다. 도선사들도 오키나와, 대만, 한국의 예술가와 지식인이었으니, 어찌 보면 나 혼자 가해자 측에 속한 일본인으로서 집중공격을 받아 마땅한 상황이었다. 그처럼 입장이 민감한 내게 토론을 진행하라니. 토론회에서 삼백 명이나 되는 한국인들이 솜씨 한번 보자는 식으로 나를 뚫어져라 쳐다보았다.

그런 상황에 구세주처럼 멋지게 등장한 사람이 남희였다. 그녀 주위에는 이루 말할 수 없이 밝고 인자한 기운이 맴돌았고 토론회 첫 회의 때부터 '아, 이 사람이면 괜찮겠다'고 확신했다. 이내 우리는 좋은 동료가 되었고 친구가 되었다.

지금 돌이켜보면 한배를 탄 상황이 마치 오늘날 일본과 한국의 입장을 상징적으로 표현한 듯하다. 특히 환경 문제의 관점에서 보면, 일본이니 한국이니 하는 구분이 더이상 무의미해질 정도로 전세계적인 환경 위기의 시대에 우리 모두 동아시아라는 한배를 탄 동지이니 말이다.

게다가 배는 한번 타면 도망갈 수가 없으니 토론하고서는 마음에 안 든다, 집에 가겠다 소리를 못한다. 예전 같았으면 일본인과 한국인이 한자리에서 숙식을 함께하며 일주일을 보낸다는 자체가 큰 사건이었을 것이다. 하물며 오늘날 같은 비행기 시대에 성급하기로 1, 2위를 다투는 일본인과 한국인이 한가로이 크루즈나 타고 있다니, 그것만으로도 대단하지 않은가. 현시대 최대의 과제인 환경과 평화를 주제로 평소에는 정신없이 하루하루를 보내는 이들이 한자리에 모여 열띠고도 차분한 대화를 나누다니 그것만으로도 아름다운 일이었다.

그때를 떠올릴 때마다 가슴이 벅차오르고, 그런 자리에서 내가 토론을 진행해냈다는 게 아직도 믿기지 않는다. 내가 무슨 말을 했는지 전혀 기억이 나지 않는 것을 보면 그리 대단한 소리는 하지 않은 것 같고, 그만큼 남희가 토론회 총괄자로서 크게 활약한 것이 틀림없다.

그때 이래 남희라는 인물은 아무리 퍼올려도 끝없이 샘솟는 샘물처럼 나를 놀라게 한다. 무엇보다도 나는 그녀의 범상치 않은 집중력에 혀를 내두른다. 지금 바로 이곳에 집중하는 능력이라는 뜻으로 내가 '지금 여기今ここ' 파워라고 부르는 그 능력이야말로 그녀를 특별한 여행가로 만드는 비결 같다.

사실 인간은 '지금 여기' 파워가 든든히 받쳐주는 덕에 다른 인간 그리고 자연과 깊은 관계를 맺는다. 그녀와 함께 여행하면서 나는 도처에서 그녀 주위에 형성되는 훌륭한 연결고리를 목격했다. 그 첫번째 기회가 피스 앤드 그린 보트였던 셈이다.

두번째 여행은 부탄이었다. 아마 배에서 남희에게 부탄 이야기를 꺼냈던 것 같다. 이미 부탄에 네 차례 다녀온 내가 다섯번째로 관광객이 가지 않는 부탄 동부의 오지를 방문할 계획이라고 하자 그녀는 한 치의 망설임도 없이 "저도 가고 싶어요!"라고 대답했지 싶다. 남희의 "가고 싶다"라는 말이 가겠다는 소리와 다름없음을 나는 머지않아 깨달았다.

남희와 함께 부탄의 치몽 마을을 다녀와서도 한동안 망연했다. 부탄 자체가 어딘가 현실과 동떨어진 꿈 같은 나라인데 치몽 마을은 더더욱 꿈속의 꿈 같아서 도무지 현실의 일상과 연결되지 않았다. 그 마을 사람들의 한없이 깊고 넓은 친절함과 온화함 그리고 명랑함은 도대체 어디에서 오는 걸까.

그에 비해 나를 비롯한 일본 마을의 주민들이란! 성급하고 기다릴 줄도 모르면서 도리어 기다림을 아는 사람을 소극적이라느니 시대에 뒤떨어졌다느니 멸시한다. 하지만 우리야말로 앞으로만 쏠려 있는 사람들이며, 부탄 사람들은 앞뒤를 잘 살피며 미래와 과거 사이에서 균형을 유지하고 있다. 아직도 그런 이들이 이 지구상에 남아 있다니 얼마나 다행스러운가!

이렇게 이야기하면 틀림없이 인류학자들이 나를 비난하리라. 과거를 미화하고 오만한 시선으로 미개한 문화를 낭만적으로 그려내려는 일종의 오리엔탈리즘이라고. 어쩌면 나는 부탄의 마법에 빠진 것인지도 모른다. 그런들 어떠리. 아직은 잠시라도 마법에 빠져 살련다.

지금까지 총 아홉 차례 부탄을 방문했지만 치퐁 마을과의 만남은 단 한 번뿐이었으니 내게는 세상에서 가장 먼 마을인 셈이다. 지금 생각해보면 그런 곳에 남희와 함께 다녀왔다는 사실도 믿기지 않는다. 그런 꿈 같은 장소에 거뜬하게 발을 들여놓다니, 역시 남희는 대단한 인물이요, 일류 여행가답다.

남희는 카미노 데 산티아고 순례길을 걸었던 기행문으로 유명해졌으니, 어찌 보면 남희의 여행도 일종의 순례길인 걸까. 순례란 무엇일까? 경애하는 스승이자 친구인 사티시 쿠마르는 젊었을 때 평화를 위한 순례자가 되어 이 년 반 동안 세계를 걸어다니는 무전여행을 했다. 이후 사티시는 자신을 지구순례자라 부른다. 관광객에게는 목적지가 있지만 순례자에게는 목적지가 없다. 그는 인생이라는 여행도 마찬가지라고 본다.

남희와 함께 일본과 한국을 걸어다닌 여행을 담은 이번 책의 서두에 사티시가 내린 순례의 정의를 내걸어도 좋겠다.

"순례는 목적지를 향하지 않으며 그저 걸을 따름입니다. 거룩한 지구 위를 걷는 그 발 또한 신성합니다. 순례자는 이렇게 말합니다. '지구여, 나의 발을 받쳐주셔서 감사합니다. 당신의 몸을 짓밟는 것을 용서하십시오. 고맙습니다.' 감사야말로 순례의 마음입니다. 순례자는 가는 곳마다 경의를 느끼며 자신에게 장소를 맞추지 않고 자신을 그곳에 맞추고, 지나가는 곳을 망가뜨리지 않도록 가벼이 걷습니다. 순례는 그런 가벼운 행보입니다. 모든 사물은 신성한 선물이기에 순례자는 대지의 은혜를 낭비하지 않습니다. 순례는 인생 그 자체입니다."

사티시는 현대인이 걷기를 잊고 마치 발이 없는 듯 살아가는 게 큰 문제라고 이야기한다.

"걷는다는 행위 없이 몸과 마음, 영혼의 건강은 존재하지 않습니다. 걷기를 통해 우리는 대지와 맞닿아 지구를 느끼며, 지구를 통해 나무와 나비와 꿀벌 들에게 지혜를 얻으며, 두 발로 걷는 직접적인 경험을 통해 지혜를 얻습니다. 걷지 않고 탄생한 철학을 믿지 마십시오."

이제 슬슬 걷기에는 일가견이 있는 도보순례자 남희를 따라 나도 걸음을 옮겨볼까 한다. 가깝지만, 어쩌면 여전히 그 어느 나라보다 먼 두 나라로 떠나는 여행이다.

1

.

부탄

행복해지기 위해서는 무엇이 필요할까.
버릴 줄 알고, 포기할 줄 아는 마음이 우선이 아닐까.
이제 충분하다고 멈출 수 있는 마음,
나눌 줄 아는 마음도 행복의 조건이 아닐까.

쓰지 신이치

부탄의
슬 로 라 이 프

부탄이 어디가 그렇게 좋냐는 질문을 많이 받지만 그 신기한 매력에 빠졌다고밖에는 달리 할말이 없다. 나만 좋아할 게 아니라 다른 이들도 다녀오라고 적극 권하고 싶다.

부탄은 인도와 중국 사이의 히말라야 산속에 있는 작은 나라다. 아마도 세계에서 가장 늦게 근대화의 길을 걷기 시작한, 앞으로도 느릿느릿 나름의 속도로 걸어갈 나라다. 그 느림에 매료된 나는 그저 그 속도를 몸소 느껴보고 싶었다.

GNH라는 기이한 단어 덕에 나는 부탄에 관심을 가졌다. GNH는 1970년대 열일곱 살에 왕위에 오른 지그메 싱예 왕추크 제4대 국왕이 만든 신조어다. GNP(국민총생산)나 GDP(국내총생산)에서 Product(생산물)의 머리글자 P 대신 Happiness(행복)의 머리글자

H를 넣은 이 말은 굳이 번역하자면 '국민총행복'이다. 지그메 싱예 왕추크는 행복이야말로 국민과 국가가 추구해야 할 최고의 목표라는 철학을 내걸고 GNH의 중요성을 주창했다.

대부분의 국가가 경제성장을 추구하며 경쟁을 벌이는 시대에, GNH를 표어로 내건 부탄은 1970년대 이후 자기만의 속도로 독특한 근대화를 추진해왔다. 부탄의 이런 GNH 정책은 전 세계적인 경제성장노선과 세계화로 인한 심각한 폐해가 곳곳에서 드러나고 반세계화 움직임이 활발해지면서 더욱 부각되기 시작했다. 그저 끝글자만 바꾼 말장난이 아니라 GNH의 이면에는 경제적 부가 행복을 보장할 수 있겠느냐, 라는 철학이 담겨 있다. GNH는 배금주의와 경제성장 지상주의로 가득한 이 광기 어린 세상에 날리는 통쾌한 풍자이기도 하다.

과연 부탄식 느린 성장이란 게 어떤 것인지 내 눈으로 직접 확인해보고 싶어 부탄을 찾았다. 첫 방문 때는 기도가 생활화되어 있는 모습에 강렬한 인상을 받았다. 부탄 사람들은 불경을 새겨넣은 원통인 마니차를 시계 방향으로 한 바퀴 돌릴 때마다 거기 담긴 경전을 왼 것과 마찬가지로 공덕이 쌓인다고 생각한다. 사원에 참배하러 온 사람들은 입으로는 불경을 외면서 왼손으로는 작은 휴대용 마니차를 돌리고 오른손으로는 벽에 일렬로 설치된 마니차를 돌리며 시계 방향으로 사원을 돈다. 그 일련의 동작이 기도이니 사원을 한 바퀴씩 돌 때마다 공덕을 네 번 쌓는 셈이다. 어느 정도 나

이가 들면 생산활동의 일선에서 물러나 다음 생을 준비하고자 기도에 전념한다.

사찰이 아니더라도 마니차는 가정집과 지역사회 도처에 있다. 마니차뿐 아니라 사람의 발길이 닿는 절벽, 강가, 다리 주변, 언덕에는 거의 어김없이 기도의 깃발인 타르초와 룽다가 펄럭인다. 천조각에 작은 글씨로 빽빽이 적힌 경전이 바람에 휘날릴 때마다 기도가 되어 하늘로 올라가고, 작은 개울에서는 수력 마니차가 딸랑딸랑 방울 소리를 내며 쾌활하게 돌아간다. 이런 식으로 부탄의 산골짜기에서는 인력과 풍력과 수력이라는 재생가능한 에너지가 기도의 발신장치를 움직인다. 최근에는 자동차 대시보드에 올려놓은 태양전지식 마니차도 종종 눈에 띈다.

일본과 한국에 사는 우리는 어떤가 돌아보면 절로 한숨이 난다. 우리 생활에도 한때는 존재했을 기도는 도대체 어디로 사라진 걸까. 부탄을 방문할 때마다 기도야말로 사람이 사람답게 살기 위한 필수요소임을, 그리고 그것이 틀림없이 부탄인의 행복지수에 크게 기여하고 있음을 느끼게 된다. 나만의 생각이 아니라 기도가 유전자에 미치는 영향을 연구하는 과학자도 있지 않은가.

부탄은 1907년 왕추크 왕조의 성립 이후 유지해온 절대군주제에 이별을 고하고 얼마 전부터 입헌군주제로 이행해 역사적인 전환기를 맞이했다. 하지만 나라 분위기는 보는 이가 맥이 빠질 정도로 평화롭다. 그동안 민주적으로 국가를 이끌어왔다고 자평하는 제4대 국왕 지그메 싱예 왕추크는 민주주의 체제를 갖춘 시점에서 일찌감치 왕위에서 물러나 아들에게 자리를 넘겨주었다. 물러나는 처신이 이보다 멋질 수 있을까. 새 국왕도 선친처럼 인기를 누리고 있으며 민주주의 체제하에서도 인기가 시들 기미는 없다. 2011년에 올린 그의 결혼식에는 전국이 열광했다.

2008년에 제정된 부탄 헌법에는 "국가는 GNH를 높이기 위해 노력한다"는 조문이 실렸고, 이외에도 GNH의 네 가지 기본 전략인 자연환경의 보전, 문화적 독창성의 유지, 공평하고 지속가능한 경제발전, 좋은 정치에 대한 내용이 고루 포함되었다. 이는 이제까지 다른 나라의 개발이 자연환경과 전통문화, 공동체를 희생하고 빈부격차를 확대해왔다는 반성을 토대로 삼았다. 적어도 국토의 60퍼센트는 숲이어야 한다는 조항도 들어갔다.

그렇지만 부탄에도 글로벌 경제의 물결은 슬금슬금 밀려들고 있다. 21세기 초에 텔레비전과 인터넷 금지령이 풀렸고, 자동차가 급증하면서 도처에 도로공사가 한창이다. 인도와 네팔에서 돈 벌러 온 노동자들이 주로 길가 판잣집에 살면서 육체노동에 종사하고 있다. 특히 수도 팀부에서는 세계 어느 도시에나 존재하는 사회 문제가 해마다 늘어나며, 경제 격차가 벌어져 이를 지적하는 소리도 들려온다. 이렇게 보면 부탄의 미래에 불안요소가 적지 않다.

사실 부탄의 앞날을 걱정하기 전에 우리는 내 나라 걱정이나 해야 할 판이다. 팀부의 공기오염은 우리와 비할 바가 아니다. 일본과 한국을 포함한 선진국이 유발하는 환경 위기가 일개 국가를 넘어 전 세계를 벼랑 끝으로 내몰고 있으니 말이다. 이제 인류는 손을 맞잡고 스스로의 생존 기반을 파괴하는 지경에 이르렀다. 내가 내 목을, 그리고 우리 자손의 목을 조르고 있다. 일본인, 한국인 그리고 전 세계인을 그런 어리석은 행위로 내몬 것이 바로 풍요로움이라는 환상이다. 우리는 진지하게 이 문제를 고민해야 한다. 그리고 GNP로 보면 훨씬 가난하지만 훨씬 여유로운 부탄을 본받아 풍요로움이란 무엇인가, 행복이란 무엇인가 새삼 자문해야 할 것이다.

기 다 림 을   아 는   사 람 들

부탄 사람들은 이런 변화를 어떻게 받아들일까? 나와 친해진 부탄 사람들은 모두 나처럼 심각한 표정으로 최근의 변화를 한탄한다. 컴퓨터와 휴대전화를 잘 다루는 젊은 친구들까지 옛날이 좋았다며 다 늙은 노인네처럼 말한다. 하지만 십 년 후의 부탄을 물으면 모두들 지금보다 훨씬 나아질 거라고 단언하며 이내 천진난만한 미소를 되찾는다.

　부탄인의 이 미소에 먼 나라에서 온 방문객들은 매료된다. 어떻게 이토록 태평하고 낙관적일까 하는 의문도 이 미소 앞에서 순식간에 녹아버린다. 아니, 그 정도가 아니라 어느새 그들과 똑같이 웃음 짓게 된다. 아무리 봐도 그들의 미소에는 중독성이 있다. 그렇게 한바탕 웃고 나면 전 세계에 드리운 물건과 돈에 대한 종교적인 열광에서 벗어나 안도의 한숨을 쉬게 된다.

히말라야의 웅대한 대자연. 풍부한 생물의 다양성. 봄이면 진달래와 목련, 천리향이 피는 조엽수의 숲. 사람들이 오랜 세월에 걸쳐 조성한 계단밭. 수백 년 동안 시간이 멈춘 듯한 사원의 고요함. 바람에 펄럭이는 기도의 깃발. 서로 챙기고 관심 갖는 정이 넘치는 사회. 느리고 한가로운 농촌의 풍경. 그리고 사람들의 미소……

계단밭의 싱싱한 초록빛과 그를 에워싼 숲의 선명한 진초록빛이 내 마음을 말끔히 닦아낸다. 마을 사람들이 옛 시절을 이야기해준다. 활쏘기, 노래, 춤, 술, 연애 같은 놀이를 우선으로 여기고 필요한 최소한의 일만 했다는 것, 남성이 밤에 몰래 여성의 집에 찾아가 동침하는 개방적인 성문화, 돈과는 거의 인연이 없는 자급자족 생활, 꿈과 목표가 없으니 불안도 없는 평온한 날. 옛날이라고 해봐야 한 이십 년 전 일인데도 우리에게는 태고의 울림처럼 들린다.

부탄에서 처음으로 관광 루트에서 크게 벗어나 동부 지방의 빼마가첼 현 치몽 마을을 방문하는 여행에 남희가 동행했다. 친구의 고향인 이곳에는 전기도 들어오지 않았고 도로도 나지 않았다. 수

부탄 ●
쓰지 신이치 ●

도 팀부에서 차로 삼사 일 걸리고 걸어서 꼬박 하루가 더 걸리니 상당히 한가한 사람이 아니고서야 엄두를 못 낼 부탁의 오지다.

마을 사람들이 우리를 환대하는 풍경은 예상을 벗어났다. 산으로 둘러싸인 계곡 곳곳에서 치몽으로 내려가는 산길마다 그 주변 사람들이 환영의식을 준비해 우리를 기다렸다. 멍석 위에 제단을 만들어 술을 가지런히 늘어놓고 오렌지와 계란을 산더미처럼 쌓은 다음 붉은 진달래꽃으로 치장한 곳에 자리를 마련해 나와 남희를 앉힌다. 마치 어딘가에서 내려온 신이라도 된 기분이었다. 연거푸 술잔을 채우는데 거절하기가 어찌나 어렵던지 마을에 들어가기도 전에 거나하게 취해버렸다.

이곳이 고향인 나의 친구 빼마 잘포는 나를 전생의 형제로 믿어 의심치 않으며, 마을에 사는 그의 친족들도 모두 나와 전생에 인연이 있다고 굳게 믿고 있다. 내가 그곳을 떠나올 때 이들은 저마다 형제여, 아들이여, 삼촌이여, 내년에 꼭 다시 오라, 기다리겠노라고 한마디씩 했다. 나를 기다리겠다는 그들의 말은 진심이었을까. 분명 진심일 것이다. 아직 한 번도 만나지 못했을 때도 나와 남희를 애타게 기다린 이들이었으니.

내년에 다시 만나자는 치몽 마을 사람들에게 나는 그랬으면 좋겠다며 모호하게 대답했다. 그들이 기다릴 것이라 생각하면 미안하지만 틀림없이 괜찮으리라는 것을 알기 때문이다. 그들은 기다림의 달인이니까.

김남희

왜 당신의 시간을
즐 기 지 않 나 요 ?

부탄으로 여행을 간다고 하니 주변의 반응이 한결같았다. "부탄 좋지. 근데…… 어디 있는 나라야?" 부탄이 인도와 중국 사이에 낀 '히말라야 은둔의 왕국'이라는 것까지 아는 사람은 드물었다. 우리에게는 잘 알려지지 않았지만 부탄은 알수록 재미있는 나라다. 이나라의 인구는 송파구민보다 조금 많은 67만 명인데 군인보다 승려가 더 많다. '세계 최초'나 '세계 유일'을 좋아하는 분을 위해 몇가지를 덧붙인다면, 세계에서 가장 늦은 1999년에야 텔레비전이도입되었고, 담배의 제조, 판매가 금지된 세계 유일의 금연국가다. 1인당 국민소득은 2011년 기준 2000달러에 불과한데 전 국민에게 의료와 교육을 무상으로 제공한다. 무엇보다, 경제성장 위주의 GNP 개념에 반대해 '행복지수'라는 GNH 개념을 만들어낸 나

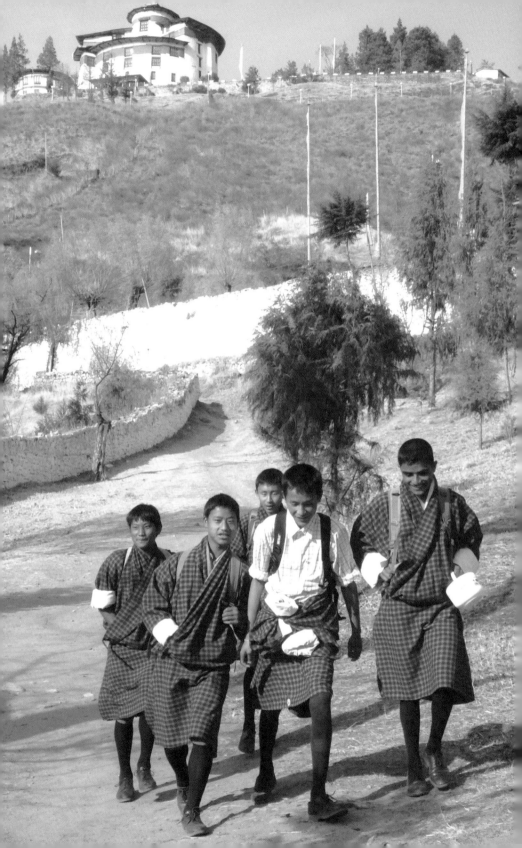

라다. 그래서인지 2006년 영국에서 행한 행복도 조사에서 부탄은 178개국 중 8위를 차지했다(대한민국은 103위). 대부분의 외국인들은 이곳 사람들의 행복한 삶을 들여다보기 위해 부탄을 찾는다. 그런데 행복에 대해 끝없이 이야기하는 사람일수록 정작 불행한 게 아닐까. 국가가 주도하는 고도의 이미지 마케팅, 혹은 지적 사기 아닐까. 어디, 얼마나 행복한지 직접 한번 볼까?

부탄여행은 그렇게 삐딱한 시선으로 시작됐다. 부탄여행을 제안한 선생님은 이런 내 마음을 짐작이나 하실까. 내 형편으로 감당하기 어려운 체류비를 선생님의 중재로 파격적인 할인을 받았는데 이런 마음을 품어도 되는 걸까. 어쨌든 20일에 걸친 부탄여행은 갑작스럽게, 선생님의 여행에 끼어들며 이루어졌다. 이번 여행의 목적은 선생님의 친구인 뻬마의 고향집 방문. 출발지는 부탄의 수도 팀부다.

팀부에는 한 나라의 수도라면 마땅히 있을 법한 것이 전혀 없다. 고층 건물도, 패스트푸드점도, ATM기계도, 심지어 신호등도…… 건물은 모두 나지막한 전통양식이고 사람들은 누구나 '고'와 '키라'라는 전통옷을 입고 있다. 부탄은 세계에서 유일하게 남자들의 복장을 규제하는 나라다. 근무시간에는 무조건 고를 입어야 한다는 규제. 내 삐딱선에 시동이 걸렸다. 선생님께 따지듯 물었다.

"복장 규제라니, 선택의 자유가 없잖아요?"

"내 생각은 다른데. 복장 규제는 부탄이라는 나라의 정체성을 유지하기 위한 훌륭한 선택으로 보이거든. 무엇보다 나는 그 '선택의 자유'라는 말을 별로 믿지 않아. 우리가 정말 삶을 자유롭게 선택하며 살고 있을까? 도대체 뭘 선택할 수 있는 거지?"

"저한테 행복이란 일상의 작은 것들로 이루어지는 마음의 평화와 만족 같은 거예요. 오늘 내가 뭘 입을지를 스스로 결정하는 것, 기분이나 날씨에 따라 입을 옷을 고르는 일에서도 행복을 느끼니까요. 부탄은 그런 기본적인 자유를 억압하고 있는 거잖아요."

"규제가 없는 나라는 존재하지 않아. 규제 자체가 반드시 나쁜 것만도 아니고. 무엇을 규제하느냐가 더 중요한 게 아닐까. 행복해지는데 옷이 뭐가 그렇게 중요하지?"

"그래도 전 전체주의적이고 집단주의적인 사고가 싫어요."

"모든 사회는 집단적일 수밖에 없지 않을까? 우리가 생각하는 행복은 지나치게 자기중심적이야. 개발이나 성장이라는 이름 안에서만 행복을 추구하는 것도 문제고."

그날 밤, 숙소에서 만난 한 청년에게 복장 규제에 대해 물었다. 내심 통렬한 비판을 기대하며.

"부탄이라는 작은 나라의 정체성을 지켜주는 가장 효과적인 도구가 복장이라고 생각해요. 이것 때문에 외국인도 찾아오고요. 게다가 근무시간 외에는 얼마든지 다른 옷을 입을 수 있으니까 괜찮아요."

하긴 우리나라에도 근무시간에 유니폼을 입어야 하는 직종이 얼마나 많은가. 게다가 내가 행복이라고 믿는 '자유로운 복장' 역시 소비를 전제로 한 행복이 아닌가.

　나는 언제나 선택의 자유가 삶의 필수요소라고 생각해왔다. 일상의 모든 것을 스스로 선택할 수 있는 자유. 하지만 선생님의 지적대로 정말 그런 자유가 있기나 한 걸까. 우리가 살고 있는 자본주의사회에서 '선택의 자유'는 곧 '소비의 자유'의 다른 말이 아닐까. 얼마 전 미국 10대 청소년의 70퍼센트가 '쇼핑이 삶의 가장 큰 즐거움'이라고 답했다는 기사를 읽었다. 남의 이야기가 아니다. 소비를 전제로 하지 않고 자신의 정체성을 선택할 자유가 우리에게 있는 걸까? 선생님은 우리가 '소비하지 않을 자유'를 송두리째 도둑맞았다고 표현했다. 중국산을 비롯해 수입 농산물이 넘치는 시장에서 건강한 먹거리를 선택할 자유가 있을까? 대형 투자배급사들이 제작과 유통, 배급을 독점하는 영화관에서 보고 싶은 영화를 선택할 자유가 존재할까? 하루 평균 72분 게임을 하고 190분씩 텔레비전을 보는 우리가 취미생활을 자유롭게 선택한다고 말할 수 있을까? 위험하다. 자유에 대한 내 확고한 믿음이 부탄 도착과 동시에 흔들리고 있으니.

내 친구의 집은 어디인가

우리의 가이드이자 선생님의 친구인 뻬마의 고향은 멀고도 멀었다. 부탄은 그 크기가 한반도의 오분의 일도 안 되지만 서쪽 끝에서 동쪽 끝까지 차로 꼬박 사흘을 가야 한다. 해발고도 삼사천 미터의 고갯길을 수도 없이 넘어야 하는 이 나라의 고속도로는 중앙선도 없는 일차선 도로다. 굽이굽이 절벽길이 이어져 속력을 냈다가는 바로 신들의 세계로 뛰어드는 셈. 부탄은 사방이 산으로 둘러싸여 있어 모든 일이 느리게 진행된다고 한다. 느림은 21세기의 화두다. 그렇다면 부탄은 그 지형적 조건만으로도 행복의 출발선에서 우월한 위치에 서 있는 걸까. 수도인 팀부를 출발한 지 나흘째 되는 날, 도로가 끝났다. 뻬마의 고향까지는 이제 산 넘고 물 건너 여덟 시간을 걸어야 한다. 오래전에 본 영화 제목이 생각난다. '내 친구의 집은 어디인가?'

전기도 들어오지 않고, 도로도 없는 뻬마의 고향 마을 치몽. 산으로 둘러싸인 분지로 외부와 완벽하게 격리된 곳이다. 당연히 마을이 생긴 이래 이곳을 찾은 외국인 관광객은 우리가 처음이다. 아니, 70년대에 한 명이 있긴 했단다. 도로공사 때문에 근처에 체류하던 인도인 남자. 그러니 마을 사람들이 우리를 얼마나 환영할지 조금은 예상했어야 했다. 고갯마루마다 세 번의 환영식을 치르고서야 우리는 뻬마의 집에 들어섰다. 짐을 풀고 나니 동네 사람들이 찾아오기 시작한다. 오렌지, 계란, 직접 담근 방창(막걸리)과 아라(소주)를 들고. 마을 사람들과 우리 사이의 대화는 일정한 순서로 반복된다.

> **마을 사람** (술을 따르며) 아라가 맛있지 않더라도 용서해주기 바라요.
> **우리** (잔을 높이 들며) 진뽈라(맛이 좋군요)!
> **마을 사람** (고개를 저으며) 진뿌말라(맛있기는요).

이런 식으로 서른 번쯤 반복하니 하루해가 저문다.

치몽은 한눈에 보기에도 가난한 마을이다. 전기가 들어오지 않는 마을답게 변변한 세간도 없다. 사람들의 옷차림도 남루하다. 그런데 그들의 표정은 놀랄 만큼 밝다. 순해 보이고 잘 웃는다. 몸가짐은 부드러우면서 당당하다. 가혹한 식민지배나 독재 혹은 이런저런 유형의 권력에 무릎 꿇어보지 않은 이들의 자연스러운 당당함인 걸까. 무엇보다 매 순간 몸과 마음을 다해 우리를 접대한다. 동네를 어슬렁거리기가 무서울 정도다. 활쏘기를 구경하려고 걸음을 멈추면 집으로 뛰어들어가 돗자리를 꺼내오고, 집 앞을 지나다 인사라도 하면 바로 방창과 아라 세례를 받아야 한다. 논두렁 길을 걷다보면 어린 소년이 뛰어와 옷 속에 품은 계란을 수줍게 내민다. 어느 집에서 싱족땅이라는 고구마 비슷한 열매를 대접받았는데 맛있었다고 하자마자 빼마의 형수는 낫을 들고 마당으로 달

려갔다. 그날 저녁 밥상에는 싱죽땅 한 무더기가 올라왔다. 이 동네 사람들은 행복해 보일 뿐만 아니라 우리를 행복하게 하기 위해서도 무엇이든 할 준비가 되어 있는 것 같다. 가진 게 별로 없는데도 아무렇지 않아 보인다. 빈한한 살림마저도 기꺼이 나누며 살아가는 듯했다. 문득 우리 시대의 유행어인 '위시리스트'나 '머스트해브 아이템' 따위가 생각났다. 선생님은 이렇게 제안한다. "'가지고 싶은 물건 목록'뿐 아니라 '없어도 사는 데 지장 없는 물건 목록'을 만들어보는 건 어떨까?" 그러고는 "행복이란 원하는 것을 손에 넣는 것이 아니라, 이미 가지고 있는 것을 진정으로 원한다고 생각하는 것이다"라는 말씀을 덧붙이셨다.

우리는 늘 많이 가질수록 행복해진다고 믿어왔다. 일정한 기간 안에 한 나라가 생산한 재화와 용역을 모두 합한 값인 GNP의 수치가 올라가면 행복도도 커진다고. 부탄은 그런 믿음에 일찌감치(무려 1972년에!) 반기를 들었다. 사실 신자유주의라는 냉혹한 자본주의를 구현하는 미국에서도 부탄과 비슷한 생각을 하는 대통령이 나올 뻔했다. 1968년 봄, 존 F. 케네디의 동생이자 당시 유력한 대통령 후보였던 로버트 케네디의 연설을 보자. "국가의 목표나 개인적 만족을 단순한 경제적 성장에서 찾을 수는 없습니다…… GNP는 삼나무숲의 파괴와 호수의 죽음, 네이팜탄과 미사일과 핵무기의 생산으로 증가합니다. GNP는 가족의 건강, 교육의 질, 놀이의 즐거움을 포함하지 않습니다. 시의 아름다움이나 결혼의 가치, 유머

나 용기, 지혜와 가르침, 자비나 헌신을 측정하지 않습니다. GNP
는 삶을 가치 있게 만들어주는 것들을 제외한 모든 것을 측정합니
다.”

인간의 욕망은 끝이 없고 자본주의는 그 끝없는 욕망을 엔진으
로 돌아간다. 지금껏 어떤 나라도 그 엔진을 멈추지 못했다. 충분
하니까 멈춰야 한다고 말한 나라는 없었다. 아이러니하게도 그런
나라들이 증명했다. 경제성장과 행복의 비례관계는 1인당 국민소
득 만오천 달러를 전후로 끝난다는 사실을. 부탄은 “이제 그만, 우
린 충분해”라고 말할 수 있을까. 이 나라라면 왠지 그럴 수 있을 것
같다. 이곳에 도착한 지 나흘 만에 내 뻬딱함이 사라지고 있다.

그대로의 ‘삶’을 사는 사람들

우리가 치몽에 도착한 다음날은 부탄력으로 새해 첫날이었다. 이
른 새벽부터 사람들이 몰려왔다. 나뭇가지를 엮어 만든 간이 부엌
에 가마솥이 걸렸다. 설날 음식인 국수 푸타를 만들기 위해 장정들
이 커다란 나무틀을 꺼내왔다. 메밀을 반죽한 후 나무로 된 기계에
반죽을 넣고 힘으로 누르면 국숫발이 떨어져내린다. 국수를 먹기
위해서 장시간 노동은 기본이다.

열심히 메밀 반죽을 만드는 남자, 깔마 왕축. 올해 나이 스물

여섯. 몸을 아끼지 않고 온갖 일에 솔선수범하면서 언제나 웃고 있다. 당신을 위해 일할 수 있어서 행복해 죽을 것 같다는 표정이다. 나무 꼭대기를 쳐다보고 있으면 원숭이처럼 나무를 타고 높이 올라가 나무 열매를 따온다. 동네를 어슬렁거리다 돌부리에 걸려 넘어질 뻔하자 앞서가며 길가의 모든 돌을 치워준다. 어느새 나를 위해 판자와 천막으로 간이목욕탕도 만들었다. 내가 집이 필요하다고 하면 "예스! 마담" 하고 바로 주춧돌을 놓기 시작할 것 같다. 마을 최고의 일꾼인데다, 일주일 동안 활로 멧돼지 세 마리와 사슴한 마리를 잡았을 정도로 빼어난 사냥꾼이며, 타고난 가수이자 춤꾼에 착하고 성실하다고 온 동네 사람들이 칭찬하는 이 청년. 키는 나만한데 몸은 온통 근육이다. 그것도 체육관에서 만든 근육이 아니라 몸을 써서 일하는 동안 자연스레 붙은 근육. 치몽에 머무는 동안 나는 이 남자에게 거의 반했다. 몸을 쓰는 단순한 노동이 그토록 아름다울 수 있다니. 노동을 이토록 흥겹게 해낼 수 있다니.

치몽에서는 늘 몸을 움직여야만 한다. 집 바깥에 있는 화장실에 가기 위해서도, 공동 수돗가에서 물을 받기 위해서도. 빨래는 당연히 손으로 해야 하고, 키로 쌀을 고르고, 맷돌을 돌려 직접 곡물을 갈아야 한다. 난방이 되지 않아 실내에서도 옷을 두껍게 입어야만 하고, 생활에 필요한 모든 것은 몸을 써야만 얻을 수 있다. 그 불편함이 이상하게도 살아 있음을 실감케 한다. 분명 내 삶은 일상의 자잘한 노동에서 해방되었지만 그래서 더 행복해졌다고 말할 수 있을까. 아무것도 못하는 무기력해진 몸을 떠안게 된 게 아닐까.

그렇다고는 해도 이 남자와 결혼해 이 마을에서 살겠느냐고 묻는다면? 모르겠다. 걷기를 통해 몸을 쓰는 일의 즐거움을 찾는 나지만, 전기 없이 살거나 매끼를 해결하기 위해 장작을 땔 자신은 없다. 물을 길어오거나 키로 돌을 고르는 시간에 다른 일을 하고 싶다. 이런 문화가 남아 있는 건 분명 감사할 일이지만 쉽게 뛰어들 수 있는 삶은 아니다.

일상의 모든 자질구레한 일에 몸을 써야만 하는 이 나라 사람들에게 부탄 정부가 2005년에 노골적으로 물었다. "당신은 행복합니까?" 단지 3.3퍼센트만이 행복하지 않다고 대답했다. 아무래도 몸이 편한 것과 행복은 별 상관이 없는 것 같다.

치몽 못지않은 오지 마을에 직메 드룩파라는 소년이 있었다. 소 치며 풀피리 불던 이 소년, 어려서부터 가무를 즐겼다. 고등학교 시절, 어렵게 카세트를 하나 사서 밤마다 기타를 치며 자기가 만든 노래를 녹음했다. 앞집에서 애가 울면 그치기를 기다렸다가, 뒷집에서 개가 울면 두들겨 팬 후에 다시 녹음하는 식으로 테이프 백 개를 만들어 학교에서 팔던 소년은 부탄 최고의 가수가 되었다. 어린 시절에 피리 불며 혼자 놀던 그 가락으로. 부탄의 첫 총선에 국회의원 후보로 출마했던 이 남자, 유세장에서도 연설보다 노래를 더 즐겨 했다나.

부탄 사람들은 놀 줄 안다. 치몽만 봐도 그렇다. 우리가 머무는 동안 뻬마네 집 마당에는 밤마다 모닥불이 타올랐다. 그 모닥불 앞으로 마을 처녀 총각들이 모여들었다. 명목은 물론 우리를 위한 환영 공연. 하지만 졸음을 못 이긴 우리가 물러난 야심한 밤까지 가무는 그칠 줄 몰랐다. 근사한 반주 없이도 그들의 노래는 절창이었고, 화려한 조명 없이도 춤사위는 흥겨웠다. 치몽에서는 모두가 열심히 놀았다. 여자도, 남자도 직접 담근 방창을 마시며 몇 시간쯤은 가뿐히 수다를 떨었다. 활쏘기나 다트 게임을 하며 노는 청년들의 함성으로 들판은 늘 쩌렁쩌렁 울렸다. 아이들은 자치기며 제기차기, 굴렁쇠놀이를 하며 동네를 휘저었다. 초가지붕 엮기를 구경하던 날, 남자들의 표정이 어찌나 환하던지, 몸동작은 또 얼마나 날렵하던지 보는 내가 다 신이 날 정도였다.

이 나라에서 삶은 그야말로 사는 것이다. 텔레비전으로 보고, 인터넷으로 서핑하고, 카메라로 찍는 삶이 아니라 몸을 움직여 직접 만들고 경험하는 삶이다. 부탄에서 일과 놀이는 유기적으로 연결되어 있다. 그들은 노는 듯 일하고 일하듯 논다. 진정한 호모루덴스다. 이 나라 사람들은 아직 노동하기 위해 살지는 않는다. 그들에게 놀이는 돈을 지불해야만 얻을 수 있는 상품이 아니다.

우리 사회에서 노동과 놀이는 분리되어 있다. 언제부터인가 우리는 스포츠를 즐기기보다는 '관람'하게 되었고, 휴가는 돈을 주고 구입해야만 하는 상품이 되어버렸다. 놀이를 구매하기 위해 더 오래, 더 경쟁적으로 일하는 동안 결국 우리는 노는 법을 잊어버렸다. 니체가 지적했듯 결국 우리는 "자기 자신을 박탈당했고, 매일 사용되어 닳아지는 것이 되도록 교육받았으며 그것을 의무로 받아들이게 되는 삶"을 살게 되었다. 우리는 그렇게 어디로 가는지 방향조차 모른 채 자신의 영혼을 훼손당하면서 일해왔다. 그리고 목적 없이 어슬렁어슬렁 시간을 보내거나 몸과 마음을 위해 휴식을 취하는 걸 죄악시하는 사회를 만들었다. 일본에는 '틈새 증후군'이라는 병이 있다고 한다. 스케줄러가 꽉꽉 채워져 있지 않으면 불안해서 어쩔 줄 모르는 상태가 되는 병. 신이치 선생님은 그걸 '이러고 있을 때가 아닌데 증후군'이라고 이름 붙이셨다. 선생님이 들려주신 에도시대의 우스갯소리 하나.

어른   건장한 젊은이가 지금 뭐하고 있는 게냐! 당장 일어나서 일하지 않고!

젊은이   일을 하면 뭐합니까.

어른   일을 하면 돈을 벌 수 있지 않느냐.

젊은이   돈을 벌면 뭐합니까.

어른   돈을 벌면 부자가 되지 않느냐.

젊은이   부자가 되면 뭐합니까.

어른   부자가 되면 드러누워서 지낼 수 있지.

젊은이   네? 그런 거라면 저는 벌써 하고 있는 걸요.

일의 내용이나 목적에 상관없이 일 자체가 절대 가치가 되어버린 시대. '한눈팔기' '어슬렁거리기' '빈둥거리기' '느긋하게 쉬기' 같은 가치를 언제쯤 깨닫게 될까. 우리의 친구 빼마는 이렇게 말한다. "돈은 손에 묻은 먼지와 같아서 생겼다가도 없어지는 거죠. 중요한 건 시간이에요. 돈이 아무리 많아도 인생을 즐길 시간이 없다면 무슨 소용이 있겠어요?"

개 발 하 면 행 복 해 지 나 요 ?

치몽으로 가는 길목에 '피그턴pig turn'이라 불리는 곳이 있다. 지루할 정도로 긴 지그재그 길이다. 인도인들이 이곳에 도로를 건설하던 70년대의 어느 날, 한 무리의 사람들이 찾아왔다. "제발 우리 마을 앞으로 도로를 놓지 말아주세요." 그들이 애원하며 내놓은 뇌물이 바로 돼지 한 마리. 공사감독은 돼지에 넘어갔다. 덕분에 지름길을 두고 열여섯 번을 꺾어야 하는 지독한 지그재그 도로가 건설됐다. 마을 사람들이 도로를 거부한 건 땅이 오염될까 두려웠기 때문이란다. 빼마는 농담 잘하는 부탄 사람답게 이 이야기에 한마디 덧붙였다. "아마도 일하기 싫어서 그랬겠죠."

치몽은 생태계가 풍부하게 보존된 곳이다. 도로도, 전기도 없는 이 마을에는 깨끗한 물과 흙이 살아 있다. 이 마을에서는 쌀을 제외한 모든 농산물을 자급자족한다. 치몽에서는 혼자서 살아갈 수 없다. 집을 짓거나 물을 끌어오고 농산물을 수확하는 모든 일이 품앗이로 행해진다. 그래서 공동체가 살아 있고 아이부터 노인까지 서로의 역할이 존중받는다. 오랜 전통과 고유문화는 놀라울 정도로 생생하게 보존되어 있다.

머지않아 치몽에도 도로가 놓일 것이고, 뒤이어 전기도 들어올 것이다. 도로의 개통과 전기의 보급은 이들의 생활을 어떻게 바꿔놓을까. 지금까지의 자급자족 구조에서 벗어나 의존하는 삶이 시작되지 않을까. 전기밥솥이 필요해지고, 텔레비전이 갖고 싶고, 세탁기가 탐나기 시작하면 결국 지금과는 다른 일을 찾아 돈을 좇게 될지 모른다.

개발을 통한 발전이라는 개념은 지금껏 경제성장의 원동력이자 행복의 기초조건으로 여겨졌다. 맹목적인 신앙이었던 개발정책이 우리에게 남긴 것은 무엇일까. 개발이 진행될수록 세계는 물론 인간도 황폐해져갔다. 자연이 파괴되고 곧이어 사람들의 삶과 문화가 파괴되기 시작했다. '지속가능한 개발'이라는 단어가 말해준다. 이제까지의 개발이 지속불가능한 개발이었음을. 신이치 선생님은 '이걸로 충분하다'는 도달 목표를 설정하는 대신 '경제가 성장한다'는 진행형 그 자체를 목표로 하는 사회의 맹점을 지적한다. 그런 사회에서 환경파괴는 개발과 성장을 위한 어쩔 수 없는 희생으로 여겨져왔다. 이 상태가 지속된다면 머지않아 우리는 사막화

된 자연을 다음 세대에게 물려줄 것이다. 대지는 우리의 자부심의
바탕이 되어야 하는데도 불구하고 말이다.

부탄 사람들은 깨끗한 물과 공기, 병들지 않은 대지 같은 자연
환경을 행복의 기본조건으로 믿는다. 일 년에 만 명으로 관광객 수
를 제한하는 것도 무분별한 환경파괴를 막겠다는 의지다. 그래서
부탄은 개발 파트너를 선택하는 데도 신중하다고 한다. 실제로 내
가 만난 부탄 사람들은 "한국이나 일본처럼 개발의 대가로 소중한
가치를 잃고 싶지는 않아요"라고 말하곤 했다. 이 나라의 불교적
생태주의는 아직 그 영향력을 잃지 않았다.

이 나라에서 교육과 의료는 무상이다. 외국유학도 나라에서
다 보내준다. 그렇게 외국에서 공부한 부탄 사람의 90퍼센트가 부

탄으로 돌아온다. 고소득 직장과 물질적으로 안락한 삶을 포기하고서.

"이곳 사람들이 전통적 삶의 방식을 지키기 위해 도로나 전기를 거부해야 할까요?"

내 질문에 선생님은 이렇게 답하셨다.

"중요한 건 거부한다는 사실이 아니라 이미 가지고 있는 걸 긍정하는 힘이지. 무엇을 가졌는지를 알고, 그것에 대해 감사하며 살아가는 한 개발의 폐해에서 조금은 자유로울 수 있지 않을까."

신화와 상상력이 살아 있는 땅

부탄에서는 시간의 그물코가 얽혀 있다. 이곳에서는 현재와 과거가, 이승과 저승이, 전생과 후생이 뒤섞여 있다. 그것도 제법 자연스럽게.

이 나라 사람들은 내세를 믿고, 윤회를 믿는다. 누구나 다음 생에서 개로 태어날 수 있다고 믿기 때문에 길거리의 개도 건들지 않는다. 개미 한 마리도 함부로 죽이지 않는다. 고기를 먹긴 하지만 도축장은 나라 전역에 단 한 곳도 없다. 이 나라 사람들에게는 생이 윤회를 거듭하는 것이기에 언제 태어났는지, 몇 살인지는 별 의미가 없다. 그래서 생일도 축하하지 않는다. 뺴마의 생일을 물었을 때 그의 대답은 이랬다. "오렌지철에 태어났으니 10월에서 11월 사이지." 그의 부모님은 빼마가 태어난 해를 두고도 서로 의견이 달랐다.

이 나라에는 신화와 전설이 살아 있다. 부탄의 가정집에는 외벽마다 남성의 성기가 커다랗게 그려져 있다. '포'라고 불리는 이 심벌은 그림과 조각과 장신구의 형태로 온 나라를 덮는다. '포'가 악귀를 쫓아준다는 것을 의심하는 사람은 없다.

치몽을 떠난 후 두번째로 찾아갔던 마을 불리. 이틀간 우리를 재워준 민가의 안주인 뻰츄 왕모는 가족을 소개하며 이렇게 말했다. "우리 큰아들이 환생승이에요. 전생에 유명한 고승이었지요." 옆에 있던 동네 사람들이 이구동성으로 입을 모았다. "뻰츄의 아들이 환생승인 건 그녀가 전생에 쌓은 선업 덕분이지요." 그 마을에 머무는 동안 마을 여자들과 '신성한 호수'로 소풍을 갔다. 쥬니 장모라는 여자가 호수에서의 모든 제사를 관장했다. 호수의 여신이 선택한 거주지가 그녀의 집이기 때문이란다. 이런 이야기를 아무렇지 않게, 진지한 눈빛으로 하는 부탄 사람들을 대할 때면 어떻게 반응해야 할지 난감하다. 하지만 과학으로 증명할 수 없는 신화가 살아 있어 이들의 삶은 더 풍요로워 보인다.

부탄에도 인터넷이 있고 아리랑 TV와 CNN이 나오는 위성텔레비전도 있다. 그런데도 수도를 몇십 킬로미터만 벗어나면 세상의 끝에 다다른 기분이다. 이곳에서는 시간이 다른 속도로 흐르는 것

같다. 사람들이 편안해 보이고 별걱정이 없어 보여서일까. 선생님 말씀처럼 농사를 지으면서 작물의 시간을 함께 살아내기 때문일까. 그냥 평생 이대로 살아도 괜찮을 것 같다는 느긋함이 번져온다. 이 나라에는 정신병도 없고(나라 전체에 정신과 의사는 딱 한 명이다) 강력범죄 발생률도 믿을 수 없을 정도로 낮다.

과학기술의 기계적이고 합리주의적인 세계관 대신, 부탄에는 신화와 상상력이 펄펄 뛰며 살아 있다. 과학기술의 속도와 힘은 우리 몸을 편하게 만들어줄지는 몰라도 정신에는 별 도움이 안 되는 게 아닐까. 우리는 일을 더 빨리해주거나 대신해주는 것들을 가졌는데도 늘 시간이 없다고 불평하며 살아간다. 하지만 기계가 아닌 몸을 써서 수많은 일을 해야만 하는 이 동네 사람들이 "바빠죽겠다"거나, "시간이 없다"고 말하는 것은 듣지 못했다. 더 많은 것, 더 빠른 것, 더 큰 것, 더 좋은 것을 바라기 때문에 우리는 늘 '현재'를 저당잡혀 살아가는 게 아닐까.

부탄에 머무른 스무날 내내 부탄은 내게 묻는 것 같았다. 당신은 행복하냐고. 당신에게 행복은 어떤 의미냐고. 서른넷에 여행자의 삶으로 들어선 이후, 내 삶이 행복하다고, 감사할 일로 가득하다고 믿고 살아왔는데, 부탄은 더 깊이 캐묻는다. 여전히 욕심이 너무 많은 거 아니냐고.

행복해지기 위해서는 무엇이 필요할까. 버릴 줄 알고, 포기할 줄 아는 마음이 우선이 아닐까. 이제 충분하다고 멈출 수 있는 마음. 나눌 줄 아는 마음도 행복의 조건이 아닐까. 질 높은 삶은 물질적 성공이 아니라 나눔에 의해 이루어진다. 봉사와 나눔은 가장 순정한 이기주의가 아닐까. 관계를 맺는 기술 또한 행복해지기 위한 조건일 것이다. 다른 사람들이나 자연과의 관계 안에서 자신의 행복을 찾는 법을 배워야 한다. 부탄의 지성인 카르마 우라는 이렇게 말했다. "우리는 로빈슨 크루소의 행복을 믿지 않습니다. 모든 행복은 관계 속에 있어요." 신이치 선생님은 이렇게 말씀하셨다. 행복해지기 위해서는 자신이 혼자라는 사실과 혼자가 아니라는 사실 사이의 균형을 갖춰야 한다고.

지구 위에 이런 나라가 하나쯤 있다니 얼마나 괜찮은 일인가. 모두가 물질적 성장만을 위해 달릴 때 거기에 등돌린 나라가 있다는 것만으로도 위안이 된다. 비록 그 나라에서 몇 가지 모순이 발견된다 해도.

부탄이 완벽한 파라다이스가 아님을 보여주는 몇 가지 얼굴이 있다. 첫째는 부탄의 주요 국가정책인 '하나의 국가 하나의 민족' 정책의 부작용이다. 부탄 남쪽에 거주하는 네팔계 부탄인은 전체 인구의 30퍼센트를 차지한다. 20세기 초반 네팔에서 이주해온 이들은 힌두교도다. 1980년대 말부터 부탄 정부가 국가적 정체성을 확립하기 위해 '전통적인 가치와 예절' 준수 정책을 펴면서 이들과의 갈등이 생겨나기 시작했다. 불법체류자 단속과정에서 인권 탄압이 자행된다는 국제사회의 비판도 받고 있다. 국가의 정체성 유지와 소수민족 통합이라는 두 마리 토끼를 어떻게 잡을지가 젊은 국왕에게 주어진 새롭고 막중한 임무다. 둘째는 부탄에 부는 개발 바람이다. 입헌군주제를 도입한 아버지의 뒤를 이은 젊은 국왕은 선왕과 달리 개발에 적극적이라는 이야기가 들려온다. 모든 마을에 도로와 전기를 공급하겠다는 의지를 보인다고 한다. 전기의 보급이 가져올 가장 무서운 부작용은 텔레비전이 아닐까. 지금 부탄의 어른들은 텔레비전이 아이들의 정서에 미치는 악영향을 두려워한다. 어려서부터 개미 한 마리도 죽여서는 안 된다고 배우는 이 나라에서 텔레비전만 틀면 살인 장면을 볼 수 있게 되었으니. 그래서 몇 년 전부터 레슬링 중계 같은 프로그램을 금지하기도 했다. 아리랑TV 덕분에 한국의 가수와 배우의 인기가 폭발적인 모습도 나는 겁이 난다. 도시에 사는 부탄 사람들이 "한국 여자들은 어쩌면 다 그렇게 예쁜지요. 전 한국 드라마를 좋아해요" 이렇게 말할 때면 아찔해지곤 했다. 부탄의 여성들까지 외모에 대한 왜곡된 시선을 갖게 되어 성형수술 붐이라도 일어날까 싶어서다.

　미국의 식품기업 하인즈의 최고경영자는 이렇게 말했다. "텔레비전만 있으면 인종이나 문화나 자라온 배경과는 전혀 상관 없이 언젠가는 모두가 비슷한 것들을 원하고 필요로 하게 된다." 텔레비전은 불필요한 욕망을 생산하고 확대시키는 장치다. 그러한 불필요한 욕망을 채우기 위해 더 일하고, 더 경쟁하는 구조로 몰아넣는다. 이미 부탄에서도 많은 젊은이들이 고향을 떠나 수도로

향하고 있다. 도시화와 그에 따른 부작용이 부탄에도 생겨나고 있다. 개발 바람 속에서 부탄이 고유의 전통과 문화를 어떻게 지켜낼 수 있을까.

　부탄은 내게 행복에 대한 질문 외에도 또하나의 숙제를 남겼다. 바로 선생님과의 여행이다. 부탄을 여행하는 동안 우리는 우리 삶의 속도와 방향에 대해 고민하지 않을 수 없었다. 좀더 느리게 걸어가는 삶, 남들과 다른 길로 가는 삶에 대한 모색. 부탄을 떠나며 나는 선생님께 제안했다. 함께 한국과 일본을 여행해보자고. 결국 부탄에서 시작된 우리의 여행은 일 년여에 걸쳐 한국과 일본을 오가는 긴 여행으로 이어졌다. 우리의 맨얼굴을 들여다보는 여행으로.

2
·
홋카이도

'노력하면 누구나 성공할 수 있다'는 신화에 매달려
우리는 자기 안으로만 몰입해간다. 우리를 둘러싼 시스템 자체에
질문을 던지기보다는 '긍정교'의 순진한 신도가 되어
자신을 가혹하게 몰아간다. 이런 삶을 자유로운 삶이라고,
내가 선택한 길이라고 말할 수 있는 걸까.

쓰지 신이치

인간의 고요한 대지,
아 이 누 족 의   땅

8월 말, 혼자 도호쿠 지방을 도보로 여행한 뒤 홋카이도로 향한다
는 남희와 삿포로에서 만나 함께 다니기로 했다. 첫번째 목적은 베
델의 집 방문, 두번째는 홋카이도의 선주민족인 아이누족과의 만
남. 아울러 홋카이도에서 활발히 전개중인 '슬로푸드' 운동의 일부
를 접하고, 최근 내가 주목하는 말馬치료를 남희에게 소개할 생각
이었다.

내가 남희를 데려가는 곳은 관광 가이드북에는 실리지 않았다.
편향적이라면 확실히 편향적이다. 그러나 따지고 보면 가이드북
이야말로 심하게 치우쳐 있지 않은가. 사실상 모든 여행은 치우침
이다. 훌륭한 나그네란 그 치우침을 올바로 자각하고, 가능하다면
그 의미를 이해하려는 자다.

　나와 남희의 편향된 여행은 계속된다. 나와 그녀의 치우침이 복잡하게 서로 얽히는 여행. 그 의미를 이해하기에 나는 아직 한참 먼 곳에 있지만.

　홋카이도는 일본인의―적어도 나의―심정을 착잡하게 만드는 장소다. 일본인에게 한국이 갖는 의미 또한 이와 일맥상통한다. 홋카이도의 지명은 거의가 아이누어에서 유래했다. 그도 그럴 것이 메이지시대 이후 일본의 식민지가 되기 전까지 이 섬의 대부분은 아이누족의 땅이었다. 일본의 식민지가 되기 이전의 홋카이도는 '아이누 모시리(인간의 고요한 대지)'였다.

　홋카이도를 처음 방문한 것은 지금으로부터 이십 년 전이다. 십사 년 넘게 북미에서 살다가 일본으로 막 돌아온 참이었다. 아이누족의 장로가 운명했고 그 장례식이 지금은 보기 드문 아이누족 전통방식으로 치러진다는 소식에 그 정보를 알려준 카메라맨 친구와 함께 히다카 지방의 니부타니라는 마을로 향했다.

고인은 가이자와 다다시. 그는 생전에 가야노 시게루와 함께, 조상 대대로 생활해온 터전인 니부타니에 댐을 건설하는 계획에 반대해, 국가를 상대로 재판을 벌이고 있었다. 히다카 지방은 아이누족이 많이 살기로 유명하다. 거의 모든 주민이 아이누족이라는 의미에서 니부타니는 세계 유일의 아이누 촌락이라 할 수 있다. 국가는 그 마을의 한복판을 지나는 사루 강을 가로막고 댐을 만들려 했다. 강기슭에 위치한 가이자와와 가야노의 농지를 비롯해 강의 민족인 아이누족이 성지로 여기는 몇몇 장소도 물에 잠기게 된다.

문화전승자인 가야노 시게루는 많은 저서를 펴낸 저술가로 아이누 연구에 공헌한 그의 업적은 헤아릴 수 없다. 니부타니 댐 반대 투쟁을 거쳐 훗날 그는 아이누로는 최초로 국회의원이 되었고, 2006년에 타계할 때까지 선주민으로서 아이누의 권리 확립을 위해 힘썼다.

가야노가 자신의 부친과 그 친한 벗이 만년에 나눈 대화를 소개하는 이야기를 몇 번 들은 적이 있다. 노인들은 서로 "나보다 먼저 죽지 말라"고 한다. "내 장례식을 아이누프리로 해줄 사람이 자네 말고는 없잖나"라며.

아이누프리란 아이누어로 '아이누의 전통에 따라'라는 의미다.

불과 한 세대 전이었는데도 아이누프리로 장례식을 치를 줄 아는 자가 거의 없었던 것이다. 그 한 세대를 거쳐 가야노는 아이누프리를 계승한 거의 유일한 존재가 되었다. 그런 가야노에게 절친한 친구이자 동지인 가이자와 다다시는 유언으로 아이누프리 장례식을 부탁했다. 나중에 가야노는 쓸쓸히 웃으며 말했다. "내가 죽을 땐 아이누프리로 장례식을 치러줄 사람이 아무도 없어요."

잃 어 버 린   숲 을   찾 아 서

가이자와 다다시의 아들 고이치를 만난 곳은 장례식장이었다. 아버지의 죽음을 계기로 그는 가야노와 함께 댐 건설 반대 투쟁을 진두지휘하게 되었다. 그리고 이날 이후 고이치와 가야노는 내 인생에 큰 영향을 미쳤다.

미국과 캐나다, 멕시코에 살던 무렵 선주민 문제가 결코 과거의 문제가 아니라 오늘날에도 사회 구석구석에, 그리고 사람들 마음에 그림자를 짙게 드리우고 있음을 봐왔다. 초기에는 미대륙으로 강제로 끌려온 노예나 어떤 중대한 이유로 이민을 하거나 난민이 되어 바다를 건넌 사람들에게 관심을 가졌다가, 점차 인디언으로 불리는 선주민이 궁금해졌다. 특히 환경 문제에 관여하고부터는 선주민의 문화에 담긴 지혜가 막다른 길에 다다른 현대문명에 중요한 힌트를 주리라 생각했다.

　뜻하지 않게 일본의 대학에 취직하면서, 1991년 말 부랴부랴 가족과 함께 귀국했는데 마침 이듬해인 1992년은 콜럼버스가 미국에 도달한 지 500주년이 되던 해였다. 나는 일본에서 선주민의 시점에서 이 오백 년을 돌이켜보고 싶었다. 뜻을 함께할 사람과 학생들을 모아 실행위원회를 결성한 끝에 그해 11월 '또하나의 콜럼버스 오백 년—선주민의 지혜를 배우다'라는 국제회의를 내가 근무하는 메이지학원대학 도쿄캠퍼스에서 개최했다. 그곳에 세계 각지의 선주민 지도자 그리고 가야노 시게루와 가이자와 고이치를 비롯한 아이누족을 초빙했다.

　또한 캐나다를 대표하는 과학자이자 환경운동가이며, 캐나다 공영방송 CBC TV의 자연 프로그램 〈Nature of Things〉와 수많은 저서를 통해 영어권을 중심으로 큰 영향력을 가진 데이비드 스즈키에게 기조강연을 부탁했다. 선주민의 전통문화를 통한 세계관과 최첨단 과학의 견지가 완벽하게 부합하는 바를 풀어낸 『The Wisdom of the Elders』라는 그의 저서가 출간된 직후였다.

　데이비드는 캐나다 선주민들 사이에서 절대적인 인기를 누리고 있으며, 선주민의 권리 확립을 위한 투쟁의 동지로서 신뢰도 얻고 있었다. 일본계이기도 한 그를 회의에 초빙하면 일본의 선주민인 아이누족이 선주민운동이라는 세계적인 문맥에 자신들을 잇는데 도움이 되지 않을까 하는 개인적인 바람이 있었다.

　회의에는 내 예상을 뛰어넘어 많은 아이누족이 참석했다. 그중
한 사람이 치캇프 미에코였다. 그녀는 전통적인 아이누 문양의 자
수전문가이자 아이누족의 권리 확립을 위해 활동하는 운동가였다.
그녀 또한 그후 내 인생에서 중요해진다. 치캇프란 이름은 아이누
어로 '새'를 의미한다. 많은 아이누족이 일본 이름의 그늘에 숨어
사는 오늘날, 이름부터 자신이 아이누족임을 당당하게 외부에 드
러내려는 그녀의 의지가 전해진다.

　성공리에 회의를 마치고, 데이비드와 몇몇 선주민과 함께 홋카
이도 각지를 도는 길에 나섰다. 회의에서 만난 아이누족의 커뮤니
티를 방문하고 그들과 교류하는 여행이기도 했다. 이 여행은 앞선

회의와 함께 NHK가 다큐멘터리 프로그램 〈잃어버린 숲을 찾아서〉로 촬영했다. 데이비드가 캐나다에서 제작한 자신의 프로그램에서 그랬듯이 해설자가 되어 멘트를 넣었고, 안내자로는 가야노, 고이치, 치캇프가 등장했다.

　데이비드와 나는 이 여행을 하며 선주민 문제가 환경 문제와 불가분하게 얽혀 있음을 새삼 깨달았고 이에 의기투합해서 공저로 일본에 관한 책을 내기로 했다. 그리고 1993년부터 1994년에 걸쳐 일본 각지를 돌며 여러 현자와 인터뷰를 했다. 그 여정이 1996년에 『The Japan We Never Knew: A Journey of Discovery』라는 책으로 캐나다를 비롯한 영어권 나라에서 출판되었다. 일본계 3세로 캐나다에서 나고 자란 데이비드와 스물다섯 살부터 14년에 걸쳐 해외생활을 해온 내게 일본여행은 낯선 환경 속에 새로운 문화를 발견하는 여정이었다.

　우리는 이 책에서 홋카이도, 특히 아이누족에 대해 한 장을 할애했다. 물론 책에서도 우리의 안내자는 가야노, 고이치, 치캇프였다. 아직도 일본에서는 출간되지 않았지만 감사하게도 한국에서는 『강이, 나무가, 꽃이 돼보라』(미국에서는 『The Other Japan』이라는 제목으로 현재도 출간되고 있다. 한국어판을 포함해 나의 저자명은 오이와 게이보다)라는 제목으로 출간되었다.

　놀랍게도 남희는 나와 만나기 전에 이미 이 책을 애독했다. 오이와 게이보가 '쓰지 신이치'와 동일 인물임을 알자 그녀는 매우 기뻐했다. 나중에 두 사람이 함께 책을 써보지 않겠냐는 출판사의 권유를 받았을 때 남희가 제일 먼저 떠올린 것도 『강이, 나무가, 꽃이 돼보라』였다고 한다. 그중에서도 남희는 아이누족에 대한 부분이 인상 깊었던지, 나와 꼭 홋카이도를 여행하고 싶다고 했다.

베 델 의   집 과   아 이 누 족 을   찾 아 가 다

베델의 집을 처음 방문했을 때부터 나는 장애인이 중심이 되어 사람들이 서로 돕고 의지하는 모습에 감명을 받았다. 이들이 앞으로 인류가 나아가야 할 길을 제시하고 있다고까지 느꼈다. 경쟁형 스트레스사회이자 정신질환이 급증하는 일본과 한국에서, 베델의 집 같은 시도는 틀림없이 큰 의미가 있다.

실은 베델의 집으로 나를 이끈 것도 치캇프 미에코였다. 2007년, 데이비드 스즈키의 딸 세반 스즈키가 홋카이도에 와 있었는데 이때 당시 병상에 있던 치캇프의 소개로 우리는 베델의 집을 방문할 수 있었다. 세반은 열두 살 때 리우데자네이루에서 열린 '환경과 개발을 위한 UN회의'에서 전설적인 연설을 한 것으로 유명한데, 그후 환경운동가로서 국제적인 활동을 펼치고 있다. 세반은 거의 예비지식 없이 베델의 집에 갔지만 이내 방문의 의의를 파악한 듯했다.

베델의 집 창설자인 무카야치 이쿠요시에 의하면 아이누족과 베델의 집은 끊으려야 끊을 수 없는 깊은 관계를 맺고 있었다. 베델의 집에는 늘 적잖은 수의 아이누족이 머문다. 일본사회에 존재하는 민족차별이라는 구조적인 폭력이 아이누족 내부에 의존증과 가정폭력이라는 악순환으로 이어졌기 때문이다.

데이비드와 나에게 홋카이도를 안내해줬던 치캇프는 병상에서 "일본을 아는 데 가장 중요한 장소"라며 나와 세반을 베델의 집으로 보냈다. 그후 치캇프는 수년 동안 난치병을 앓다가 2010년 초 고인이 되었다.

2010년 여름, 이번에는 남희와 함께 베델의 집을 찾아가 대환영을 받았다. 이 또한 틀림없이 치캇프가 이끌어준 것이리라. 그녀를 대신해 베델의 집 멤버들이 우라카와와 사마니에 있는 아이누족의 거처로 우리를 안내해주었다.

사마니에서는 과거 아이누족이 집단 거주하던 지역에 지금도 남아 있는 전통가옥을 견학했다. 커뮤니티 센터에서는 남희도 아이누 민족의상을 입은 뒤 아이누 무용을 전승하는 여성들과 함께 사진을 찍었다. 그런 모습을 베델의 집 멤버들이 자기 일처럼 흐뭇하게 바라본다. 그곳에서는 아이누족이니 일본인이니 한국인이니 하는 구분이나 장애인과 일반인이라는 장벽은 허물어지고, 서로 한데 섞여 완전히 뒤죽박죽될 뿐이었다.

홋카이도 ●
쓰지 신이치 ●

김남희

약함에 기대어
살 아 가 는   곳

이상한 남자였다. 단 한 번의 만남으로 나를 마구 흔들어놓고, 여름날 오후의 바람처럼 사라져버렸으니. 그를 둘러싼 세계도 이상하기는 마찬가지였다. 기이하고, 보잘것없고, 깨지기 쉬우나 따뜻한 세계. 약하면서도 강한 영혼으로 둘러싸인 그 세계를 잠시 기웃거렸던 날로부터 이미 오랜 시간이 흘렀다. 그런데도 나는 아직 낮잠에서 깨어나 주위를 두리번거리는 아이가 된 기분이다. 꿈 안의 세계에서 꿈 바깥의 세상으로 미처 건너오지 못한 듯한. 그의 부재는 오랫동안 채 깨지 못한 꿈으로 남을지도 모르겠다.

그를 처음 만난 곳은 홋카이도의 삿포로 공항. 우리를 마중나온 그의 첫인상은 어딘가 어색했다. 초점이 어긋난 듯 조금 멍한 눈동자, 균형이 무너진 비스듬한 자세, 느리고 어눌한 어조와 낮은 음성, 확연히 굼뜬 행동거지. 도무지 이 세계의 속도를 못 견딜 사람 같다. 선생님이 내게 그를 소개하신다. "이 세계의 모든 음모를 다 꿰고 있는 사람이야." 나도 모르게 웃음이 터졌다. 그는 부인하지도 않고 덩달아 웃음을 흘린다. 웃으니 처진 눈꼬리에 주름이 잡혀 얼굴이 한결 편안해진다. "그래, 요즘에는 어떻게 지냈어?" 선생님의 질문에 돌아온 대답이 황당하다. "좀 외로워요. 망상이 사라졌거든요." "호, 망상이 사라졌어?" "네. 망상이 사라지니 텅 빈 것 같고, 삶이 공허해요. 사는 보람이 없어진 것도 같구요." 그제야 생각났다. 이 사람이 정신분열증 환자라는 사실이. 그는 우리가 찾아가는 정신장애인들의 공동체 '베델의 집'에 십육 년째 머물고 있었다.

시모노 쓰토무 군은 아버지와 단둘이 살던 고등학생 시절, 외로움을 잊으려고 약에 손을 댔다. 그 죄책감으로 망상이 찾아왔다. 그의 망상은 '걸프전 책임설'로 시작됐다. 걸프전이 자신 때문에 일어났다고 믿은 그는 곧 누군가 자신을 잡으러 올 것이라는 두려움에 사로잡혔다. 텔레비전에서 부시 대통령이 "국민 여러분을 지켜드리겠습니다"라고 연설할 때, 그것을 자신에게 하는 경고라 생각한 그는 공포에 사로잡혀 부모에게 이를 털어놓았고, 결국 정신병원에 감금됐다. 그가 열아홉 살 때였다. 입원과 퇴원을 반복하며 몇 년이 흐른 후, 약은 끊었지만 망상은 남았다. 다양한 망상, 환청과 더불어 이십 년을 살다가 이제야 자유로워졌다. 그런

데 외롭다니…… 도무지 이해도 안 가고, 상상도 되지 않는 그 말이 나를 뒤흔들었다. 그가 아무렇지도 않은 목소리로, 악의라고는 눈곱만큼도 찾아볼 수 없이 선한 얼굴로 미소를 띤 채 "좀 외로워요"라고 말하는 순간, 그 외로움이 손을 뻗으면 만질 수 있을 것처럼 생생하게 전해졌다.

우리는 그의 차를 타고 베델의 집으로 향한다. 별다른 특징도, 자랑할 것도 없는 바닷가 마을 우라카와. 인구 만 육천 명인 이 작은 마을을 떠들썩하게 만드는 곳이 바로 베델의 집이다. 정신장애인들이 회사를 설립해 자신들의 이야기를 책과 영화로 만들어 팔고, 텔레비전에도 종종 출연해 유명해진 곳이다. 시모노 군의 안내로 베델의 집을 둘러본다. 합법적으로 설립된 유한회사 외에도 베델의 집에는 모두 여섯 개의 작업장이 있다. 새로 온 사람들이 쓸 가전제품을 보관하고 재활용 사업을 하는 신생구미, 시디나 명함을 제작하고 책을 편집하는 무준샤. 시모노 군의 '전 여자친구'인 야마모토 카야 씨와 함께 만든 밴드로 음반 제작 및 공연을 하는 펀칭 글로브 밴드, 컴퓨터 수리나 홈페이지 제작을 하는 실버윙. 이곳에 오기 전 은행원이었던 오자키 씨가 은행장을 맡은 드림 뱅크…… '이익이 나지 않는 것을 소중하게'라는 슬로건을 내건 베델의 집이지만 해마다 1억 엔이 훌쩍 넘는 매출을 올리고 있다. 이 때문에 베델의 집은 종종 이 마을 소문의 근원지가 되기도 한다. 주민들 대부분이 목축업이나 어업으로 생계를 유지하는 가난한 마을

에서 유일하게 번성하는 곳이 베델의 집이기 때문이다. 어딘가 건물이 팔린다거나 누군가 가게를 내놓으면 우선 베델의 집을 의심한다나. 저녁을 먹기 위해 찾아간 카페 부라부라도 베델의 집 '번영 신화'를 상징하는 곳이다. 베델의 집 식구들이 직접 만들고 꾸민 카페는 벽과 천장에 나무를 덧대고, 한쪽은 흙벽으로 장식해 아늑한 느낌이다. 바닷가에서 주워온 돌이나 조개껍데기, 나뭇가지를 두어 소박한 멋도 잃지 않았다. 이곳의 직원도 자원봉사자를 제외하면 모두 베델의 집 식구들이다. 한마디로 정신장애인들이 직접 서빙도 하고, 요리도 만드는 카페다.

이곳에서 인사를 나눈 하야사카 키요시 씨(57세)는 베델의 집을 상징하는 전설적인 인물이다. 오늘날 베델의 집이 있게 한 '다시마 포장' 사업을 시작한 주인공이기 때문이다. 반백의 머리에 주름 가득한 얼굴이 그가 살아온 고단한 삶을 보여준다. 그런데도 눈빛은 장난꾸러기 소년 같다.

"돈을 벌기 위해서 사업을 시작한 건 아니었어요. 우리 마을을 위해, 사회를 위해 나도 무언가 하고 싶었어요. 우리 모두 이 사회에서 살아가는 존재잖아요. 근데 병이 생기면 우선 사회와 격리되고 멀어지죠. 나도 이 사회의 일원이 되고 싶었는데 그게 불가능했죠. 하지만 내가 할 수 있는 일이 있다면 하고 싶더라구요. 우리가 할 수 있는 일을 만들자. 그래서 탄생한 게 바로 다시마 포장 작업이에요." 잘린 다시마를 비닐봉지에 넣는 간단한 작업이었다. 하지만 키요시 씨는 그런 일마저도 3분 이상 지속할 수 없었다. 그래서 그런 그를 도울 동료를 한 사람 더, 또 한 사람 더 모으기 시작해 마침내 지금의 협업상태가 생겨났다. 그의 약함이 결국 여러 명분의 일을 낳고, 사람들의 마음을 움직이는 힘이 되었다. 베델의 집 사람들이 처음으로 다시마 판매를 나간 행사장에서 그는 불안감과 긴장감에 몸이 굳은 채 쓰러졌다. 그 모습을 본 사람들이 "저렇게 아픈 몸으로 여기까지 와서 다시마를 팔다니. 어서 사자구요"라며 마구 사기 시작해 금세 다 팔렸다고 한다. 그로 인해 '발작으로 판다'는 우스운 '표어'가 생겼고, 이것이 장사의 원동력이 되었다. 베델의 집의 이 모든 번영은 이십오 년간 입원과 퇴원을 스무 번 반복한 그의 약함 덕분이다. (베델의 집 사람들 저, 『베델의 집 사람들』, 송태욱 옮김, 궁리, 2008)

　　선생님이 비밀이라도 털어놓듯 내게 넌지시 묻는다. "키요시 씨의 별명이 뭔지 알아? 파피푸페포야." "네? 파피푸페포요? 무슨 뜻이에요?" "직접 물어봐." 키요시 씨에게 물으니 부끄러운 듯 얼굴을 붉힌다. 그는 흥분하거나 당황하면 말을 할 수 없게 되고 온몸이 굳어버린다고 했다. "파…피…푸…페…포"라고 더듬더듬 겨우 내뱉을 뿐, 도무지 말이 나오지 않는단다. "어떤 경우에 그런데요?"라고 물으니 "예쁜 여자와 함께 있을 때"라며 웃는다. 지금 내 앞에서 키요시 씨는 빼어난 말솜씨를 자랑하는 중이다.

　　키요시 씨가 맞은편에 앉은 가와무라 씨와 무카야치 씨를 가리키며 말한다. "이들이 없었다면 우린 아직도 병원에 입원해 있을 거예요. 이들을 만난 게 제 인생의 전환점이었어요." 가와무라 씨와 무카야치 씨는 베델의 집을 탄생시킨 주역이다. 무카야치 이쿠요시 씨는 어린 시절 별명이 KY(분위기 파악 못하는 사람)였다고 한다. 어렸을 때부터 그는 죽거나 아픈 사람들에게 관심이 많아 장례식에 자주 참석하는 특이한 아이였다고 한다. 대학에서 사회복지학을 전공한 후 무려 삼십이 년 전부터 우라카와에서 사회복지사일을 시작했다. 1984년 봄, 버려진 교회를 개축해 정신장애를 앓는 사람들의 회복자 클럽으로 베델의 집을 시작했다. 정신병이라는 문제를 개성의 하나로 받아들여 그것과 함께 사는 체제를 만든 셈이다. '회복은 이야기하는 데서 시작된다'고 믿으며 서로가 고통을 이야기하는 전통을 만들고, 이곳을 '관리가 미치지 않는 곳'이라 부르며 '관리나 규칙을 배제한' 생활공간을 만들어냈다. "가족은 규칙이 없잖아요. 여기도 마찬가지여야 한다고 생각했죠."

병은 한 사람이 열심히 살아온 증거다

무카야치 씨의 옆자리에는 가와무라 도시아키 선생님이 앉아 계신다. 그는 이곳 적십자병원의 정신과 부장의사로 "환자들의 세계, 그것을 소중히 여기지 않으면 안 된다"고 믿는다. 병은 한 사람이 인간으로서 열심히 살아온 증거이기에 긍지를 가지고 자신의 병을 소개해야 한다고 믿는다. 그래서 베델의 집 사람들은 초등학교와 중고등학교에 가서 자신의 경험을 날것으로 생생하게 털어놓는다. 그러다보면 어린 학생들로부터 "분열병에 긍지를 갖고 사는 모습이 멋있어요!"라는 팬레터도 날아온다나. 또 환청을 환청씨라고 부르며 병과 함께 살아가는 법을 익힌다. 베델의 집에서 만든 은행인 드림 뱅크의 은행장 오자키 히로토 씨는 721명의 환청씨와 살고 있어 이 분야 최고 기록을 갖고 있다. (베델의 집 사람들 저, 『베델의 집 사람들』, 송태욱 옮김, 궁리, 2008)

내 옆자리에는 야마네 씨가 있다. 미쓰비시 자동차 회사에서 시스템 엔지니어로 일했던 그는 "회사를 위해 전부를 걸자"는 각오로 일하다가 스트레스와 과로로 병에 걸렸다. 이곳에 왔을 때도 "베델의 집을 위해 전부를 걸자"고 이야기했다가 모두에게 "정말 심각한 문제가 있군요"라는 말을 들었단다.

부엌에서 음식 만들기를 열심히 진두지휘하는 자그마한 체구의 명랑한 여인. 바로 무카야치 씨의 아내 에쓰코 씨다. 나는 밝고 꾸밈없는 이 여인이 금세 좋아졌다. 베델의 집 식구들과 오랜 세월 함께해온 그녀는 활력이 넘친다. 에쓰코 씨와 베델의 집 식구들이 정성껏 준비한 맛있는 저녁을 먹고 나니 시모노 군이 기타를 들고 왔다. 그는 '펀칭 글로브 밴드'라는, 지금은 거의 활동을 중단한 2인조 밴드의 싱어송라이터다. 뉴욕재활병원 벽에 쓰인 시에 리듬

을 붙인 게 첫 노래다.

> 큰일을 이루기 위해 힘을 주십사 하느님께 기도했더니
>
> 겸손을 배우라고 연약함을 주셨고,
>
> 많은 일을 하려고 건강을 구했더니
>
> 보다 가치 있는 일을 하라고 병을 주셨으며,
>
> 행복해지고 싶어 부유함을 구했더니
>
> 지혜로워지라고 가난을 주셨습니다.
>
> 세상 사람들의 칭찬을 받고자 성공을 구했더니
>
> 뽐내지 말라고 실패를 주셨습니다.
>
> 풍요로운 삶을 누릴 수 있도록 모든 것을 달라고 기도했더니

모든 것 누릴 수 있는 삶, 그 자체를 선물로 주셨습니다.

구한 것 하나도 주어지지 않은 줄 알았는데
내 소원 모두 들어주셨습니다.

수많은 실수와 실패로 점철된, 아프고 약한 존재 자체도 축복
이라는 걸까. 얼마나 오래, 얼마나 깊이 아파야 이런 기도를 올릴
수 있을까. 거칠고 힘있는 그의 목소리가 어두운 카페 안에 퍼진
다. 애써 감춰온 나의 약한 내면을 드러내는 이 노래에 오래전 내
얼굴이 떠오른다. 사랑이라는 이름의 광기에 휩싸였던 서른한 살
의 겨울. 이러다가 미칠 수도 있겠구나, 아니, 이미 미쳐버린 게
아닐까, 이런 생각에 고통스럽던 몇 달의 시간. 내 뜻대로 되지 않
는 사람의 마음 때문에 나를 망가뜨리고, 타인을 아프게 하고, 삶
을 끝내려고까지 했던 그때. 그토록 낯선 자신의 모습에 놀란 상처
는 오래갔다. 세월이 흐르면서 상대로 인한 아픔은 잊을 수 있었
지만, 내가 나 자신에게 입힌 상처는 쉽사리 지워지지 않았다. 내
가 그토록 어이없이 무너지는 약한 존재라는 사실을 인정하기까지
얼마나 오랜 시간이 필요했던지. 그때의 내 모습이 떠올라서일까.
약하고 어두운 내면을 지닌 시모노 군이 이 노래를 부르기 때문일
까. 나도 모르게 흐르기 시작한 눈물이 걷잡을 수 없이 쏟아진다.
마침내 소리내어 흐느끼고 만다. 우는 나를 보며 그가 "온나나카

세(여자 울리는 남자)"라며 웃는다. 그의 따뜻한 배려심이 전해진다. 연이어 그가 작사 작곡한 〈히키코모리의 변명〉〈기도〉 등 몇 곡의 노래가 이어졌다. 그가 만든 〈나는 병자〉라는 곡의 가사다.

바쁜 하루를 마감하면
사람에 치여 만신창이가 되어 있는
그대는 오늘 어디 있을까?
나는 머리가 돌았고, 병에 찌든 무료함에서 벗어나려 안간힘을
쓰네
나는 병자, 계단에서 굴러떨어지는 돌
그리고 숨가뻐 계단을 오르는 그대, 나는 병자
모두가 유혹에 젖은 인생을 보내며 방황하는 시간들을 죽여가네
벼랑 끝에 내몰린 마음, 웃음짓지 못하는 하루하루
대체 언제까지? 얼마나 더 나를 다그치려는지?
나는 병자, 일에 치여 분주한 그대
해 저물기 전에 그대에게 전하리. 변함없이 for you.

카페 안에 십여 명의 사람들이 한 분열증 환자가 부르는 삶의 노래에 말을 잃은 채 앉아 있다. 우리는 왜 이렇게 강한 척하며 살아가는 걸까. 강해야만 한다고, 그래야만 살아남는다고, 약한 모습 따위는 보여서는 안 된다고 되뇌며 사는 삶. 그래서 결국 우리

는 약한 이들을 제도적으로도, 심적으로도 차별하고 격리한다. 그리고 그들을 언젠가 사회로 '복귀'해야만 하는 비정상적인 존재로 규정한다. 나 역시 그들을 이 냉혹하고 비인간적인 '시스템' 안으로 돌아와야만 하는 낙오된 존재로 바라본 게 아니었을까. 이깟 '사회'로 좀 돌아오지 않으면 어때서? 여기서 이렇게 어떻게든 살아가는데. 평생 병을 끌어안고 살면 또 어때? 이렇게나 멋진 사람들인데.

누구나 자신이 실수를 저지르고 실패를 반복하는 약한 존재임을 인정하고, 그 약함에 기대어 살아가는 곳이 베델의 집이다. 삶의 모든 어려움과 실수를 '살아가는 고생'으로 소중히 여기는 태도는 비장애인들에게도 필요한 자세가 아닐까. "베델의 집에 오면 자신의 병이 다 드러난다"는 말은 이런 의미인가보다. 이 짧은 시간에 나의 약함을 인정하는 법을 배우고 있으니.

먹먹해진 가슴으로 돌아오는 길, 바닷가 마을은 이미 고요하게 잠들었다. 선생님이 말씀하신다. "지금까지 사회운동가들조차도 장애인에 대해 말하지 않았어. 사랑을 말하면서도 결국 무엇무엇을 할 수 있기에 사랑한다는 거지, 그저 이렇게 존재만으로도 사랑한다는 게 아니었어. 일본도 한국도 그런 조건을 전제로 한 사랑만 해왔기 때문에 이제 막다른 골목에 다다른 거지. 이것도 못하고, 저것도 못하는 장애인을 있는 그대로 100퍼센트 받아들일 수 있느냐. 그게 미래사회의 기준이 되어야 할 거야."

"얼른 병이 나아서 사회로 복귀해야지"라고 말할 뿐, 그들을

홋카이도 ●
김남희 ●

있는 그대로 인정하지 않는 우리가 과연 그런 사회를 만들 수 있을
까. 낙관하기는 어렵지만, 태생적 비관주의자인 나도 우리가 결국
엔 그런 사회를 만들 수 있을 것만 같다. 이들과 만나 이야기해본
다면 모두 나처럼 이들을 좋아하게 되지 않을까. 그들이 우리에게
얼마나 많은 것을 가르쳐줄 수 있는 존재인지 알게 되지 않을까.
결국 우리 역시 그들과 다름없이 약하고 상처 입은 존재라는 것도
인정하게 될 테니까. 그러니 역시 장애인들의 생활공간은 비장애
인들의 생활 근거지와 함께 있어야 한다. 그들에 대한 오해와 편견
을 녹이고, 내 안의 병을 들여다볼 수 있는 만남이 가능하려면.

　　바다에서 습기를 머금은 바람이 불어온다. 오늘밤은 왠지 편하
게 잠들 수 있을 것 같다. 내 가슴속에 꼬인 매듭이 몇 곡의 노래로
툭 풀어진 느낌이다.

분 발 하 지　않 는 다 는　것

여름 햇살 아래 파란 하늘이 빛나는 아침. 다시 베델의 집을 찾아
간다. '세끼 밥보다 회의'라며 서로 이야기하는 시간을 소중히 여기
는 베델의 집답게 조회로 하루를 시작한다. 두 여성이 일어나 우리
를 위해 노래를 불러준다. 외부인이 찾아올 때마다 하는 환영노래
란다. "남희씨, 정신병이 있어도 괜찮아요. 신으로부터 받은 선물

이니까." 노래 가사에 방문자의 이름과 병명을 언급하다니! 웃음이
터지는데 코끝은 찡하다. 아아, 정말 이들만큼은 나의 가장 어두운
얼굴조차도 있는 그대로 받아들여주겠구나. 마음이 따뜻해진다.

　　아침 모임에서는 그날 할 일을 점검하고, 문제를 서로 공유한
다. "작업장의 에이프런이 스물아홉 개나 없어졌어요. 집에 있는
에이프런을 가져다놓으세요. 제발 손님들 신발을 마구 신고 가지
마시구요" 같은 당부도 나온다. 판매 금액과 수익을 보고하는 사업
보고도 한다. 예전에 이곳에 머문 이에게서 온 편지를 읽는 시간도
이어진다. 모임을 이끄는 사회자는 무질서에 대한 결벽증이 있던
환자였는데 이제는 이곳의 직원이다. 다들 조금씩 행동이나 몸이
불균형해 보이고, 말투가 어눌한 걸 빼면 평범한 아침 모임 같다.

홋카이도　●

김남희　●

정신장애인들의 공동체라고는 믿기지 않을 만큼 유쾌하고 어수선하면서도 편안한 분위기다.

사무실을 둘러보자니 젊은 남자가 깜짝 놀랄 만큼 우렁찬 목소리로 말을 걸어온다. "어서 오세요!" 화통을 삶아 먹은 목소리가 저 정도일까? 선생님이 웃으며 귀띔하신다. "책에도 나오고, 텔레비전에도 나온 유명한 남자야." 올해 서른여덟 살의 마쓰모토 히로시 군. 그는 자신이 유명한 야구선수 이치로를 가르쳤다고 주장한다. 덧붙인다면 그는 이치로와 동갑이다. 야구선수로 지낸 중고교 시절, 왕정치같이 훌륭해지고 싶어 분발하기 시작했다. 그 스트레스로 스무 살 무렵부터 환청이 심해져 병원에 입원하는 신세가 되었다. "내 특기가 사람을 피곤하게 만드는 거니까 피곤하면 말해요. 중요한 건 피곤해지지 않도록 사는 거죠. 제가 바로 너무 피곤하게 살아서 병에 걸린 사람이잖아요. 전 병이 나으려면 세 가지가 필요하다고 봐요. 머물 곳, 친구들, 그리고 세례. 외부 전문가에게 의지하면 안 돼요. 자기 스스로 자기 병의 전문가가 되어야 하는데 문제는 십 년이 걸린다는 거죠. 무카야치 씨의 아내 에쓰코 씨 알죠? 그 아들이 고등학교를 졸업할 때 제가 '정신병자가 되는 법'을 가르쳐줬어요. 친구는 한 명도 만들지 말고, 혼자서 홍등가나 돌아다니면 된다고." 이런 식으로 온갖 이야기를 끊임없이 쏟아부으면서 틈틈이 "피곤하지 않아요? 괜찮아요?"라며 듣는 이를 배려하는 세심함이라니. 재밌는 남자다. 무슨 일이든지 남들보다 두

배 이상 분발하는 사람이라더니 우리에게 말을 거는 일에도 정말 열심이다. 그는 병의 도움을 많이 받았다고 믿는다. 베델의 집을 알게 되어 친구도 늘었다, 무리한 생활을 하면 바로 병이 브레이크를 걸어준다, 환청씨가 심심풀이 이야기 상대가 되어준다, 싸움이 끊이지 않았던 가족이 자신의 병 덕분에 사이가 좋아졌다 등등. 무엇보다 지나치게 노력하던 생활을 그만둘 수 있어서 좋단다. 문득 선생님의 친구인 후쿠다 미노루 씨가 쓴 시가 생각난다. 뇌성마비 시인이자 팬터마임 배우인 그의 시 「분발하지 않는다는 건」이다.

> 분발하지 않는다는 건, 자신의 시간을 재는 일.
> 분발하지 않는다는 건, 행복하다.
> 분발하지 않는다는 건, 몸에 좋다.
> 분발하지 않는다는 건, 마음에도 좋다.
> 분발하지 않는다는 건, 건강하다.
> 분발하지 않는다는 건, 자연에게 다정해진다.
> 분발하지 않는다는 건, 남에게 상처주지 않는다.
> 분발하지 않는다는 건, 진정한 '평화'.
> 분발하지 않는다는 건, 지구를 계속 사랑하는 일.
> (중략)
> 분발하지 않는다는 건, 나다.

홋카이도 ●
김남희 ●

분발해서 열심히 하는 것. 그것만큼 우리 일상의 강박이 된 명제가 또 있을까. 이 가혹한 경쟁사회에서 살아남기 위해 우리는 늘 "열심히 하겠습니다" "최선을 다하겠습니다" 같은 말을 입에 달고 산다. 그리고 열심히 했으나 원하는 결과를 못 냈을 때, 우리는 스스로에게 이렇게 말한다. "역시 최선을 다하지 못했어. 이건 내가 부족한 탓이야. 다음엔 좀더 열심히 해야지." '노력하면 누구나 성공할 수 있다'는 신화에 매달려 우리는 자기 안으로만 몰입해간다. 우리를 둘러싼 시스템 자체에 질문을 던지기보다는 '긍정교'의 순진한 신도가 되어 자신을 가혹하게 몰아간다. 이런 삶을 자유로운 삶이라고, 내가 선택한 길이라고 말할 수 있는 걸까. 속도와 생산성, 효율을 우선시하는 이 체제를 견디지 못해 병에 걸리고 만 정신장애인들은, 우리가 잘못 나아간다는 걸 알려주는 나침반 같은 존재일지도 모른다.

내가 할 수 없는 일, 내 삶을 불행하게 만드는 욕심을 포기하는 것. 나를 지치게 만드는 '긍정의 힘'의 최면에서 풀려나오기. 행복하고 평화롭게 살기 위해 꼭 필요한 일이리라. 앞으로는 "열심히 하겠습니다" "좀더 분발할게요" 이런 말은 정말 가려가며 해야겠다.

오후에는 'Peer support'라는 프로그램에 끼어들어 귀를 기울였다. 이 프로그램은 이곳의 당사자(베델의 집에서는 환자라고 부르지 않는다)들이 퇴원을 앞둔 정신병원 환자들을 찾아가 그들을 격려하는 프로그램이다. 정부에서 상담료를 지원받는데, 그리 잘 굴러가지는 않는단다. 보통은 "두 번 다시 오지 마!"라는 소리를 듣거나 말다툼을 벌이게 된다고 한다. 그래서 병원에 다녀오면 이곳 당사자들끼리 다시 서로를 격려하는 모임을 가진다.

이 모임을 차분하게 이끄는 시미즈 리카 양은 자신의 병을 통해 그 병에 전문가 수준이 되었다고 한다. 오늘 살짝 엿들은 대화는 이렇다. "○○씨로부터 같이 쇼핑해서 즐겁다는 말을 들어 기뻤어요." "미안한데 오늘은 말할 기분이 아니야 하고 거절당하고 돌아왔어요." "○○씨는 점점 말할 의지가 없어져요. 늘 똑같은 이야기만 반복하는 제가 한심하네요." 이런 괴로움과 소소한 기쁨을 함께 나눈다. 그리고 혼자서는 할 수 없음을 인정하고, 서로가 서로의 도움이 필요함을 깨닫는다. 보통 정신분열증 환자는 자살률이 높은 편인데 베델의 집에서는 자살이 사라졌다고 한다. 자신의 병을 긍정적으로 보고, 함께 나누는 자세 때문일 것이다. 자신의 문제를 고백하는 데 주저함이 없는 이들이 나보다 더 용감하다는 생각이 든다.

그날 저녁, 우리는 시모노 군, 키요시 씨 등과 함께 베델의 집에서 한 시간 남짓 떨어진 어느 목장을 찾아갔다. 저녁식사 자리에서 키요시 씨에게 물었다. "외부 손님들이 너무 자주 베델의 집을 찾아와 피곤하지 않아요?" "이곳에서는 늘 그대로 있는 것만으로 괜찮다고들 해요. 중요한 건 이곳에 있는 것 그 자체죠. 본래 정신병원 창살 안에 갇혀 있어야 하는데 이렇게 사람들과 함께할 수 있

홋카이도 ●
김남희 ●

다니 얼마나 행복한지 몰라요. 서로 이야기를 들어주고, 나눌 수 있으니 말이에요. 남희씨도 자신만의 이야기를 적극적으로 표현하며 살아요. 모든 사람은 자신만의 향기와 맛이 있는 거니까." 이토록 멋진 말을 해주다니, 그는 얼마나 향기로운 사람인지!

이 작은 오두막을 채운 사람들을 둘러본다. 선한 얼굴로 천천히 고기를 씹는 시모노 군. 허겁지겁 열심히 고기를 먹는 키요시 씨. 반찬을 가까이 놓는다는 식으로 잘 드러나지 않게 배려하느라 조용히 바쁜 재일교포 사회복지사 박군. 어두운 불빛 아래 드러난 그들의 얼굴이 하나하나 살아 있다. 연기로 가득찬 매캐한 이 공간이 그 어느 곳보다 따스하게 느껴진다. 서늘한 바람이 불어오는 여름밤. 아프고, 연약한 이들이 서로의 약함에 기대어 살아간다. 그리고 그 존재만으로 나 같은 이를 위로해준다. 얼마나 고마운지. 숙소로 돌아가는 길, 선생님이 묻는다. "놀라운 사람들이지?" "네, 정말 반했어요." "시모노 군이나 시미즈 리카 양의 지성은 대학교수나 소위 말하는 지식인에게는 없는, 깊은 지성이지." 내 곁에 계신 선생님이 이렇게 믿는 분이어서 또 얼마나 아름다운지.

다음날, 아이누 사람들을 만나기 위해 문화원을 찾았다. 전통 춤에 대한 설명을 듣는데 옆자리에 있던 키요시 씨가 보이지 않는다. 주변을 둘러보니 그는 한쪽 방 다다미에 대자로 누워 잠을 청하고 있다. 감자처럼 울퉁불퉁한 얼굴이 나를 안심시킨다. 그래, 괜찮아. 힘들면 쉬었다 가도 돼. 아프다고, 못 견디겠다고 말해도 괜잖아. 지구는 전부 그런 존재로 가득찬 곳인 걸. 세월의 풍상이 잔뜩 드리워진 그의 주름진 얼굴 위로 한 줄 바람이 지나가는 오후다.

그리고 석 달의 시간이 흘러갔다. 가을이 절정으로 치닫던 11월의 어느 날. 지난밤 내린 비에 씻긴 하늘이 푸른 커튼을 드리운 아침, 나는 요코하마의 선생님 댁에서 차를 마시고 있었다. 간사이 지방을 여행하고 막 돌아와 마리 씨가 차려준 아침상을 물린 직후였다. 거실에 가득한 평화로운 분위기를 흐트러뜨리며 전화벨이 울렸다. 전화를 받은 선생님의 목소리가 금세 가라앉았다. 지난밤, 시모노 군이 세상을 떠났다는 소식이었다. 마쓰야 씨는 "그가 용궁에 가서 돌아오지 않았다"는 말로 그의 익사 소식을 전했다. 요즈음 내내 기분이 좋았던 그는 술을 마시면 부둣가에 한참을 서 있다 돌아오곤 했단다. 그날도 술을 몇 잔 걸친 뒤 부둣가로 향했다가 사고를 당했다고 한다. 그렇게 그는 이 세상에서의 짧은 삶을 끝내고 다른 세상으로 건너갔다. 내게는 단 한 번의 만남만을 남긴 채. 첫 만남이 마지막 만남이 되었고, 처음 만났을 때처럼 떠날 때도 눈물을 쏟게 만들었다. 한참을 울다가 문득 "키요시 씨가 얼마나 힘들까요?"라고 물으니 선생님은 이렇게 답한다. "물론 그렇겠지. 하지만 그들은 죽음과 늘 가까이 있는 사람들이야. 자기 자신의 죽음을 포함해서 말이야." 우리보다 약했지만 누구보다 강인했던 사람. 자신의 약함으로 우리 삶의 위태로움을 드러내던 사람. 있는 그대로의 나를 인정하고 살아가는 것이 진짜 삶임을 가르쳐

홋카이도 ●
김남희 ●

준 사람. 그토록 기묘한 매력을 가진 남자를 이번 생에 다시 만날 수 있을까. 그가 떠난 하늘에 11월의 햇살이 여리지만 따스하게 빛나고 있다.

김남희

흔적 없는 열일곱 살의
조 선 인 과   그 의   아 내

11월 말의 늦가을 오후. 기차로 도쿄 서쪽에 위치한 야마나시 현으로 향한다. 두 시간쯤 달린 기차가 우리를 내려놓은 곳은 고부치자와 역이다. 이 근처에 있는 선생님의 가족 별장을 찾아 가는 길. 이미 어두워진 역에 내리니 선생님의 동생 슌스케 씨 가 기다리고 있다. 마을의 식당에서 저녁을 먹는다. 나와 선생 님은 굴 프라이, 슌스케 씨는 돈가스. 작고 오래된 가게다. 두 분의 어머님은 돌아가시기 전까지 이곳의 오랜 단골이었다고 한 다. 주인아저씨가 만두며, 굴절임이며 자꾸 내주신다. 잔정 없 는 일본 식당도 단골에게는 다른가보다. 식당 안에 손님은 우리 뿐. 대화가 끊길 때면 음식 씹는 소리만 작은 가게에 가득찬다. 제철을 맞아 살이 오른 굴에 빵가루를 입혀 튀긴 굴 프라이는 속

살의 부드러움과 바삭한 겉옷의 식감이 조화롭다. 겨울로 향하는 늦가을 밤, 좋은 사람들과 맛있는 음식을 먹으니 만족감이 깊이 번진다.

슌스케 씨가 모는 차는 인적 없는 길을 달려 검고 깊은 숲으로 향한다. 낙엽을 떨구기 시작한 나무 사이로 집이 드문드문 서 있다. 별장지의 평일 밤, 동네에는 인기척이 없다. 슌스케 씨가 작은 단층집 앞에 차를 세운다. 이 집은 맏형인 건축가 고이치 씨의 설계로 지은 스트로베일 하우스(압축 볏짚으로 지은 집)다. 선생님의 제자들을 비롯해 백여 명의 사람들이 함께 지었다고 한다. 단순하면서도 기품 있는 이 집은 벽 두께가 40센티미터가 넘는데, 집을 데우는 데 시간이 걸리지만 한번 따뜻해지면 오래간다고 한다. 게다가 마루에는 온돌을 깔았다. 일본에서는 보기 드문 온돌을 여기서 만나다니 반갑다. 다다미방 하나와 다락방, 거실과 부엌이 전부인 이 집은 다락방까지 포함해도 열댓 평이 될까 싶은 규모다. 작고 소박해서 더 마음에 든다. 거실의 큰 창으로 정원의 나무가 가득 들어온다. 선생님의 어머님은 돌아가시기 전까지 이곳에서 시간을 보냈다. 슌스케 씨가 준비한 와인을 마시며 두 형제는 옛 추억을 이야기한다.

"어머니와 보낸 시간이 나의 슬로라이프였지. 어머니가 아프시면 어떻게든 시간을 내 이곳에 내려와 함께 머물곤 했으니까. 어머니는 그림을 그리고, 나는 옆에서 책을 읽거나 글을 쓰면서. 어머니를 위해 음악을 선곡하는 디제이 역할도 했지. 우리 어머니는 정말 사람을 좋아했어. 아주 작은 아파트에 살 때도 이불만큼은 엄청나게 준비하셨지. 누구든 와서 편히 쉴 수 있도록 말이지. 이 집에도 얼마나 많은 사람이 드나들었는지 몰라. 스트로베일 하우스는 사람들이 드나들어야 하는 집이야. 그래야 더 집다워지고, 오래가지."

내가 사람들로 가득한 이 집을 상상하는 동안 선생님이 말을 잇는다.

"바로 저 테라스에서 슌스케의 처인 막내며느리 아코와 병든 어머니가 생애 마지막 곶감을 만들었지. 정말 아름다운 가을날이었어. 볕도 아주 따뜻했고. 내가 지은 하이쿠 생각나? '병든 어머니의 곶감. 유난히 늦게 마르네.' 예년보다 따뜻해서 그랬는지, 그해 감이 유난히 늦게 마르는 것 같았어. 게다가 어머니 상태도 그리 좋지 않아서 그 곶감을 맛보실 수 있을지 걱정했었는데…… 다행히도 그해의 곶감은 정말 맛있게 말라 어머니와 함께 먹을 수 있었어."

창밖에는 바람이 분다. 나무가 어둠 속으로 몸을 감추는 깊은 밤. 갈 곳 없는 새들이 아직은 잎을 두른 가지 사이에서 쉬고 있을까. 우리는 커피 한 잔을 놓고 마주앉아 이 집에 얽힌 추억을 나눈다. 몸과 마음이 따뜻해진다. 집이란 이런 곳이리라. 그곳에서 살아온 이들의 무수한 흔적으로 완성되는 곳. 사람이 살아서 더 아름다워지는 곳. 문득 주인 없이 텅 비어 있을 내 작은 집이 떠오른다. 내가 혼자인 한, 그 집이 기억하는 얼굴은 나뿐일 거라는 사실이 오늘은 조금 서글프다.

야 스 가 다 케 에 서   홀 로   지 낸   방

햇살이 눈가를 간질이는 아침. 동네를 산책한다. 휴가철이 아니어서인지 사람의 흔적이 보이지 않는 집이 많다. "이 주변에는 산이 근사한데 오늘은 미나미 알프스도, 야쓰가다케八ヶ岳도 보이질 않네. 구름에 가려서." 야쓰가다케는 일본 100대 명산에 뽑힌 2899미터 높이의 산. 여러 개의 봉우리를 거느린 큰 산으로 일 년 내내 등산객들이 찾아온다. 우리가 머무는 동네는 바로 야쓰가다케의 발치에 드러누운 산간 마을이다. 햇살이 따스하고 공기는 상쾌한 가을 오전. 단풍철이 절정을 지났지만 아직 가을빛을 잃지 않았다. 마을은 잠든 듯 고요하다. "우리 아버지가 여기 처음 내려온 게 1971년 무렵이었지. 이곳에 1973년인가에 집을 지으셨고. 정말 허름한 집이었지. 그때만 해도 이곳엔 사람이 없었어. 이 근처에 두 명의 미국인이 손수 집을 짓고 있었는데, 그들처럼 재밌는 이들이 좀 있었지. 지금 우리집은 육 년 전에 형제들이 돈을 모아 새로 지은 거야." 동네를 둘러보

며 선생님은 빵집과 야채가게, 기차역 등 혼자 머물 내게 필요한 가게를 일러주신다. 집으로 돌아와 늦은 아침을 먹는다. 근처 빵집에서 사온 빵과 아코 씨가 만든 천연발효빵, 슌스케 씨 친구가 농사지은 무농약 사과와 귤. 도시가 아니어서일까. 무얼 먹어도 유난히 달다. 슌스케 씨는 집에 혼자 남을 나를 위해 장작을 패기로 하고, 우리는 텐노이 산天女山으로 산행을 나선다. 슌스케 씨가 등산로 입구에 우리를 내려주고 돌아갔다. 정상을 지나 우추쿠시모리를 거쳐 내려오는 길. 여기저기 단풍이 들어 붉은빛이 따라온다. 근처 카페에서 점심을 먹고, 집으로 돌아와 창고 위에 올라가 선생님이 감을 땄다. 마리 씨가 내려오면 다 함께 곶감이라도 만들라면서. 어머니와 함께 만들었던 곶감도 이 나무의 감이었다고 했다.

선생님과 슌스케 씨 모두 떠나고 혼자 남았다. 다섯시도 안 됐는데 창밖은 이미 짙은 어둠이다. 그리고 곧 완벽한 정적. 검은 정원을 바라보며 책을 읽는다. 낯선 마을, 낯선 집에서 혼자 밤을 맞으려니 조금 두려워진다. 하지만 이 집에 머물다 간 수많은 사람들의 온기가 나를 보호해주리라 믿는다. 사십 년 전, 이 깊은 산속에 홀로 집을 지은 선생님의 아버지를 생각해본다. 한국 이름 이원식 일본 이름 오이와 도시오. 오이와 大岩라는 성은 그가 나고 자란 마을 이름인 대암리에서 따왔을 거라고 했다. 한 번 만난 적도 없는 분인데 왜 이렇게 애틋할까. 선생님

부부와 함께 선암사에서 보낸 시간이 떠오른다. 아직 홍매화도 피지 않았던 이른 봄날이었다. 우리는 선암사 주변을 흐르는 냇가에서 작은 차례를 지냈다. 칠 년 전 보름달이 뜬 밤, 아버님을 보낸 자리라고 했다. 아버님의 재를 뿌렸다는 그 냇가에서 우리는 과일 몇 개를 차려놓고 향을 피웠다. 초라하지만 마음이 담긴 상이었다. 감회가 새로운지 오랫동안 말없이 냇가에 앉아 계시던 두 분. 그때 선생님이 떠올린 아버님은 어떤 모습이었을까. 선생님의 기억 속에 남아 있는 아버지의 마지막 얼굴은 어떤 표정이었을까.

독립운동을 하겠다며 열일곱 나이에 일본으로 건너온 청년. 상상과 달리 너무도 깨끗한 거리에다 부지런하고 예의바른 서민들의 모습에 몹시도 충격을 받았던 그 남자. '일본 여자들은 정말 못생겼다'는 말만 들었던 그는 얼마 후에 아름다운 일본 여인과 사랑에 빠졌다. 그녀와 결혼해 출판사를 운영하며 성공의 정점에 오르지만, 곧 파산해 질곡을 겪어야 했다. 자식들이 성인이 될 때까지 자신이 한국인임을 알려주지 않았던 남자. 철저히 일본인으로 살고자 했던 이유는 아마도 자식들의 미래를 위해서가 아니었을까. 몸속에 흐르는 조선인의 피를 믿으라고, 그것만으로 이미 한국인이라고 아들에게 자신 있게 말했다는 분. 끝내 일본인이 되지 못한 그는 결국 이혼 후 혼자 세상 곳곳을 떠돌아다녔다. 한국과 일본의 고대사를 연구하며 수십 권의 공책을 남긴 그가 일흔네 살의 나이로 눈을 감을 때 어떤 표정이었을까. 이곳에 내려와 땅을 사고, 집을 지은 건 그였는데, 이 집에는 그와 헤어진 아내의 흔적만이 가득하다. 이 공간 어디에도 아버지의 자취는 없다. 괜히 쓸쓸해진다. 열일곱에 조선반도에서 건너온 그는 죽어서도 외로운 존재구나 싶어서. 하긴, 그들이 이혼한 지도 오래됐고, 그는 십 년도 전에 세상을 떠났으니. 한때 그가 사랑했던 여인이 생전에 그린 그림으로 가득찬 방. 가만히 그림을 들여다본다. 밝고 환한 빛깔의 추상화는 봄날의 순한 빛처럼 곱다. 사진 속의 그녀처럼. 1921년에 태어나 여든일곱 살에 돌아가신 그녀의 가슴에 남은 조선 남자는 어떤 모습일까. 아, 이분들 중 한 분이라도 살아 계셔서 과거 이야기를 들을 수 있다면 얼마나 좋을까. 정원의 복숭아나무 아래 묻힌 그녀에게 묻고 싶다. 전남편을 어떻게 기억하는지. 조선인의 아내로 산다는 건 얼마나 고단한 일이었는지. 이 세상에 없는 이들을 생각하며 어둠에 묻힌 복숭아나무를 바라보는 밤. 답 없는 질문을 혼자서 묻고 있다.

　밤이 물러간 자리에 다시 찾아온 아침. 마루로 들어오는 햇살이 따사롭다. 빵과 사과로 아침을 먹는 동안 에릭 사티의 피아노 연주를 듣는다. 창밖의 복숭아나무를 바라보며. 이 집의 주인이었던 그녀에게 아침 인사를 드린다. 지난밤, 당신이 지켜준 덕분에 편히 잘 잤어요. 고마워요. 아직 가을빛에 물들지 않은 복숭아나무의 푸른 잎이 대답이라도 하듯 바람에 살랑거린다. 좋은 곳이지? 안심하고 편히 쉬다 가요, 조선에서 온 손님 양반. 이 세상에 없는 그녀가 몹시 가깝게 느껴진다. 그녀가 남겨놓은 핏줄들을 통해 그녀의 삶을 추억할 수 있기 때문일까.

몇 년 전, 우연히 배 안에서 만나 내 인생의 좋은 벗이자 스승이 된 선생님. 선생님으로 인해 알게 된 수많은 일본인 친구들. 그분들은 내가 선생님의 지인이라는 이유만으로 나에게 큰 호의와 애정을 베풀었다. 그들의 친절에 기대어 지난 이 년간 이 나라 곳곳을 여행할 수 있었다. 무엇보다 언제나 마음을 다해 나를 맞아주는 선생님의 가족들. 내가 무척 사랑하는 그녀들, 마리 씨와 마이와 사야. 오사카에서 지금까지도 연극배우로 활약하는 부모 밑에서 태어나 어려서부터 배우였던 마리 씨. 그녀의 할아버지도 연극배우였으니 막내딸 사야까지 4대째 연극배우의 길을 걷고 있다. 텔레비전 드라마의 주연을 맡기도 했던 마리 씨가 선생님을 만난 것도 할리우드 영화에 출연하기 위해 캐나다에 머물 때였다. 촬영장에서 극본 감수와 마리 씨의 영어 선생으로 아르바이트를 하던 선생님은 마리 씨를 향한 당신의 마음을 통역하는 데 몰입해 마침내 결혼에 이르렀다. 나이가 믿기지 않을 정도로 곱고 우아한 마리 씨는 내가 생각하는 현모양처의 전형이다. 너무 단아한데다 말수도 적으셔서 조금 어렵게 느껴지는 면도 있지만, 가까워지는 데 시간이 걸리는 이런 분에

게 나는 더 끌린다. 다도를 가르치는 선생인데다 꽃꽂이 같은 일본 전통문화에도 조예가 깊은 마리 씨는 당연히 요리와 살림에도 뛰어나다. 이런 아내와 사는 건 모든 남자들의 로망이 아닐까. 선생님이 세계 곳곳을 돌아다니며 강연을 하고, 책을 쓸 수 있는 것도 바로 든든한 지원자 마리 씨가 있기 때문일 것이다. 남편이 하는 여러 가지 사회활동을 묵묵하고도 세심하게 지원하는 사람이 바로 마리 씨다. 전 세계인을 친구로 둔—어느 날 선생님이 "화성에서 온 내 친구야"라며 외계인을 소개한다 해도 놀라지 않을 것 같다—남편이 집으로 불러들이는 수많은 손님을 언제나 한결같은 모습으로 맞이하는 마리 씨. 현대 일본의 신사임당이라 별명을 붙여드려야겠다.

두 분 사이에서 태어난 딸 마이와 사야는 또 얼마나 어여쁜 처녀들인지! 어려서부터 지독한 책벌레에 모범생이었던 마이. 시키지도 않는데 지나치게 공부에 몰두해 부모의 걱정을 살 정도였던 그녀는 대학에서 불문학을 공부하고 있다. 말이 많지 않은 대신 속이 깊고, 배려심도 많아 어른스럽다. 할아버지 할머니처럼 연극배우가 되겠다며 스스로 대학 진학을 포기하고 자신의 꿈을 향해 달려가는 둘째 사야. 80대 할머니와도 친구가 되는 그녀는 솔직하고 애교가 넘치면서도 또래에 비해 심지가 굳다. 사야는 고등학교 때 제2외국어로 한국어를 선택해 선생님을 기쁘게 하기도 했다. "난 사분의 일 한국인이잖아요"라는 그녀. 학교에서 아버지가 '절반의 한국인'이라고 얘기하면 친구들은 다들 멋지다며 부러워한단다. 그녀의 할머니가 조선인 남자와 결혼하던 당시와 비교해보면 얼마나 큰 변화인지. 남의 눈을 의식하기보다는 자신의 목소리에 귀기울인 채 앞길을 개척해가는 이 착하고 용감한 딸들을 보고 있으면, 오래전에 포기한 엄마가 되고 싶다는 욕망이 새삼 고개를 들곤 한다.

자기 안에서, 자신의 가정 안에서 평화와 정의를 이룬 사람이 이 세상의 평화와 정의를 말할 수 있음을 나는 이들을 만날 때마다 깨닫는다. 가족의 역할, 가정의 힘은 이런 것이리라. 전쟁터 같은 바깥세상에서 돌아와 쉴 곳이 되어줄 뿐 아니라, 그 세상이 흘러가는 방향을 거슬러 살아갈 힘까지 만들고 키워주는 것. 하지만 그 가족이 굳이 혈연으로 일군 가족이 아니어도 되지 않을까. 내가 만든 가족이 없는 나는 가까운 벗들과의 느슨한 공동체를 꿈꾸며 살아갈 수밖에 없으니.

이토록 평화로운 여자들만의 시간

다시 별장에서 맞는 아침. 오늘은 혼자가 아니다. 지난밤에 마리 씨와 마이가 내려왔다. 셋이 함께 아침을 먹고, 오늘 하루를 어떻게 보낼까 의논을 한다. 날도 좋으니 좀 걷고 싶다는 내 얘기에 근처의 메시모리야마飯盛山에 오르기로 결정. 택시를 타고 등산로 입구에 내려 걷기 시작한다. 봄날처럼 따뜻하고 화창한 날씨다. 길은 조금 질퍽거린다. 경사가 그리 급하지 않은 오르막을 한 시간가량 천천히 오른다. 밥이 그득 쌓여 있는 모양 같다는 메시모리야마의 정상. 후지 산이 아름답게 보이고, 야쓰가다케와 미나미 알프스까지 한눈에 들어오는 360도 전망이다. 따스한 양짓녘에서 만들어간 주먹밥으로 점심을 먹는다. 하산길에는 폭포도 구경하고, 천천히 걸어서 기차역이 있는 기요사토 마을로 향한다. 기차를 기다리는 동안 근처 카페에서 차를 마시며 휴식. 카페를 나오니 서녘 하늘이 붉게 물들고 있고 동편 하늘에 보름달이 떠올랐다. 두 량짜리 열차를 타고 별장으로 돌아왔다. 마리 씨는 근처 온천에 가고, 마이와 나는 집에 돌아와 저녁식사를 준비한다. 오늘의 요리는 마이가 만드는 버섯스파게티. 와인에 곁들여 맛있는 저녁을 먹고, 설거지를 마치고 나니 밤이 깊다.

베란다로 나가 다 같이 보름달을 본다. 가을밤 정원을 비추는 달빛이 말할 수 없이 고혹적이다.

"아, 왠지 춤추고 싶어지네."

나도 모르게 중얼거린 내 말에 마이가 답한다.

"추지 그래요?"

"춤춰본 적이 거의 없어서……"

망설이는 나를 위해서인 듯 마이가 먼저 몸을 움직인다. 특별할 것 없는 몸사위. 나도 할 수 있겠다. 조금씩 몸을 움직여본다. 처음의 어색함도 잠시, 탄력을 받은 몸이 멋대로 뛰어오른다. 춤이라고 하기엔 너무 거칠고 거대한 몸짓. 굳이 이름을 붙인다면 막춤. 그래도 달빛을 받으며 나무들 옆에서 추는 춤은 흥겹기만 하다. 마치 먼 옛날 제사를 드리는 제사장이라도 된 것 같은 기분이다. 데크 위를 뛰어다니는 걸로는 부족해 정원까지 내려가 무대를 넓힌다. 두 팔을 하늘을 향해 뻗어 올렸다가 나무를 감았다가 다시 나무 사이를 빙빙 돌기도 하면서. 지금 우리를 비춰주는 저 달에 누군가 살고 있다면, 이런 우리를 보며 웃고 있을까. 내 몸이 돌고, 나무가 돌고, 하늘의 달도 따라서 빙글빙글 돌고 있다. 신이 나 뛰어다니다 돌아보니 유리창 너머 마루에서는 마리 씨가 우리를 흉내내며 춤을 추고 있다. 그 모습을 보며 우리는 또 웃고. 너무나 유쾌한 달밤의 춤 한판. 따뜻한 물에 번갈아 몸을 씻고 나와 서로 마사지를 해주고, 스트레칭을 한다. 몸도, 마음도 누긋하게 풀어진다. 아, 이토록 평화로운 여자들만의 시간이라니. 마리 씨가 먼저 잠이 든 후 마이와 나는 마루에서 책을 읽는다. 밤이 저물고 있다.

마리 씨가 깨는 소리에 눈을 뜬다. 오늘은 요코하마로 돌아가는 날. 아침을 지어 먹고, 다 함께 청소를 시작했다. 난로의 재를 치우고, 음식찌꺼기는 퇴비를 만들기 위해 뒤뜰에 낙엽

094
095

과 함께 묻고, 침구류와 수건을 세탁해 널고, 목욕탕이며 거실을 쓸고 닦는다. 그릇을 제자리에 넣어두고, 쓰레기를 마당에서 태우는 일까지. 형제들이 번갈아 쓰는 별장이라 떠날 때 지켜야 하는 규칙이 벽에 적혀 있다. 우리는 메모를 하나하나 확인하며 정리를 해나간다.

청소를 마친 후 주먹밥을 만들어 피크닉을 갔다. 오늘도 날씨는 따뜻하고 청명하다. '밀크의 집'이라는 목장에 딸린 카페에서 아이스크림을 먹고, 주먹밥도 먹었다. 그리고 목장의 드넓은 초지에서 춤을 추고 노래하며 논다. 어젯밤 보름달의 기운을 듬뿍 받아서인지, 환한 대낮인데도 부끄럽지 않다. 몸동작도 더 대담해졌다. 마리 씨도 옛노래를 부르며 춤을 보여준다. 그런 서로의 모습을 비디오에 담기도 하며 깔깔거린다. 춤추고 노래하는 그녀들의 얼굴 위로 이 세상에 없는 이들의 얼굴이 겹쳐진다. 마이의 할아버지와 할머니. 넓고 깊은 품에 감싸 안긴 것만 같은 이 따스함은 분명 그분들 때문이겠지. 살아생전에 남남이 되어 헤어진 분들이지만 저세상에서는 이미 화해를 이루었으리라.

저물어가는 가을, 야쓰가다케의 별장에서 보낸 시간은 돌아올 수 없는 곳으로 흘러갔다. 집이라는 곳은 얼마나 놀라운 공간인지. 만나본 적 없는 이들과도 추억을 나누게 해주고, 알고 있던 이들의 전혀 다른 얼굴을 슬며시 드러내주기도 한다. 한

공간에서 함께 잠을 자고, 밥을 먹고, 시간을 보낸 것만으로 우리는 서로를 향해 불쑥 다가섰다. 이대로 헤어져 두 번 다시 만나지 못하게 된다 해도 괜찮다. 서투른 춤과 노래를 통해 마음을 나누던 그 마법 같은 순간이 기억 속에 살아 있는 한.

3
.

강원도

한 사람 한 사람이 자발적으로 중심에서 떨어져나와
밥벌이가 가능할 정도의 일을 하고, 나머지 시간에 자신을 정서적으로
고양시키는 취미활동을 하며 조금은 가난한 방식으로
살아갈 수는 없을까. 삶의 장소를 바꾸는 일이 선행된다면
삶의 방식을 바꾸는 일이 더 쉬워질지도 모르겠다.

김남희

산골마을의
스 승 들

여름이다. 육체에 고통을 줌으로써 살아 있음을 생생히 깨닫는 계절. 흘러내리는 땀과 끈적거리는 열기에 지쳐 온몸이 녹진해질 무렵에야 어둠이 내린다. 짧고 서늘한 밤을 보내고 나면 다시 길고 뜨거운 태양의 세계. 이토록 선명하게 하루가 나뉘는 계절이 또 있을까. 육체를 가진 고단함을 매일 실감하게 되는 여름. 중복을 갓지난 여름의 한가운데에 서 있다. 7월 말의 무더위가 대기를 짓누르는 오늘, 양양으로 향한다. 양양행 고속버스는 텔레비전을 틀어놓고 있다. 버스 안은 예능 프로그램에서 나오는 소리로 가득차 소란하다. 고속버스에서도, 지하철에서도, 터미널에서도 영상과 소리는 집요하게 우리를 파고들고 장악한다. 우리의 눈과 귀는 병든게 아닐까. 잠시도 가만히 있지 못하고, 침묵을 감당하지 못하는

병에.

　내내 소음에 시달리다 양양에 내린다. 반장님과 지인이가 정거장에 나와 있다. 강단 있는 시골농부 같은 반장님의 모습은 그대로다. 그새 훌쩍 큰 지인이는 오랜만이라 쑥스러운지 다소곳이 아빠 손만 잡고 있다. 내가 반장님을 처음 만난 건 2005년, 산티아고에 관한 책을 준비하던 가을이었다. 친한 언니의 소개로 반장님의 민박집 '설피밭 지수네'에서 한 달을 머물렀다. 그때 이후 반장님의 민박집은 가끔씩 친구들을 끌고 내려와 쉬다 가는 곳이 되었다. 서울의 한 신문사에서 일하던 반장님은 십 년 전 서울생활을 접고 진동리로 내려왔다. 혼자 힘으로 귀틀집을 짓고, 작은 민박집을 운영하면서 오가는 손님들과 곡차를 나누며 한가롭게 살고 계신다.

반장님만한 팔자가 있을까 싶을 정도로 매사에 느긋한 분이다. 물질적으로야 예전보다 어렵겠지만 자연의 속도에 맞춰 흘러가는 여유로운 삶이야말로 반장님이 가진 최고의 재산이 아닌가. 언젠가 딱 한 번, 진동 2반 반장을 맡으셨는데 아직도 반장님이라고 불리기를 고집하신다.

처음 만났을 때 네 살이었던 지인이도 이제는 초등학교 3학년이다. 지인이가 다니는 진동분교의 전교생은 일곱 명. 이 학교에서 반장님은 국어교사로 아르바이트(?)를 하신다. 지인이는 진동리에서 태어났다. 학교 때문에 서울에 사는 엄마와 언니 지수 곁에서 몇 년간 지내기도 했지만 짧은 인생의 대부분을 산골소녀로 보냈다. 그래서인지 지인이는 도시 아이들과 정서가 다르다. 이 지역에 자라는 나무와 꽃, 냇가에 사는 물고기 이름을 훤히 꿰고 있다. 낯을 가리지 않아 내가 데려오는 이들과 가장 먼저 친구가 된다. 아직도 잊히지 않는, 지인이가 네 살 무렵의 일. 혼자서 소꿉장난을 하며 1인 2역을 하던 지인이. 친구가 찾아와 놀러가자고 하니 대답이 걸작이었다. "안 돼. 나 못 나가. 감자 캐러 가야 하거든." 강원도에서 자라는 아이에게서만 나올 수 있는 말이 아닌가. 귀엽고 똑똑한 지인이는 손님과 마을 주민 들의 사랑을 독차지하는 진동리 최고의 스타다. 그런 지인이가 아빠를 따라 우리를 마중 나왔으니 기쁠 수밖에.

반장님이 점심을 먹자며 근처의 막국숫집으로 우리를 이끈다.

강원도 ●
김남희 ●

열렬한 냉면 애호가였던 선생님이 막국수 애호가로 전환하는, 역사적 순간이다. 처음 맛보는 막국수가 선생님 마음을 흔들었다. 원래 메밀을 좋아하시는 분이 한국식 메밀국수를 발견했으니 더 기쁘신가보다. "메밀이야말로 밖에서 안심하고 먹을 수 있는 몇 안 되는 음식 중 하나지. 메밀은 건강하고 값싼 자연의 재료인데다 누구나 쉽게 조리할 수 있고, 첨가물도 들어가지 않으니까"라며 메밀 예찬론을 펴신다. "이토록 훌륭한 지역 음식이 남아 있다는 건 정말 좋은 일이야. 요즘 일본은 하루 한 끼라도 일본 음식으로 먹는 청소년들이 20퍼센트도 되지 않는데……" 그러고 보니 선생님은 일본 청소년들이 편의점의 인스턴트 음식으로 키워지는 현실에 반대해 편의점 음식 불매운동을 벌이고 계신다. 선생님이 막국수 이름의 유래를 물으셔서 만들어서 금방 먹는, 혹은 아무렇게나 막 먹는 국수라는 데서 나온 이름이라고 설명드리니 고개를 끄덕이신다. "왜 이런 음식을 몰랐을까? 이건 최고의 음식이야. 역시 한국에는 맛있는 음식이 정말 많아." 잘 차려진 한 상보다 소박하고 일상적인 음식에 감동하는 선생님. 생각해보면 특정한 지역에 가서야 제대로 맛볼 수 있는 투박한 향토요리가 살아 있다는 건 참 고마운 일이다. 값비싼 재료로 만든 특별한 음식이 아닌, 누구나 부담 없이 먹을 수 있는 지역 음식. 그곳에서 살아온 이들의 삶의 정취가 어린 음식이야말로 보호해야 할 우리의 맛이 아닐까. 선생님이 맛있다 맛있다 하시니 평범한 막국수가 내게도 굉장한 음식처럼 여겨진다.

　우리는 양양시장에 들러 소라와 닭, 과일을 사서 진동리로 돌아온다. 그사이에 도착한 후배 경국이 원두막에서 자다가 우리를 맞이한다. 경국의 편안한 얼굴은 언제나 보는 것만으로도 사람을 기분 좋게 만든다. 선한 성정이 저렇게 고스란히 드러나는 얼굴도 흔치 않으리라. 하늘은 푸르고, 햇살은 따갑지만 바람은 시원하게 분다. 기분이 절로 상쾌해진다. 짐을 내려놓고 우리는 바로 냇가로 내려간다. 지인이가 앞서서 물로 뛰어든다. 나도 바지를 걷어 올리고 물로 들어가 첨벙거리며 걸어다닌다. 선생님은 어느새 수영복으로 갈아입고 수영을 즐기신다. 경국은 평상에 걸터앉아 맥주병을 따고 있다. 금강모치─지인이가 알려줬다─를 손바닥에 떠올리듯 잡아서 들여다본다. 늘 입으로는 자연을 사랑한다고 떠들지만 자연에 대해서라면 나는 어린 지인이보다 무지하다. 그래서 내게는 산골에 사는 모든 이가 스승 같다. 나를 감동시키고, 부끄럽게 만드는 건 지인이처럼 자기가 사는 지역의 나무 이름, 꽃 이름을 하나씩 불러줄 수 있는 사람이다. 지인이의 입에서는 층층나무며 동이나물, 금강모치와 버들치, 꺽지 같은 동네 친구들 이름이 자연스레 나온다. 이렇게 깊은 산골에서 나고 자란 경험이 얼마나 제 삶을 풍부하게 만들어줄지 지인이는 상상도 못하겠지. 감수성이 형성되는 어린 시절에 자연과 더불어 친밀한 경험을 쌓은 아이일수록 정서적으로 건강하게 자라날 테니까. 도시의 콘크리트

빌딩숲에서 학원과 학원을 차로 옮겨다니며 어린 시절을 보내는 아이와 맨발로 흙길을 달리고 냇가에서 첨벙거리며 자란 아이의 마음결은 얼마나 다를까. 내 경우에도 강원도의 산골 마을에서 보낸 여섯 살까지의 경험이 자연으로 회귀하려는 본능을 끝없이 일으키는 것이리라. 뭔가 재미난 걸 발견했는지 지인이 혼자 키득거리며 웃고 있다. 물놀이에 지치면 반장님이 물가에 만들어놓은 평상에서 맥주를 마시며 쉰다. 아, 천국이 따로 없구나. 으슬으슬 추워질 때까지 물가에서 놀다가 숙소로 돌아온다.

그사이에 반장님이 소라찜에 오징어볶음과 닭백숙을 만들어놓으셨다. 마당에서 저녁을 먹는 사이 해가 넘어가고 둥글게 차오른 달이 떠오른다. 달빛을 받은 앞산의 이마가 환하다. 공기 중에는 신선한 풀내음이 떠돈다. "문탠을 하자구." 선생님과 나는 달 아래 서서 온몸과 마음으로 달빛을 받아들인다. '달빛 가두기 놀이'라고 슬며시 이름을 붙여본다. 주고받는 막걸릿잔에 밤이 무르익어가면서 한국인의 본성이 슬슬 드러난다. 가무에 대한 절절한 사랑이. 반장님의 종용으로 선생님이 일본어로 〈임진강〉을 부르신다. 경국이 아는 노래라며 한국어로 따라 부른다. 한국어와 일본어로 함께 부르는 노래가 달빛 환한 마당을 채운다. "임진강 맑은 물은 흘러흘러 내리고 뭇새들 자유로이 넘나들며 날건만 내 고향 남쪽 땅 가고파도 못 가니 임진강 흐름아 원한 싣고 흐르느냐." 반장님이 답가로 〈김삿갓〉을 부른다. 이어서 선생님이 오키나와 노래 한

곡을 더 부른다. "잊을 수 없는 삶의 냄새"로 끝나는 마지막 구절이 애잔하다. 구수한 목청을 자랑하는 경국의 〈사랑가〉가 흐른 후에는 내 차례다. 피해갈 수 없는 이런 자리가 곤혹스럽지만 어쩌겠는가. 예외는 없으니. 그나마 한 곡을 부르면 다시 청하지 않음을 다행으로 여길 뿐. 대학 시절에 좋아했던 〈꽃다지〉를 부르고 나니 밤공기 탓인가. 주변 분위기가 급작스레 서늘해졌다. 한여름밤의 깊은 산골. 노래를 멈추니 완벽할 정도로 고요하다. 보름달빛에 무르익은 밤이 깊어간다. 언젠가 그리워하게 될 마음의 장면 하나가 이렇게 채워진다.

핸 드 메 이 드 라 이 프 , 곰 배 령 으 로 가 는 길

지난밤 창문을 열어놓고 자다가 두꺼운 이불을 끌어 덮고 잤다. 산골의 여름밤이 그토록 서늘할 줄이야. 아침을 먹고 길을 나선다. 곰배령으로 가는 길. 우리가 머문 진동리에서 곰배령 입구까지는 걸어서 삼십 분쯤 걸린다. 쨍쨍한 여름 햇살이 내리쬔다. 이제는 너무 유명해진 곰배령. 곰배령이 '비밀의 화원'으로 불리던 십수 년 전, 이 부근의 아침가리와 곰배령은 내가 즐겨 찾던 곳이었다. 좋은 벗들과 하룻밤을 머무르기도 했고, 이곳의 자연에 기대어 책 한 권을 완성하기도 했고, 이곳에 터 잡고 사는 친구들을 사귀기도 했

강원도 ●
김남희 ●

다. 다큐멘터리 프로그램을 촬영하기 위해 방송국 PD와 함께 내려와 사흘을 머문 적도 있었다. 은둔하다시피 살아가는 이곳의 벗들이 나 때문에 원치 않는 피해를 볼 것 같아 결국 촬영을 포기하고 말았지만.

반장님의 민박집이 있는 진동리에서 곰배령 입구까지의 길을 얼마나 많이 오갔던지. 막 새잎을 내민 나무가 몸을 불려가는 봄날에도, 무성한 나무 그늘 우거지는 여름날에도, 서러울 정도로 아름답게 단풍이 물드는 가을에도, 무릎까지 쌓인 눈을 뚫고 걸어야 하는 겨울에도 이 길을 걸었다. 그 어떤 계절에 찾아와도, 아무리 어지러운 마음으로 찾아와도 이 길에 들어서면 내 마음은 고요하게 가라앉았다. 언제 찾아와도 고즈넉하던 이곳은 그사이 사전에 예약한 사람들이 가이드와 함께 등반하는 방식으로 바뀌었다. 그 것도 요일에 따라 정해진 시간에만 입산이 가능한데다, 나눠주는 조끼도 입어야 한다. 예능 프로그램에 소개되고, 다큐멘터리 프로그램에도 나온 덕분에 곰배령도 사람으로 몸살을 앓고 있다.

강선리에 들어서서 친구 영희네로 향한다. 반장님의 소개로 알게 된 친구다. 대문도 없는 이 집 마당에 들어서니 맬러뮤트 산아가 맞이한다. 집은 아직 공사중이라 어수선하다. 부부가 둘이서, 혹은 가끔 이곳에 내려오는 벗들과 함께 지으니 오래 걸릴 수밖에. 영희가 정성 들여 가꾸는 작은 텃밭 주변으로는 온갖 꽃이 피어 있다. 영희와 수영은 늦은 아침을 먹고 있었다. 신이치 선생님을 모시고 왔다는 내 말에 영희가 "설마, 슬로라이프의 그 쓰지 신이 치?"라며 반색한다. 사인을 받겠다며 책을 찾느라 왔다갔다 허둥지둥이다. 사람에 까다로운 그녀가 처음 보이는 모습이다.

아직 젊은 두 사람이 이 깊은 산골에 들어와 살기 시작한 지도 벌써 십 년 가까운 시간이 흘렀다. 봄이 오면 산나물을 뜯어 팔고, 오가는 등산객들에게 미숫가루며 효소를 팔아 아주 적은 돈으로 살던 부부. 일 년 생활비가 오백만 원으로 충분하다며 웃고는 했다. 욕심내지 않고, 서두르지도 않고, 자기들만의 속도로 살아가는 두 사람. 생계를 위한 최소한의 노동을 하고, 그 나머지 시간에 책을 읽고, 요리를 하고, 좋아하는 영화를 마음껏 보고, 낡은 집을 제 손으로 정성껏 손보며 살아간다. 재주가 많은 영희는 '핸드메이드 라이프'를 산다. 집 안에는 영희가 바느질해서 만든 온갖 소품과 수영이 뚝딱거려 만든 가구가 가득하다. 나도 영희가 만들어준 블라우스와 퀼트 가방을 소중히 간직하고 있다. 그사이 영희는 번역일도 시작해 그녀가 번역한 좋은 책을 찾아 읽는 즐거움도 누리게 되었다.

영희와 수영이 아름다운 건 그들이 사는 장소와 조화를 이루며 살기 때문이다. 겨울이 길고, 땅이 척박해 농사를 짓기 힘든 이곳에서 그들은 긴 겨울 내내 음악을 연주하고, 영화를 보고, 책을 읽고, 바느질을 하며 느긋하게 보낸다. 봄이 오면 몸을 부지런히 움직여 나물을 뜯고, 여름이면 등산객들에게 효소나 미숫가루를 팔고, 가을이 오면 겨울을 날 장작과 먹거리를 준비한다. 일상의 많은 부분을 몸을 움직이고 손을 써서 사는 삶. 살면서 필요한 것들을 직접 만들어 쓰는 삶은 전문가나 시장에 모든 것을 맡기는 삶에 비해 얼마나 검소하며 상상력이 넘치는지!

"시간이 없어서……"라고 흔히들 말한다. 하지만 몇 년 지나지 않아 찾지 않을 물건을 갖기 위해 과도한 노동으로 자신을 몰아넣는 욕망을 제어할 수 있다면, 다른 일에 집중할 시간을 충분히 만들 수 있지 않을까. 굳이 간디를 인용하지 않더라도 한 개인의 온전한 발전이 없이는 평화로운 사회가 불가능할 것이다. 한 사람 한 사람이 자발적으로 중심에서 떨어져나와 밥벌이가 가능할 정도의 일을 하고, 나머지 시간에 자신을 정서적으로 고양시키는 취미활동을 하며 조금은 가난한 방식으로 살아갈 수는 없을까. 삶의 장소를 바꾸는 일이 선행된다면 삶의 방식을 바꾸는 일이 더 쉬워질지도 모르겠다. 도시에서 살아가는 한 도시의 경제 규모와 삶의 방식에 떠밀리지 않을 수 없을 테니까. 실제로 영희나 수영처럼 시골로 내려가 사는 친구들의 말은 한결같다. 삶이 한결 여유로워졌다고. 마땅히 돈 쓸 곳도 없고, 영양가 없는 모임도 없어 적은 수입으로도 얼마든지 살아간다고.

서울에 사는 이들이 시골로 내려가는 일을 주저하는 데는 취업이나 교육 같은 문제 외에도 취미활동이나 문화생활의 제약을 꼽기도 한다. 하지만 정말 그런 걸까? 여가를 누리는 방식에서도 우

리는 돈으로 구매하는 방식에 지나치게 의존해온 게 아닐까. 극장에서 영화를 보거나, 공연장을 찾거나, 전시회를 찾아가는 그 모든 문화생활을 우리는 구매한다. 도시에서의 삶은 스스로의 안목과 재주를 실험하기보다 시장에 나온 물건을 일방적으로 소비하는 삶이 되기 쉽다. 우리가 되찾아야 할 취미활동은 돈이 개입되지 않고 놀이하는 법이 아닐까. 손을 써서 직접 만들고, 몸을 움직여 자연 속으로 들어가고, 때로는 아무것도 하지 않고 온전히 쉬는 법을 익히는 것. '구매'보다 '생산'하는 문화생활이 될수록 삶의 질 또한 높아지지 않을까.

모든 이들이 도시의 삶을 포기할 수 없으니 적어도 나처럼 매일 출근해야 하는 직장이 없는 사람 정도라도 도시를 벗어나야 할 것 같다. '탈脫서울'은 나의 인생 후반기를 간결하고 평화롭게 살기 위한 필수조건이리라.

'포기할 수 없는 것'과 '포기해야 하는 것'

우리는 곰배령에 오른 후 다시 만나기로 하고 일어선다. 그사이 강선리와 진동리에도 민박집이나 펜션이 많이 들어섰다. 내 마음에 드는 집은 쉽게 보이지 않는다. 집은 결국 그 안에 사는 사람을 표현하고 드러내는 공간이 아닐까. 집을 보면 그 주인을 알 수 있을 것 같다. 언젠가 이런 내 이야기를 들은 한 건축가가 나를 비판했다. 그런 생각은 부자들의 전형적인 태도라고. 가난한 사람들에게 집은 비만 피하면 되는 공간일 뿐이라고. 그 말도 맞겠지만, 그래도 나는 집에 대한 내 생각을 포기할 수 없다. 내가 원하는 집은 크고 화려하거나 좋은 집이 아니다. 헬렌과 스콧 부부가 지은 집처럼 가능한 한 그 고장에서 나는 재료를 써서, 주변과 조화를 이루는, 간결하면서도 기능적인 집을 꿈꿀 뿐이다. 버몬트의 숲에서 돌로 직접 집을 짓고 이십 년을 살았던 헬렌과 스콧은 이렇게 말했다. "사람들은 때때로 무척이나 애를 써서 자기에 대해 그럴듯한 거짓

말을 할 수 있다. 하지만 집은 그곳에 사는 사람의 진실한 모습을 말해준다."

이제는 어디를 가도 수입한 재료로 지은 큰 집을 자주 보게 된다. 주변환경과 그리 어울리지 않는 집들이다. 그럴 리야 없겠지만 집주인들의 '주목받고 싶은 성향'이 너무 큰 건 아닌지 의심될 정도다. 동물 중에서 인간이 유일하게 자신이 살 집을 남의 손에 맡긴다는 글을 읽은 적이 있다. 작고 보잘것없는 집일지라도 자기 손으로 집을 짓고 사는 사람들은 언제나 가장 경이롭다. 반장님도, 수영과 영희도, 윗집의 법우형도 다들 제 손으로 자기 집을 지었거나 짓고 있는 사람들이다. 머지않은 미래에 나도 서울을 벗어나 내 손으로 작은 집을 지어볼 날이 올까.

어느새 곰배령 입구에 다다랐다. 온돌방을 새로 짓던 법우형이 차나 한잔 하고 가라며 이끈다. 보이차를 마시는 동안 그의 피아노 연주―처음 이곳에 왔을 때 한 손가락으로 음계를 겨우 잡던 실력이 어느새 〈캐논 변주곡〉을 연주할 정도로 향상되었다―를 듣고, 마당의 그네 한번 타고 다시 출발. 그늘이 깊고 무성한 여름숲이 우리를 맞아준다. 반장님이 하신 말씀이 생각난다. "산림청은 나무만 숲으로 보지 풀이나 식물의 가치는 전혀 보지 않아. 나무만 빽빽이 심어 초식동물이 살 수 없게 만들어 결국 육식동물까지 쫓아내고 말았지. 수십 년 전 이곳에서 나물을 캐던 이들은 밤에 음식 냄새를 맡고 온 동물 울음소리로 잠을 못 잤다던데 지금은 이 숲에 완전히 동물이 사라졌으니까." 그래서인지 이곳에 몇 번을 왔지만 동물을 본 기억이 없다. 멧돼지가 파헤쳐놓은 흙무덤을 빼고는.

가는 길 곳곳에 다리가 공사중이고, 돌길이 쌓이고, 나무 펜스가 여기저기 쳐져 있다. 안타깝다. 사람의 흔적이 최소한으로 남은 길이어서 좋았는데…… 무엇보다 곰배령 정상에 데크가 놓이고 있다는 사실에 충격을 받았다. '전 국토의 데크화'가 진행중이라는 말을 들었는데 정말 그런가보다. 방문객 수가 많아져 야생화를 보호하기 위해서라고 하는데 이 방법밖에 없는 걸까. 그저 쉽고 편한 행정편의주의적 발상이 아닐까. 이곳을 찾는 이들을 교육하는 것보다 쉽고 빠르게 할 수 있는 일이기 때문은 아닐까. 곰배령에는 지금 동자승의 볼처럼 발그스레한 동자꽃과 연분홍 둥근이질풀이 한창이다. 안개가 몰려와 설악산도, 점봉산도 제 그늘에 가두어버린다. 8월이면 천상의 화원으로 변하지만 아직 일러 꽃이 만발하지는 않았다.

"북한은 땔감을 위해 나무를 베어 온 국토가 민둥산이고, 남한은 나무와 숲을 보호하기 위해 수입목을 사들여 깐다니 참 아이러니해." 선생님이 데크를 보며 말씀하신다. "우리는 왜 자연을 그냥 내버려두지 못할까요?" "그러니 인간은 휴먼빙human-being이 아니라 휴먼두잉human-doing인 거지." 점점 사라지는 지구의 나무를 생각하면 한숨이 앞선다. 환경을 위해 할 수 있는 일을 하며 살자고 다짐하지만 존재론적으로 모순의 삶을 사는 나. 이산화탄소를 가장 많이 배출하는 비행기로 여행을 다니고, 나무를 베어내 만드는 책에 의존하는 삶이라니. 선생님이 옆에서 그런 내 죄책감에 부채질을 하신다. "잡지야말로 전자책으로 바뀌어야 해. 한번 읽고 버리기 위해 그토록 많은 잡지를 만들고 사들이다니. 책 없이 살 수 있을까. 스스로에게 계속 묻는데, 책이 없어도 다른 기쁨을 찾아 잘 살 수 있을 것 같아. 문맹인 사람들이 글을 읽는 우리보다 불행하다고는 할 수 없잖아." "그래도 전 책 없이는 못 살 것 같아요. 책은 저에게 세계를 간접경험하게 해주니까요." "물론, 내 삶도 책과 글에 의존해 흘러왔고, 그게 없었다면 지금의 내가 없었겠지. 하지만 우리는 언어와 글을 사용하면서부터 육체성을 잃어버렸잖아. 우리의 몸으로 표현할 수 있는 수많은 것들 말이야." 맞는 말씀이다. "생각해보니 모로코를 여행할 때 이야기꾼 할아버지들이 정말 경이로웠어요. 그들이야말로 걸어다니는 책이잖아요. 사실 우리가 책을 소유하며 살게 된 지도 얼마 안 됐죠. 그전에 우린 이야기를 기억하고, 전할 수 있었는데 그런 능력도 잃게 되었고." "전자책이 활성화되면 종이책을 잘 안 만들 거고, 그럼 종이책 값이 비싸질 테니 사람들이 책을 돌려 읽고, 도서관이 활성화되지 않을까?" 선생님은 눈을 반짝이며 말씀하시는데 나는 가슴이 답답해진다. 그렇게 되면 여행을 하고 책을 써서 살아가는 나의 넉넉지 않은 삶은 더 가난해지지 않을까 싶어서. 나는 역시 지구보다는 내 몸의 안위를 먼저 생각하는 인간이다.

새벽까지 술자리를 즐긴 덕분에 출발이 예정보다 한 시간가량 늦어졌다. 간단히 아침을 먹고 통일전망대를 향해 길을 나선다. 선생님이 북한 땅을 보고 싶다고 하셨기 때문이다. 짧은 안보교육을 받고 민통선 안으로 이동, 통일전망대로 간다. 달리지 못하는 기차와 빈 철로를 지나 긴 계단을 올라 전망대로 향하는 길. '마지막 화장실'이라는 표지판이 인상적이다. 나에게는 두번째 방문이다. 십이 년 전, 걸어서 국토종단을 할 때 마지막 도착지가 이곳이었다. 그때 철조망 너머 북녘 땅을 바라보며 언젠가 꼭 계속 걸어 백두산까지 가리라 다짐했었는데…… 십 년 넘게 세월이 흘렀는데 통일은커녕 남북관계는 살벌하기만 하다. 언제쯤 녹슨 철조망을 걷어내고 저 길을 걸어 올라갈 수 있을까.

전망대에 오르니 푸른 하늘 너머 바다가 물결친다. 철조망 너머 금강산의 봉우리가 손에 잡힐 듯 가깝다. 날씨가 맑아 바다의 물빛도 곱고, 북녘 땅도 유난히 선명하게 다가온다. 금강산의 구선봉, 북쪽 군인들의 초소, 맑고 투명한 훼손되지 않은 바다. 철조망 너머로 경계 없이 날아다니는 새와 잠자리 떼. 망원경으로는 웃통을 벗고 있는 군인들까지 보인다. 아버지의 고향인 북한 땅을 보기 위해서 선생님은 이곳에 오고 싶으셨던 걸까. 선생님은 무슨 생각을 하며 아버지의 고향 땅을 바라보고 계실까? "너무 아름다워"라는 말 이외에는 아무 말씀도 없으시다. 아버지가 그토록 돌아가고 싶어했던 고향 땅 해주. 선생님이 대신해서라도 언젠가 찾아갈

강원도 ●
김남희 ●

수 있을까. 그 늦은 고향 방문길에 나도 동행할 수 있을까. 동해로 피서를 나온 사람들이 호기심으로 들렀는지 북적거리는 전망대. 선생님은 그저 북녘 하늘가에 눈길을 두고 하염없이 바라보신다. 그 모습이 쓸쓸한 그림 같다. 전망대를 나와 휴게소에서 선생님은 100퍼센트 북한산 도토릿가루 한 봉지를 사신다. 무엇이든 한 가지 추억으로 가져가고 싶으셨던 걸까.

돌아오는 길, 점심으로 뭘 드시겠냐고 여쭈니 순간의 망설임도 없이 외치신다. "막국수!" 다행히도 여긴 강원도. 막국숫집은 여름철 오이만큼이나 흔하다. 가까운 막국숫집을 찾아 들어간다. 메밀 전병과 비빔막국수를 먹다가 선생님은 캐나다에서 메밀국수 회사를 차렸던 경험을 떠올리신다. 회사의 이름은 '라메종드소바'. 순전히 메밀에 대한 지극한 사랑만으로 시작했던 이 회사는 캐나다를 떠날 때 다른 이에게 넘겨줬다고 한다. "I'm soba man"이라고 환히 웃는 선생님. 선생님께 막국수는 이번 여행의 가장 큰 성과물로 보인다. 우리 강원도 여행의 의미는 아무래도 막국수의 재발견이 아닌가 싶다.

쓰지 신이치

마음속에 작은 등불을 켜는
사 람 들 이   있 는   곳

7월, 올해 세번째 한국 방문. 한여름에 한국을 여행하기는 처음이다. 마침 휴가철의 절정이라 가는 곳곳마다 시끌벅적한 가족여행객과 마주친다. 평소에는 눈에 띄던 일본인 관광객들이 국내여행자들 무리에 섞여버렸는지 모습을 감췄다. 이해 여름은 일본과 마찬가지로 한국도 기록적인 폭염이었다. 어디를 가나 최고 기온 경신이다. 이게 한국에서 겪은 첫 여름이다보니 한국의 여름 하면 여지없이 이때의 무더위가 떠오른다.

강원도는 처음이다. 설악산을 보고 싶었고 동해안 쪽으로 북한의 경계선에 가까이 가보고 싶었다.

7월 25일 열시 반, 강남고속터미널에서 양양행 버스를 타고 출발했다. 비행장, 버스대합실 그리고 버스 안까지 켜진 텔레비전에

"이건 공해예요"라는 남희. 일본에서도 늘 방영되는, 딱 보기에 한심한 예능오락 프로그램이다. 무슨 말인지 못 알아들어도, 그 한심함은 세계 공통어인 모양이다. 소음의 만연이라는 측면에서 봐도 휴게실에서까지 텔레비전을 하염없이 틀어놓으면, 텔레비전 보기 말고 달리 어찌 쉬란 말인지. 현대사회에서 따분함이란 무엇인가, 그리고 외로움이란…… 우리는 휴식뿐만 아니라 따분해하거나 외로움을 느낄 자유조차 빼앗기고 있다.

강원도 양양에 도착한 것은 1시 45분경. 멀어 보이던 동북 지방도 직접 와보면 생각보다 가깝다. 새로운 장소에 올 때마다 무심코 과연 아버지는 생전에 여기에 와보았을까 하는 생각에 잠기곤 한다. 더욱이 강원도라면 북한과 한결 가까우니 말이다.

김철한씨가 초등학교 3학년 딸 지인이와 함께 마중나와주었다. 지인이가 다니는 산촌 마을의 초등학교는 세상에, 선생님 세 명에 학생 일곱 명이란다. 철한씨는 동아일보 사진기자 출신이다. 서울 근교에서 태어난 도시 사람이건만 낚시와 등산을 좋아해서 시골생활을 갈망하다가, 부인을 설득한 끝에 십 년 전에 이사를 왔다. 그리고 조금씩 땅을 정비하고 건물을 증축해서 지금은 일종의 펜션을 운영중이다. 첫째아이 학교 때문에 부인은 서울에 사는 이중생활이다.

점심식사를 하기 위해 근처의 아담한 식당으로 들어간다. 강원도 하면 냉면이겠지 하고 대수롭지 않게 생각했는데, 철한과 남희

가 시킨 것은 다른 면요리였다. 살짝 초록빛을 띤, 가느다란 그 면을 보자마자 어떤 느낌이 오더라니, 과연 그 맛이 기가 막히다! 나와 막국수의 첫 만남이다. 그날 이후 여행하는 내내 아침부터 저녁까지 막국수 생각이 떠나지 않았다. 강원도에서는 물론 안동에서도 서울로 돌아와서도 남희를 졸라 막국수 전문점을 찾아다녔다. 나의 집요함에 남희는 "이제 막국수는 평생 먹을 양을 다 먹었어요!"라며 머리를 싸맸더랬다. 그러면서도 친절한 남희는 그다음에 일본에 올 때 우리 가족을 위해서 막국수면과 조리사 친구가 만들어줬다는 특제양념을 한아름 가져다주었다. 그후로도 한국에 올 때마다 꼭 한 번은 막국수 전문점에서 식사를 하고, 집에서도 막국수를 즐겨 먹게 되었다. 한국에 호감을 가진 일본인들도 아직 막

강원도 ●

쓰지 신이치 ●

국수를 잘 모르지 않을까. 그 맛이 한번 소문나면 어떤 일이 벌어질지. 욘사마 열풍을 생각하면 살짝 마음이 복잡해지면서, 입소문 내지 않고 나만의 낙으로 삼아야겠다 싶기도 하다. 그런 고민에 빠진 내 옆에서 남희는 "선생님, 그만 좀 하세요!"라며 또 머리를 싸맨다.

점심식사 후 김철한씨 일가와 펜션 바로 아래쪽 강으로 내려가 물놀이를 즐겼다. 아이들과 남희는 서로 물을 튀기며 물장난이다. 약간 깊은 곳에서 물의 흐름을 거스르며 헤엄치다보니 같은 곳에 머물러 있기만 해도 운동이 되었다.

보름밤이었다. 철한씨가 숯불로 가리비를 한가득 구워주었다. 여태껏 먹어본 적 없을 만큼. 이전에는 북한에서 들여왔는데, 수입이 금지된 뒤로 동해에서 양식으로 키운다고 한다. 불 앞에서 묵묵히 조개를 굽는 그의 모습이 멋있었다. 술이 들어가니 남희와도 활발히 대화하더니 끝내 낭랑하게 노래를 부르기에 이르렀다. 그리고 나한테도 노래를 하라고 한다. 거기 모인 사람들이 내가 거절할 리 없다고 확신하는 것 같아 영어로 〈서머 타임〉을 불러 기대에 응했다.

남희는 남자들과 짓궂은 농담을 주고받는가 싶더니 자리에서 벌떡 일어나 본채 쪽에서 여성, 아이 들과 단란한 시간을 즐기다가 또 어느샌가 다시 술자리로 돌아와 있다. 그런 균형감각이 정말 탁월하다. 나도 자리에서 일어나 오두막 주변을 거닐었다. 보름달빛이 발밑을 비춰낸다. 구름이 느긋하게 흐르며 달을 모티브로 시시 각각 만들어내는 예술작품을 시간 가는 줄 모르고 감상했다. 군사 분계선 너머에서도 틀림없이 똑같은 달과 구름의 춤을 바라보는 사람이 있겠지. 아버지도 그 옛날 이곳 강원도에 와서 경계선 너머, 돌아갈 수 없는 고향을 그리워했겠지. 그저 이렇게 가만히 있을 뿐이지만 지금 이렇게 그곳에 찾아온 내가 살짝 대견하다.

다음날은 산의 더 윗지역에 사는 남희의 벗, 정영희씨와 김수영씨를 찾아간다. 이 부부는 이제 막 아침식사를 마친 참이었다. 소박하면서도 여기저기에 세련된 취향이 엿보이는 이 집에서는 이곳에 사는 이들의 삶의 환희가 배어난다. 출입구 옆에 테이블이 하나 있고 그 양옆에 통나무로 만든 의자가 있는데 간혹 방문객이 찾아오면 음료를 내는 '카페'라고 한다. 거기에 앉아 미숫가루라는 여러 곡식이 든 음료를 마신다.

한동안 일본에서 살던 두 사람은 칠팔 년 전에 귀국했고, 이내 자급하는 생활을 위해 이곳에 왔다. 수영씨는 강원도에서 태어나 네 살 때쯤 아버지의 일터를 따라 공업지대인 울산으로 옮겨 그곳에서 자랐다. 그후 그는 서울, 그리고 일본에서 수년을 살다가 다시 강원도로 돌아왔다. 지금은 자급을 위한 작업 외에도 현금 수입을 위해 벌꿀이나 산채절임을 만들어 판다. 그렇게 한철 동안 모은 돈을 일 년에 걸쳐 소중히 사용한다고 한다. 영희씨는 컴퓨터로 집에서 할 수 있는 번역일을 한다. 아울러 한 출판사의 제안으로 산속 생활에 대한 책 집필도 시작했다. 산 밑에 사는 김철한씨 일가도 그렇지만 요즘 대도시 사람들 사이에서 시골생활에 대한 동경이 강해지고 있다고 한다. 앞서 실천에 옮긴 사람들의 이야기를 듣고 싶어하는 요청도 급증한다고 한다. "영희는 글도 잘 쓰니까 틀림없이 그 책은 잘 팔릴 거야" 하고 남희는 호언장담한다. 일본에서 소위 '반농반상'이라 하는 생활방식이 한국에서도 시작되었다.

수영씨에게 일본생활에 대해 물어보았다. 지금 사는 방식으로 보아 예전부터 자연을 지향했을 것이라 예상했는데, 뜻밖에도 일본에서는 도시에서 즐겁게 지냈다고 한다. 그는 특히 하라주쿠역 주변 걷기를 좋아했다고 한다. "피곤할 때나 침울할 때는 종종 그 주변을 어슬렁거렸죠." 나보다 훨씬 젊은 그가 원숙한 미소를 잔잔하게 띠며 말했다. "하라주쿠의 간쿠로(90년대 일본에서 일부 여고생들 사이에 유행한 패션. 얼굴을 새카맣게 칠하는 화장으로 유명하다—옮긴이)는 처음 봤을 땐 살짝 무서웠는데, 보다보니 그 아이들의 자유로움이 부럽기도 하고 멋있더라고요"라고 했다. 길거리든 실내든 언더그라운드에서 펼쳐지는 연극이나 노래, 춤 같은 퍼포먼스 또한 즐거웠다고.

그는 일본이 한국보다 훨씬 느슨한 세계라고 말한다. 공부해라, 일해라 하는 스트레스의 강도는 마찬가지지만 그에 저항하는 자에게 가해지는 사회적 제재는 한국이 훨씬 강하다고 한다. 군사독재시대는 별개로 봐도, 민주화를 거치고서도 여전히 한국사회는

특유의 불편함이나 답답함으로 뒤덮여 있다. 그들은 거기에서 벗어나고자 일본으로 그리고 이 산속으로 옮겨왔다. 그런 의미에서는 그들에게 하라주쿠와 이곳은 모순이 아닌 하나의 연속된 공간인지도 모른다.

일본에도 도시를 떠나 시골에서 친환경적인 생활을 하려는 사람들이 많다. 그러나 어딘가 어색하고 부자연스러운 경우가 적지 않다. 한국도 마찬가지일 텐데 영희와 수영에게서는 그런 부자연스러움이 전혀 느껴지지 않는다. 그들이 손수 세운 작은 집 앞의 '카페'에서, 행복한 표정으로 나란히 앉은 두 사람을 바라보노라니 인물사진이 찍고 싶어졌다. 그때 찍은 사진은 참 마음에 든다. 야생화 부케를 앞에 두고 수줍은 듯 살짝 눈을 내리깐 두 사람의 모습을 볼 때마다 내 마음속에 작은 등불이 켜지는 것 같다. 남희가 왜 굳이 나를 여기까지 데려왔는지 이해가 되었다. 일본과 한국 사회의 수많은 문제에 대한 유일하고도 실로 단순한 해답이 이곳에 있었다.

경 계 너 머 의 아 름 다 운 해 안

양양으로 가는 길에 떡으로 유명하다는 송천에서 쑥떡을 사 먹었다. 기지의 마을답게 양양에 도착하자 동해가 눈앞에 펼쳐졌다.

동해라는 이름에 대해 남희와 토론하면서 먼저 친구의 시를 소개했다. 네 나라의 중앙에 바다가 위치하는데 이를 각자 북해, 남해, 동해, 서해라고 부르며 자기네 호칭이 옳다고 주장한다는 내용이다. 그래서야 결론이 나지 않으니 의견을 모아 네 나라 사람이 함께 새 이름을 정하면 된다고.

이에 대해 남희는 살짝 볼멘소리로 이렇게 말했다. 우화로 듣기에는 좋은 이야기여도 일본과 한국의 사정은 좀 다르다고. 한국에서 말하는 동해는 그저 동쪽에 있는 바다를 의미할 뿐이다. 바다 건너 사람들이 그걸 남해, 서해 혹은 북해라고 부르는 것을 배제하지 않는다. 하지만 일본은 일본해라고 바다와 나라 이름을 바로 연결지었다. 한국이 만약 "아니, 이건 한국해라고 불러야 한다"고 하면 일본인은 어떻게 받아들이겠는가? 나도 그 의견에는 동의한다. '동해' 방식과 '일본해' 방식을 합한 호칭 후보로 '동지나해' '남지나해'가 있다. 이는 '중국의 동쪽바다' '중국의 남쪽바다'를 나타내는 호칭으로 '일본해'와 같이 소유나 소속을 나타내지는 않는다. 하지만 서구인이 붙인 이름이어서인지, 아무리 봐도 균형감각이 결여되어 있어 제국주의시대의 유물처럼 다가온다.

노무현 대통령 시절, 한일정상회담에서 새로운 시대에 걸맞게 인근 바다의 이름을 누구나 수긍할 수 있는 호칭으로 바꾸자는 제안이 나온 적이 있다. 이를테면 '평화의 바다'라는 식이었는데 당시의 일본 수상이었던 아베는 그걸 딱 잘라 거절했다. 마침 그 무렵 일본 텔레비전 뉴스 프로그램에 게스트로 출연해서 이에 대해 "같은 국가의 리더라도 격이 다르네요"라고 한마디했던 기억이 난다. 태연한 척했지만 속으로는 강한 모욕을 느꼈다.

그 노무현 대통령은 이미 고인이 되었고, 동해는 동해로 일본해는 일본해로 불리며 여전히 '평화의 바다'와는 한참 거리가 멀다. 동아시아의 지중해는 그 주위를 둘러싼 해안선에 늘어선 원자력발전소의 밀도가 높기로도 세계 최고인 '어리석음의 바다'이기도 하다.

그러나 지금 내 눈앞의 바다는 평온하며 하늘은 완벽하게 쾌청하다. 해수욕객으로 해안은 놀이공원처럼 북적대고 육지 쪽에는 웅장한 설악산이 있다. 설악산의 역동적인 바위를 바라보며, 문득 눈을 덮어쓴 매서운 겨울 풍경을 상상해본다. 언젠가 꼭 오르고 싶다.

고성을 지나 버스를 타고 군사분계선으로 향했다. 도착하자 일단 방문자 센터에서 내려야 했는데, 그 일대는 테마파크가 따로 없었다. 주차장에는 대형관광버스가 줄줄이 서 있고, 기념품 가게도 쇼핑센터 못지않다. 그러나 자세히 보면 경비가 삼엄하고, 한국인 방문객은 모두 어떤 건물로 들어가서 몇 분 동안 안보교육을 받아야 한다. 거기 들어갔다 나온 남희는 어릴 적 받았던 '반공교육'이 떠올랐다고 한다. "난 공산당이 싫어요!"라고 반복했어요. 지금은 그때보단 덜 촌스럽게 얘기하지만요라고.

다시 버스에 올라타 경계선과 그 뒤에 북한이 내다보이는 전망대로 향한다. 나란히 세워진 망원경을 가만히 들여다보며 사람들은 생각에 잠긴다. 그러고는 언제 그랬냐는 듯이 무대처럼 앞으로 뛰어나온 장소에서 북한을 배경으로 기념사진을 찍는다. 브이 사인을 하거나 편안한 미소를 짓기도 한다. 사진사들이 내건 기념사진의 견본을 봐도 불안한 기색은 찾을 수 없다. 그다지 의외는 아니었다. 역시 이들의 속내는 내가 발을 들여놓을 틈이 없을 만큼 깊어 헤아리기 힘들다.

남희도 여느 때처럼 시원시원하다. 무엇보다도 기념사진을 찍는 사람들이나 기념품을 사는 사람들의 '관광객다운' 모습에 흥미를 갖는다. 그녀의 테마인 '여행과 투어리즘'에 대해 생각하는 걸까. 거대한 미륵불이 북쪽을 향해 합장하고 있다. 세계 각지의 순례길을 걸어온 그녀에게는 이 땅 또한 일종의 성지일까.

"저기, 저 바위 뒤쪽부터 북한이에요"라기에 알려주는 쪽을 멀리 응시한다. 그러나 감회는 일지 않는다. 어찌되었든 이 얼마나 아름다운 해안선인가. 문득 "아버지, 나 여기 와 있어요"라고 속으로 말했다. 그리고 아버지는 여기 서본 적이 있을까, 궁금해졌다. 설사 있다 한들 나와 아버지가 같은 풍경을 같은 의미로 공유하지는 못할 것이다. 내가 아버지의 깊은 속내를 헤아릴 수 없기에.

한 국 어 와   나

이번 여행에서 나는 이런 말들을 배웠다. 달, 바다, 여름, 꽃, 바람, 나비, 메밀…… 중국에서 유래하지 않은 한국 고유의 이런 단어의 울림이 무척 사랑스럽다. 그리고 한국여행을 채색해준 꽃들의 멋진 이름. 백일홍, 무궁화, 자귀나무, 진달래, 도라지……

아아, 아무리 그래도 한심하기 짝이 없다. 이렇게 깊은 인연으로 맺어진 나라의 말을 아직까지도 전혀 못하는 내 모습에 정말 한숨이 나온다. 남희가 종종 놀릴 때 농담조로 받아치지만 실은 상당히 타격이 크다. 하지만 착한 남희는 가끔 "일본 사람이 한국어를 배우기보다 한국 사람이 일본어를 배우기가 훨씬 쉬워요"라며 위로해준다. 하기야 짧은 기간에 언뜻 아주 쉽게 일본어를 마스터하는 한국인을 많이 봐온 데 비해 일본인이 한국말을 구사하는 데는 훨씬 시간이 걸리는 듯하다. 그러나 요즘 일본 젊은이들 중에는 한국어를 금세 터득하는 이들이 생겨났고, 제자 중에도 그런 학생들이 있다.

둘째딸 사야도 고등학교 선택과목으로 한국어를 일 년 정도 접했을 뿐인데, 말하기 대회에서 입상하는 수준까지 늘었다. 타고난 개그우먼인 사야는 남희가 우리집에 왔을 때 한글교과서에서 봤는지, 라디오 일기예보를 선보였다. 남희는 말 그대로 배꼽을 잡고 웃으며 극찬을 했다. 아마 이런 훌륭한 관객이 있어 사야의 한국어

실력이 느는 것 같다. 한국을 좋아하는 사야는 자신의 사분의 일은 한국인이라는 사실을 기분 좋게 친구들에게 떠벌리고 다닌다. 제자들 중에도 "사랑해요, 한국!"을 외치는 학생이 많다. 한류의 영향이 클 텐데, 그렇다고 '한류 열풍'이나 '사랑해요, 한국'이 도대체 무엇을 의미하는가 하는 물음에는 선뜻 대답하기가 어렵다. 이 부분에 대해서는 지금도 많은 논의가 이루어지고 있으며 앞으로도 계속 연구될 것이다.

내 애독서 중에 지금은 고인이 된 이바라기 노리코의 『한글로의 여행』(1986)이 있다. 무려 이십오 년 전에 쓰인 이 책에 이끌려 머뭇머뭇 한국을 여행한다는 자각이 내 안에 있다. 이바라기가 "한국어를 배우고 있어요"라고 말할 때마다 사람들이 신기해한다는 이야기가 이 책 첫머리에 등장한다. "왜 하필 한국말을……?" 하고 의아해하는 반응 자체가 그녀는 신기했다고 한다. "영어를 배우고 있어요"라든가 "운전을 배우고 있어요"라면 누구나 '왜'를 묻지도 않고 당연하게 받아들이면서. 이바라기는 이런 반응이 메이지시대 이후, 일본인의 의식에서 동양을 몰아낸 것과 연관이 깊다고 말한다. 심지어 한국은 바로 이웃나라인데다 역사상 다른 그 어떤 나라보다 깊은 인연이 있지 않은가. "어학 하나를 보더라도, 민중이 국가의 방침을 넘어서지 않고 오늘날에 이른 안이함이 결과적으로 의아한 질문이 되어 나타나는 것이리라."

이바라기는 여러 가지 복잡한 동기로 한국어를 배우기 시작한 모양이다. 패전 직후인 스무 살 남짓 무렵부터 한국어를 배우고 싶었지만 시간이 나지 않았고, 어디서 배워야 할지도 몰랐다고 한다. 조선반도에 대해 눈을 뜬 것은 좀더 거슬러올라가, 소녀 시절에 김소운의 『조선민요선』을 애독했을 때였다고 한다. 처음 산 사전 역시 김소운이 편찬한 『한일사전』이었다.

이바라기는 사십여 년을 되짚어보며, 한일이라는 이웃나라 간 언어의 관계사는 "이루 말할 수 없는 난반사"요, 어이없을 만큼 굴절된 모습이라며 탄식한다. 물론 그 굴절의 가장 큰 원인은 1910년부터 1945년까지 삼십오 년에 걸친 일본어 강요의 역사다. 그 하나만 보더라도 두 언어는 단순한 이웃관계는 아니다. 이바라기 또한 "이웃나라 사람들이 일본어를 터득하는 속도는 우리가 한글을 습득하는 속도보다 훨씬 빠르다"는 것을 통감했다. 근년에 다시 제2외국어로 일본어를 배우는 이가 늘고 있는 한국과, 이웃나라의 언어를 배우는 게 결코 당연하지 않은 일본의 기이한 불균형도 여전히 존재한다.

누가 한국어를 배우는 동기를 물어와도 너무 복잡해서 대답하기 곤란했던 이바라기는 "이런저런 이유를 한데 뭉뚱그려 '이웃나라 말이잖아요'라고 대답하기로 했다". 그러나 "이 무난한 답에도 알쏭달쏭한 표정을 짓는다"고 했다.

이바라기가 지금의 한류 열풍을 보면 뭐라 말할까. 어떻게 보면 그녀야말로 한류 열풍의 원조가 아닐까. 요즘은 한국어를 제2외국어로 선택하는 젊은이도 많아졌고 이를 이상하게 여기는 사람들도 거의 없다. 젊은이들은 자연스럽게 "이웃나라 말이니까"라는 태도를 보인다. 그러나 이웃나라 사람들에 대한 차별이나 우월의식이 완전히 사라졌느냐 묻는다면 긍정적인 답변은 궁해진다. 축소되고 변형되어 북한 사람들에 대한 확고하고도 근거 없는 편견과 멸시로 대체되지 않았나 싶기도 하다.

이바라기는 나라 이름을 둘러싼 복잡한 감정에 대해서도 언급했다. 한국어라 하기도 조선어라 하기도 분명하지 않으니 텔레비전이나 라디오에서 '한글 강좌'라는 표현이 쓰인다. 책 제목에도 이바라기는 '한글'이라는 말을 사용해 "이웃나라 말─물론, 남쪽과 북쪽을 다 포함한 한글이다"라고 한다. 그녀는 한국에서는 '조선'이라는 표현을 싫어한다고 지적했는데 이는 지금도 유효할 것이다. 그녀는 특히 일본인이 '조선'이나 '조선인'이라고 하는 것을 한국인이 싫어한다고 덧붙인다. 그 이유로 일제시대에 일본인이 차별 감정을 담아 그 말을 남용한 데 대한 분노와 북한과의 적대관계를 든다.

"아주 오랜 고조선시대부터 내려온 선명한鮮 아침朝의 나라라는 아름다운 나라 이름이 이렇게 까다롭고 복잡하게 엉켜버렸다. 쉽게 풀리지 않는 실타래처럼."

"그 책임의 큰 부분에 우리 아버지와 조부의 시대가 깊이 연관되어 있다"는 그녀의 말에 충분히 동의하면서도, 나는 이 '조선'이라는 말을 버리고 선뜻 '한국어'라고 표현하지 못하겠다.

내 아버지가 열일곱 살 때 떠나온 고향은 조선에 있었다. 그 당시 한국은 아직 없었다. 학교에서 우등생이었던 아버지는 특히 국어(일본어) 성적이 좋아서 일본 본토로 유학을 가게 되었다. 그러나 그의 모국어는 조선어였다. 고인이 된 그의 모국어가 한국어였노라고 분류하는 것은 도리가 아니지 않을까.

아버지가 돌아가시기 이 년 전쯤 나는 아버지에게 이런 불만을 토로한 적이 있다.

"좀더 일찍 제가 조선인이라는 걸 알려주셨으면 좋았잖아요. 그러면 제가 저쪽 말과 문화를 배울 수도 있었을 텐데요."

그는 내 물음에 대한 답이 되는지는 차치하고 이렇게 답했다.

"제일 중요한 건 조선인의 피지, 어떤 말을 쓰는가는 이차적인 일이야. 너는 일본어, 영어, 프랑스어를 배웠잖니? 조선어는 이제부터 배워도 좋아."

그때 나는 십여 년에 걸친 해외생활을 마치고 일본에 돌아와 있었다. 40대에 들어섰고 결혼해서 아이도 있었다. 내가 아버지의 모국어를 배우지 않았음을 아버지 탓만으로 돌릴 수는 없다. 아버지의 태생에 대해 형이 알려준 게 그 십 년 전쯤이었다, 캐나다에서 아직 독신으로 살던 무렵이었으니 마음만 있으면 영어와 프랑스어에 더해 한국어에도 손을 뻗을 수 있었을 테니 말이다.

배우려고 전혀 시도를 안 했던 것은 아니다. 미국으로 건너가 대학에서 공부를 시작했던 1970년대 끝 무렵, 학교에서 친해진 재미 한국인 청년과 일본어와 한국어를 서로 가르쳐주기로 했다. 자꾸 서양화되는 스스로에게 제동을 걸려는 시도였는지도 모른다. 물론 나도 강력한 동기의식이 없었지만 상대방은 훨씬 더해서 이 교환 수업은 오래가지 않았다. 내가 아버지의 태생에 대해 알기 전의 일이다. 내가 다니던 조지워싱턴 대학에 한국어 수업은 없었으며, 그때 당시 기존의 커리큘럼에 한국어가 있는 대학은 동부 지방에서는 컬럼비아 대학 정도였다. 결국 나는 중국어 수업을 선택했다.

변명할 생각은 없다. 그뒤로도 틀림없이 기회는 있었고 특히 자신의 뿌리가 한반도에 있음을 안 뒤로 더 의식했어도 좋았을 것이다. 그러나 그후 한국어를 배울 일은 없었고, 일본에 귀국한 지 이십 년, 아버지가 돌아가신 지 십육 년이 지나고 일 년에 두세 번씩은 한국을 방문하게 된 지금도 여전하다.

이바라기 노리코의 『한글로의 여행』이 '왜 한국어를 배우는가'에 대한 성찰이라면, 나는 여전히 '왜 한국어를 배우지 않는가'라는 물음 주위를 맴돈다.

쓰지 신이치

아버지에게로
가 는 길

이번 한국여행을 계획하면서 선암사에 가자는 이야기가 나왔
다. 남희가 먼저 이야기를 꺼냈는지 내가 제안했는지 기억나지
않지만. 한국 남부 지방의 명사찰인 선암사는 나와 범상치 않은
인연이 있다.

선암사에 가려면 그전에 꼭 송광사에 들러야 한다기에 3월
23일, 서울에서 기차로 순천까지 가서 그곳에서 택시로 송광사
로 향했다. 선암사와 산 하나를 낀 곳에 있는 송광사는 선암사보
다 훨씬 크고 유명하다. 남희의 지인이 소개해준 스님께서 자신
의 요사채에 묵을 수 있도록 준비해주셨다. 스님께 차 대접을 받
고 대웅전과 주요 탑을 안내받아 참배한 뒤 주변 숲을 거닐었다.

천 년의 역사를 지닌 송광사에는 곡절도 많다. 도요토미 히

데요시의 침략으로 절이 대부분 불타고 탑만 세 개 남았다. 한
일합병 후에는 일본군이 들이닥쳐 스님들에게 결혼을 강요했지
만 그들은 끝까지 이를 거부했다고 한다.

송광사는 매화숲으로 유명하다. 활짝 피려면 아직 시일이
남았지만 이제 막 터지려는 꽃봉오리가 아름다웠다. 고故 법정
스님께서 살던 암자가 그대로라기에 기대했다가, 산길을 조금
올라야 하기에 다음날 아침에 방문하기로 했다.

안내해준 스님도 택시운전기사도 법정스님의 장례가 치러졌
을 당시의 이야기를 해주었다. 많은 사람들이 먼 길을 마다않고
찾아와 일대가 이루 말할 수 없을 정도로 혼잡하고 북적거렸다
고 한다. 사치를 거부하고 관마저 필요 없다고 유언하셨다는 법

정스님은 그런 성황을 어찌 보셨을까.

절 경내가 점차 어슴푸레해진다. 식사 후 저녁 예불이 시작된다. 의식은 먼저 종각에서 시작한다. 사람 키높이만한 법고 앞에 스님들이 양손에 북채를 들고 서서 한 사람씩 두드린다. 일본에서 축제 때 쓰는 큰북과 비슷하지만 가죽이 느슨해 소리가 훨씬 굵고 묵직하다. 연타가 멎어 정적이 찾아오면 산에서 부엉이 소리가 들려온다. 몇 명이 번갈아 큰북을 다 치고 나면 종을 치기 시작한다. 그마저도 끝나자 스님들은 다른 스님들이 먼저 시작한 기도에 참여하기 위해 마당을 가로질러 대웅전으로 이동한다. 기도는 일본보다 더 음악적이다. 앉고 엎드리고 일어서는 일련의 동작을 108번 반복한다.

다음날 아침 예불을 드리려고 아직 깜깜한 시각에 일어난다. 아침 예불은 네시경에 시작했을까, 저녁 예불과 거의 동일한 동작을 반복한다. 차가운 공기에 조금씩 적응하는 동안 이 민첩한 동작이 마음에 산뜻한 자극을 준다. 잠자리로 돌아와 잠시 눈을 붙였다가 날이 완전히 밝아진 뒤에 법정스님이 십칠 년을 사셨다는 불일암까지 걷는다. 이곳에는 아직도 전기가 들어오지 않았다. 쌓여 있는 대량의 장작을 보니 겨울철의 고된 생활이 짐작된다. 깊은 산골인데도 암자 주위에서 사람의 숨결 같은 게 느껴졌다. 법정스님이 홀연히 집 안에서 나와 "좋은 아침이군요" 하고 인사해와도 전혀 이상할 것 같지 않았다.

톳마루의 유리문으로 들여다보니 벽에 걸린 고인의 사진이 이쪽을 바라보고 있다. 암자 앞에는 법정스님이 만들었다는 나무의자가 놓여 있다. 한번 앉아볼까. 아주 잠깐 동안 같은 자리에 앉아 스님이 무엇을 보고 무엇을 느끼고 무엇을 생각했을까 상상의 나래를 펼친다.

그의 책 제목이기도 한 '무소유'라는 단어가 떠올랐다. '소유'라는 개념에 사로잡혀 도대체 우리는 얼마나 많은 시간과 에너지를 쏟고 있는지. 불교의 가르침대로 평화를 어지럽히는 분노와 분쟁의 주원인도 소유다.

에리히 프롬이 『소유냐 존재냐』에서 말했듯이 현대인들은 더 많이 갖는 것이 인생의 목적인 양 살아간다. 그러나 프롬은 가지면 가질수록 존재의 의미가 사라지고, 우리는 공허해질 수밖에 없다고 이야기한다. 법정스님은 '놓기'를 설명하며 스스로 실천했다. 그리고 놓으면 놓을수록 우리의 존재가 충만해져 지금 이곳에 이렇게 '있는 것'만으로 깊은 희열을 얻을 수 있다는 것을 몸소 보여주었다.

칠 년 전, 선암사의 보름밤

법정스님께 인사를 마치고 우리는 선암사로 향했다. 세상에 없는 아버지를 만나기 위해. 아버지의 유골을 품고 선암사에 온 것은 그가 세상을 떠난 지 팔 년째 되던 2003년, 이번 여행처럼 3월 말이었다. 칠 년 내내 우리 가족은 유골을 어찌할지 결정을 못 내리고 있었다. 매년 명절 때마다 묘를 만들자느니 뿌리자느니 의견만 분분한 채 결론이 나지 않았다. 뭐든 해야 된다며 7주기 때에야 내가 다소 강압적으로 주도해 야쿠시마에 뿌리기로 결론을 내리고, 2002년에 삼형제와 어머니가 함께 유골함을 들고 야쿠시마까지 갔다. 그런데 숙소에 도착했더니 뉴욕에 사는 여동생이 팩스로 보내온 항의글이 있었다. 자기가 없는 동안 그런 중요한 일을 치르는 건 도저히 찬성할 수 없다며.

산 넘어 산이다. 어처구니없어하는 나와 형을 남동생과 어머니가 타일러 결국 유골을 들고 집으로 되돌아갔다. 반년이 더 지난 뒤 나는 교토에 사는 친구 김명희에게 이 이야기를 했다. 그런 의도로 말한 건 아니었는데 그녀는 이 이야기를 진지하게 받아들였다.

"하필 왜 야쿠시마지?"

"그야 일본에서 가장 아름다운 곳 중 하나라서……"

내가 대충 둘러대도 개의치 않고, 명희는 사뭇 진지하게 내게 질문을 던진다.

"아버님은 야쿠시마와 인연이라도 있으셨어?"

"잘은 몰라도 아마 없으실걸."

"흐음. 그럼 어디 아버님이랑 인연이 있는 장소로 떠오르는 곳은 없고?"

"현해탄은 어떨까? 아버지가 열일곱 살 때 배로 거기를 지나 왔을 테니까."

"아버님이 어떤 심정이셨을 것 같은데?"

"그걸 알면 이 고생을 하겠어? 모르니까 이러쿵저러쿵 의견 이 분분한 거 아냐."

"아버님이 언제 한번 고향에 돌아가고 싶어하셨다고 했지?"

"응, 그러셨지. 특히 돌아가실 때쯤에는 술이 들어가면 당 신의 고향 황해도가 굉장히 아름다운 곳이라고 하셨어."

한참 그런 대화를 나누는데 흐렸던 명희의 얼굴이 갑자기 밝 아졌다.

"알겠다. 좋은 수가 있어. 나한테 맡겨줄래?"

그때 떠올랐다는 좋은 수가 선암사였다. 명희는 삼십 년이 넘도록 일본에 살지만 한국과 정신적으로 강하게 연결되어 있 다. 그런 그녀가 한국의 수많은 사찰 중에서도 특별히 선암사를 떠올린 것이다. 당시 선암사 주지스님의 고결한 사상을 경애해 서이기도 하지만 무엇보다도 선암사와 송광사를 품은 산의 아름 다움과 고상함에 명희는 심취했다고 말했다. 결국 절에 연락하 는 것부터 여행의 안내까지 명희가 도맡아주었다. 나는 뉴욕에 서 일본으로 돌아온 여동생을 설득만 하면 되었다. 이리하여 아버지가 떠나신 지 팔 년 만에 비로소 우리 사남매는 재를 뿌리기 위해 명희를 따라 한국으로 떠났다. 아버지의 고향인 황해도는 아니지만 따지고 보면 한나라가 아닌가. 여하튼 친구 하나는 정말 잘 뒀다. 이때 명희에게 진 신세는 영영 보답하지 못할 것 같다. 모든 게 어딘가 현실과 동떨어진 듯한 신기한 여행이었다. 그중에서도 선암사에서 보낸, 재를 뿌리던 날 밤은 평생 잊지 못할 것이다.

산기슭에 숙소를 잡고 점심식사를 마친 뒤 선암사로 올라갔다. 절 경내 가장 안쪽에 있는 작은 요사채에 주지스님이 계셨다. 체구는 작지만 큼직하고 맑은 눈망울을 가진 분이었다. 이렇게 말하면 실례가 되겠지만 아무리 봐도 명승과는 거리가 멀었고, 이렇게 말하면 더 무례하겠지만 어딘가 영화 속의 ET와 닮았다. 명희가 우리 아버지 이야기를 비롯해 여러 설명을 했다. 대화가 일단락될 때마다 스님은 큰 눈망울로 우리를 찬찬히 둘러보고는 고개를 끄덕였다. 그는 아버지의 한국 이름과 아버지가 고향에 두고 온 부모—즉 우리 조부모—의 이름을 물어 받아 적었다. 우리는 아버지에게 들은 바를 전했다. 아버지가 온갖 수단을 동원해 알아본 바로는 아버지의 고향은 평양과 서울의 딱 중간지점쯤이어서인지 한국전쟁의 격전지가 되어 부모님을 비롯해 일가 친척이 모두 희생당하고 아무도 남지 않았다.

우리가 머물 정사각형의 작은 방의 벽과 바닥에는 온통 겨자색 종이가 발라져 있었다. 가구다운 가구도 없고 바닥에 놓인 다기와 벽에 걸린 도포, 구석에 개켜진 침구가 세간의 전부였다. 명희는 이게 스님의 소지품 전부라고 했다.

그는 절 뒤편의 주방과 그 안쪽에 있는 차밭으로 우리를 안내해주고는 어디론가 사라졌다. 무슨 연유에서인지 유골은 밤에 뿌린단다. 우리는 그저 밝을 때 하는 줄로만 알았는데. 명희도 의아해하면서도 쾌활하게 말한다. "식당에서 스님들과 함께 식사하기로 했어요. 그때까지는 느긋하게 절을 즐깁시다."

저녁의 어둠이 슬금슬금 다가올 무렵 스님들의 법고의식이 시작된다. 참배객이 모두 사라지자 푸른 어둠에 감싸인 불당 여기저기에서 스님들이 나무채로 리듬을 새기며 특유의 가락으로 노래하듯 불경을 외는 소리가 퍼진다. 마치 우리를 위한 콘서트 같다. 그때까지는 평온하고도 지체되지 않고 시간이 흘렀는데 그뒤가 길었다. 한참 기다린 것 같은데 도무지 스님이 나타나지를 않는다. 우리 남매는 애가 타기 시작한다. 밤은 깊어만 가고 나도 불안해지기 시작한다. 스님은 정말 약속이나 한 걸까? 내일로 알고 있는 게 아닐까? 애당초 밤에 유골을 뿌리다니 이상하지 않나…… 그러나 나는 그런 불안을 애써 속으로 밀어넣는다. 그것은 나의 벗 명희와 그녀의 스승에 대한 불신을 의미하니까.

밤이 퍽 깊어져서야 스님이 다시 나타났다. 그는 큰 불당으로 우리를 안내하더니 민첩한 동작으로 의식 준비를 갖추고, 또랑또랑한 목소리로 지시를 내린다. 아버지의 이름을 적은 지방 옆에 조부모의 지방을 놓는다. 스님이 명희를 통해, 조부모 또한 장례의식이 치러지지 않았을 가능성이 높다, 그들의 유골은 없지만 이 지방으로 대신한다, 오늘 그들의 아들의 유골과 함께 제사를 지내 왕생을 기원합시다라고 말씀하셨다. 멈췄던 시간이 갑자기 흐르기 시작한다. 긴 독경도 이제 괴롭지 않다. 슬프지 않은데 눈물이 넘쳐흐른다.

독경이 끝나자 시간의 흐름이 빨라졌다. 스님의 움직임도 빨라져 우리는 그를 따라잡기에 바빴다. 드디어 산골장을 하러 가는 것이다. 어디로 향하는지 짐작도 가지 않는다. 스님은 선두에 섰다. 형에게 아버지와 조부모의 지방을 들고 바로 뒤를 따르라 하고, 나에게 유골함을 들고 형 뒤에 따라오라는 지시만 내리고 스님은 염불을 외며 잰걸음으로 불당을 벗어나 마당을 가로질러 문을 빠져나가더니, 이내 산길로 들어섰다. 우리 일행은 한 줄로 서서 서툰 걸음으로 열심히 뒤쫓는다. 유골함을 떨어뜨리지 않으려고 손에 힘을 주어 가슴으로 끌어당겼다.

산길로 나서니 우리 눈앞에 보름달이 휘영청 빛나고 있었다! 만일 이 달이 없었더라면 칠흑 같은 어둠 속을 어떻게 넘어지지 않고 걸을 수 있었을지. 얼마나 고마운 인연인가. 점점 흥겨워지기 시작했다. 순간 유골함 안에서 뼈가 움직여 소리를 낸 것 같았다. 그리고 그때, 유골함에서 아버지의 목소리가 들려왔다! 그는 유쾌한 듯 웃으며 이렇게 말했다. "순 바보 녀석들, 여전히 제대로 하는 게 없구나." 애정과 모멸이 섞인 아버지의 말투였다. 나는 그가 기뻐한다는 것을 알았다. 자꾸만 눈물이 흘러 볼을 타고 유골함 위로 떨어진다.

어디를 어떻게 걸었는지 어느새 우리는 계곡에 있었다. 그때부터는 시간의 흐름이 한층 빨라졌다. 스님은 자신이 염불을 외는 동안 유골을 이 강에 뿌리라고, 그리고 뼈를 제외한 모든 것을 불태우라고 지시했다. 명희에게 그 말을 전해 듣고 우리는 잠시 할말을 잃었다. "뭐, 여기서 유골을 뿌리라고?" "태우라니, 유골함까지?"

그런 의문에 개의치 않고 스님은 한층 큰 목소리로 낭랑하게 노래하듯 염불을 왼다. '독경이 끝나기 전에?' 그렇게 생각하자 지금 당장에라도 불경이 끝날 것 같다. 남동생이 라이터를 가지고 있었기에 망정이지, 만약 없었으면 스님은 어쩔 셈이었을까? 우리가 허둥대자 또다시 아버지의 웃음소리가 들려온다. "헛헛헛, 녀석들하고는……" 그러나 더이상 그쪽에 신경쓸 경황이 없다. 불은 알아서 하도록 맡겨놓고 나는 뼈를 뿌리는 데만 집중했다. 그 뼈의 양이 어찌나 많던지!

모든 절차를 마치고 우리는 산에서 내려왔다. 보름달 덕에 손금이 보일 정도로 밝았다. 긴장이 풀린 탓이었으리라, 모두 한껏 웃었다. "이런 달이 안 떴다면 오늘밤에는 절에서 잠만 잤겠어." 우리는 아버지가 좋아하던 일본 노래를 불렀다. 스님의 독경에 지지 않을 만큼 큰 소리로.

"까마귀야 왜 우니? 산에 예쁜 일곱 살 난 아이가 있으니까."

늘 남한테만 노래를 시키고 당신은 좀처럼 부르지 않던 아버지가 아마도 유일하게 부른 〈일곱 살 아이〉라는 노래다. 그리고 아버지가 우리 남매에게 늘 시키던 〈달의 사막〉.

"달의 사막을 멀리멀리 낙타가 여행했습니다. 금안장과 은안장을 얹고 둘이 나란히 걸어갔습니다."

이 제 여 기 는 고 향 입 니 다

다음날 기왕 온 김에 산 너머에 있는 송광사에도 참배하자는 이야기가 나와서, 형과 나 그리고 명희는 걸어가기로 했다. 흐뭇하게도 산은 거의 활엽수로 뒤덮여 있다. 잎을 완연히 떨군 나무 사이로 초봄의 따사로운 햇빛이 스며든다. 산 표면에 빽빽이 깔린 낙엽 사이사이에 얼레지꽃이 피어 있다.

한참 가다 갈림길이 나왔다. 어느 쪽으로 가야 할지 가늠

할 수 없어 한쪽 산길을 훨씬 앞서가던 남성을 불러 세워 물어보니, 미안하게도 우리가 있는 곳까지 내려와준다. 명희가 길을 묻자 그는 자기는 이 고장 사람이라서 송광사까지 가는 길이라면 잘 안다, 따라오라는 말만 던지고 가던 길과는 반대쪽으로 성큼성큼 걷기 시작한다. 우리는 어리둥절해하면서도 그를 뒤쫓는다. 문득 어젯밤 일이 머리를 스쳐 잠시 웃음이 난다. 산길을 가는 그의 걸음은 빨랐고 금세 뒷모습을 놓쳤다. 잠깐 불안해하면 굽은 길에서 어김없이 우리를 기다리고 있다. 견디다못해 중간에 그를 불러 세워 말했다. "이제 됐으니 제발 가던 길로 돌아가세요." 그러나 그는 우리 제안을 받아들이지 않고 웃기만 한다. 그러고는 다시 우리를 수십 미터 앞지른 위치로 돌아간다. "저 사람도 송광사에 가는 길이었나봐"라며 우리는 스스로를 위로했다.

결국 그는 산마루까지 우리를 안내했다. 그곳에 '산마루 찻집'이라 부르기 딱 좋은 식당이 있었다. 그가 우리에게 말한다. "이래 봬도 제대로 된 식당이에요. 선암사와 송광사 산길을 걷는 사람들은 꼭 여기서 먹고 가게 되어 있어요." 단정적인 말투가 재미있다며 명희가 폭소를 터뜨린다.

야외에 커다란 평상이 나와 있다 했더니 그 위에서 손님들이 자리를 잡고 먹는다. 이런 깊은 산속에 돌연 식당이 나타난 것도 놀랍거니와, 내오는 식사의 푸짐함과 맛도 놀라웠다. 뜻밖의 향연이 벌어지는 동안 우리는 이제 겨우 이름을 안 이씨에게 우리가 왜 여기에 있는지를 길게 설명했다.

우리 얘기를 끝까지 귀 기울여 듣고는 이씨는 형과 내게 이렇게 말했다. "이제 여기는 두 분의 고향입니다. 환영합니다!"

계산을 하려 하니 가게 주인이 벌써 먹기 전에 이씨가 냈다고 한다. 우리가 계산하겠다는데도 그는 웃으며 손사래를 치기만 한다. 이씨는 이래저래 우리를 놀래켰는데 가장 놀라운 순간은 그 직후였다. 그는 선선한 미소로 그럼 다녀가세요 하더니 우리가 감사와 작별 인사를 건넬 틈도 주지 않고 왔던 길을 뛰듯이 경쾌하게 되돌아가는 게 아닌가! 우리는 순식간에 사라지는 그의 뒷모습을 망연히 바라볼 뿐이었다.

그로부터 칠 년의 세월이 흘러 이번에는 남희라는 친한 벗의 안내로 선암사를 찾았다. 그때처럼 경내의 매화가 막 꽃망울을 터뜨리려는 참이다. 그때의 주지스님은 다른 절로 옮기셔서 우리가 산골장을 위해 다녀갔을 당시를 아는 사람은 아무래도 없는 모양이다.

절에서 나와 계곡으로 내려가서 유골을 뿌린 곳을 찾아보려고 물가를 돌아다녔다. 달빛 아래서 본 풍경과 딱 들어맞는 곳을 찾기가 쉽지 않다. 결국 아마 여기였으리라고 한 곳을 정했다. 한번 그리 정하자 신기하게도 이곳 말고는 있을 수 없다는 확신이 솟아났다. 그리고 백일몽처럼 그때 그 광경이 마음속에

되살아난다. 고맙게도 남희가 과일을 건네준다. 제수로 올리라
며 송광사의 스님이 챙겨주셨단다.

　과일을 물가의 큼직한 바위에 올려놓고 향을 피운다. "아버
지……" 하고 중얼거린다. "또 왔어요." 이제 아버지의 목소리는
들리지 않는다. 칠 년 만에 '고향'을 찾은 나는 여전히 너무도 어
색한 이방인이다. 아버지는 이제 웃지 않았다. 손을 모은 내 등
에 남희가 인자하고 따뜻한 시선을 보내는 게 느껴진다. 아아,
모든 게 감사하다는 마음이 넘쳐 내 눈시울은 다시 붉어진다.

4

·

안동

돌이켜보면 한국과 일본은 현대사회에서 으뜸가는
과잉의 국가다. '모자람'이라는 환영에서 도망이라도 치듯이,
남아도는 물건과 사물로 온 세계를 뒤덮을 기세다.
한국인이나 일본인이나 쓸데없는 과잉경쟁에 시달리기를
이제 그만두고, 우선 각자 마음의 '청량'을 되찾아야 한다.
그리고 그것을 자랑스럽게 내세워야 하지 않을까.

김남희

옛 전통의 마지막 보루
안 동

십수 년 전의 나였다면 선생님을 모시고 이곳을 찾지 않았을지 모른다. 나에게 안동을 비롯한 경북 지역은 불편함이 앞선 곳이었다. 호주제 폐지 반대 집회에 갓을 쓰고 나오신 어르신네로 연상되는 가부장적 문화. '특정 정당의 깃발만 꽂으면 무조건 당선'이라는 완고한 보수성. 시대의 변화와 흐름을 읽지 못하는 지적, 정서적 둔감함. 게다가 고집스러운 혈통주의까지. 프랑스인 친구 스티브는 그 답답한 혈통주의의 피해자였다. 안동 권씨 집안의 딸과 국경을 초월한 사랑을 나눴던 그는 자신이 외국인이라는 이유만으로 결혼을 거부당했다고 했다. "한국인은 인종차별주의자야"라던 그의 쓸쓸한 얼굴이 아직도 기억난다.

　돌이켜보면 20대 때는 한반도 전체가 벗어나고픈 땅이었다. 유

교적 봉건주의가 강하게 남은 이 나라에서 여자로 살아간다는 것
은 답답하기만 했다. 결혼을 하고, 아이를 낳고, 며느리와 아내와
엄마로 살아가는 길 이외의 삶에는 결코 너그럽지 않은 사회적 시
선이 늘 부담스러웠다. 자유롭게 살고 싶다는 이유만으로 가정이
라는 울타리를 걷어차고 나온 나였다. 그러니 보수적 가치의 고향
으로 여겨지는 이 고장이 편할 리 없었다.

　하지만 나이를 먹고, 세상을 떠도는 사이 나는 조금씩 변해갔
다. 내게 지난 십 년은 지구에서 사라져가는 것을 찾아다닌 시간이
기도 했다. 남의 나라의 전통과 문화를 들여다보는 동안 우리 것에
대한 궁금증이 조금씩 생겨났다. 환경보호와 지속가능한 삶에 대
한 관심도 점점 자라났다. 우리가 잃어버린 것 안에 내가 지향하는

삶의 방식과 가치가 들어 있지 않은지도 살피게 되었다. 무엇보다 남의 나라의 아름다움을 찾아다니면서 제 나라의 문화에 무지한 내가 부끄러웠다.

가장 먼저 내 마음을 흔든 건 전통 가옥이었다. 처마 밑으로 떨어지는 낙숫물 소리에 귀를 씻고, 비워서 넉넉한 마당의 여유로움을 즐기고, 주변의 풍경을 끌어들인 '차경借景'의 미학을 감상할 수 있는 열린 구조. 겨울을 위한 온돌과 여름을 위한 대청마루를 함께 품은 한옥은 지혜롭고 매혹적인 건축이었다. 과하지 않은 양념으로 제철 재료 본연의 맛과 향을 살린 사찰 음식의 건강함도 눈에 띄었다. 손으로 한 땀 한 땀 바느질해 만든 공예품의 아름다움에도 홀렸다. 느리고 불편하지만 단순하고 건강한 삶의 방식이 그 안에 남아 있었다. 그러다보니 자연스레 안동과 경주 같은 곳이 새롭게 다가왔다. 물론 이곳이 붙드는 모든 가치가 나와 맞는 것은 아니다. 다만 나를 흔든 옛 문화가 남아 있기에 기꺼운 마음으로 찾게 된 정도다.

선생님을 모시고 안동을 향하는 지금, 내내 운전을 해야 하는 경국에게 미안하다. 고성에서 안동까지는 300킬로미터가 안 되지만 삼척, 태백, 봉화로 이어지는 굽이굽이 산길을 넘어야 하니 꼬박 다섯 시간이 걸린다. 구절양장 이어지는 깊은 산과 맑은 계곡에 선생님은 감탄하신다. 사방 어디나 파헤쳐진 땅과 몸살을 앓는 강변의 '건설공화국' 풍경에는 탄식하신다. 탄식과 감탄을 번갈아

쏟아내며 몇 시간을 보낸 후 우리는 안동 땅 도산면 가수리에 들어선다.

앞으로는 낙동강이 부드러운 선을 그리며 흘러가고 뒤로는 바위절벽이 병풍처럼 늘어섰다. 풍수지리적으로 완벽한 곳에 화룡점정처럼 자리잡은 농암종택. 이곳에는 지은 지 육백 년이 넘은 긍구당을 비롯해 삼백 년도 더 된 분강서원 등 십수 채의 한옥이 보존되어 있다. 학소대 절벽 아래 자리잡은 애일당과 강각의 정취는 또 얼마나 수려한지! 종택 앞을 흐르는 낙동강을 따라 이어지는 예던길도 이곳의 자랑이다. 예로부터 퇴계 이황을 비롯한 영남 문인들에게 사랑받아 많은 기행문의 소재가 되었던 길이다. 무엇보다 이곳은 농암 이현보 선생의 17대 직계손이 계신 종택이기에 살아 있는 전통문화까지 덤으로 맛볼 수 있다.

함께 저녁을 하겠다며 기다리던 종손님이 반갑게 우리를 맞으신다. 이성원 어르신은 안동 명문가의 후예답게 전통문화에 대한 자부심이 강하다. 나라에서 시호를 받은 조상을 모시는 '불천위' 종택인데다 옛 서적과 문헌 오천 점을 소유한 650년 역사의 가문이니 그럴 수밖에. 종손님은 해마다 조상 묘소 50기를 돌보며 온갖 제사를 챙기신다. 강변에는 이미 어둠이 내려 무덥고 습기찬 여름밤이 시작되고 있다. 우리는 종택 입구의 식당에서 쏘가리매운탕을 먹는다. 매운탕은 비린내가 전혀 나지 않아 개운하다. 따뜻하게 시작된 저녁식사 자리가 조금씩 싸늘해진다. 미처 예상치 못한 종손님의 태도 때문이다. 나에게는 너무나 다정하신 종손님이 신이치 선생님께는 쌀쌀맞기만 하시다. 일본인이라는 이유로.

종손님이 『유년시대』라는 소설을 쓴 일본인 소설가 다치하라 마사아키(1926~1980)에 얽힌 일화를 들려주신다. 일본 교과서에도 글이 실린 유명한 소설가인 그가 실은 안동 출신의 한국인 김윤규라는 비화였다. 『유년시대』는 그가 봉정암의 스님이던 아버지와 함께 그곳에서 보낸 어린 시절 이야기인데 그는 끝내 자신의 정체성을 완전히 인정하지 않았단다. 선생님은 그가 일본적인 정서를 잘 구현하는 작가로 꼽혀왔다며 놀라워하신다.

종손님의 일본 비판이 본격적으로 시작된다. "일본은 문화가 없는 야만의 나라예요. 지난 이천 년을 놓고 본다면 천구백 년 동안은 우리가 앞섰고, 메이지유신 이후 백 년만 그들이 앞섰을 뿐이죠. 그들은 칼의 나라고 우리는 펜의 나라입니다. 어느 쪽이 문화라 할 수 있겠어요?" 등줄기에 흐르는 이 땀은 분명 더위 때문이 아니다. 선생님은 내게 가감 없이 통역할 것을 부드럽게 종용하신다. "일본소설을 봐도 그 문화의 편협함을 볼 수 있어요. 일본이 자랑하는 미시마 유키오나 가와바타 야스나리의 작품 모두 내면만 들여다보는 좁은 세계예요. 그 안에는 전 세계에 통하는 보편성이 없지요." "내면에 집중한다는 말씀에는 저도 동의합니다." 고개를 끄덕이던 선생님이 중국문화에 대해 여쭙자 돌아온 종손님의 대답의 일부. "중국이 대국이긴 하죠. 일본이 태평양 전쟁 때 저지른 만행에 대해 중국은 금전적 배상을 요구하지 않았으니까. 그런 면에서 사대주의는 맞다고 생각해요. 주체성이 무조건 좋은 게 아니에요. 주체성 부르짖다 박살난 게 병자호란 아닌가. 중국은 배울 점이 많은데 일본은 배울 점이 없어요. 방에 혼자 처박혀 꼼지락거리다보니 뭘 만들어내는 장인정신은 좀 있었는데, 지금은 자동차도, 전자도 우리가 다 따라잡았고." 사대주의에 대한 종손님 의견만큼은 동의할 수가 없다. "서책 안에 갇혀 고리타분한 사고를 고수한 조선 후기 사대부들. 명분만 찾던 그들의 사대주의야말로 조선의 국운을 다하게 만든 원인이 아니었을까요?" 이렇게 말했다가는 어설픈 통역조차 불가능한 일장훈시의 심연으로 휘말려들까 싶어 잠자코 말을 옮길 뿐.

　포커페이스를 유지 못 하는 내 얼굴은 지금 몹시 흥미로울 게 틀림없다. 붉은 빗금이 죽죽 그어져 이리저리 요동치고 있을 테니. 선생님은 한결같은 태도로 고요히 귀기울이고 있다. 종손님은 일제 식민지배의 책임자가 눈앞에 앉아 있기라도 하듯 연이어 날카로운 화살을 날리신다. 식민지배를 직접 겪은 내 아버지 세대가 일본에 대한 감정이 좋지 않은 건 당연하겠지만, 종손님은 해방 이후에 태어나셨는데도 반일 감정이 뜨겁다. 아마도 여기가 안동이라서가 아닐까. 임진왜란의 의병, 한말의 의병, 한일합병 때 자결한 선비, 독립운동가를 전국에서 가장 많이 배출했다는 곳이니. 무엇보다 유교문화의 맥을 이어가는 분이니 과거가 단순한 과거로 지나가지는 않으리라. 그래도 신이치 선생님이 무슨 죄라고. 손님으로 담담히 받아주실 수는 없는 걸까. 신이치 선생님께 미안해진 내가 선생님 부친이 한국인이라는 이야기를 들려드리니 그제서야 종손님의 태도가 한결 누그러진다.

　매운탕이 코로 들어가는지 입으로 들어가는지도 모르게 저녁 식사를 마치고 종택으로 돌아온다. 산마루 너머로 달이 뜨고, 달빛 아래 처마는 부드러운 곡선을 이룬다. 선생님도 아름다운 곳이라고 감탄하신다. 다행이다. 저녁 자리의 긴장이 그제야 풀어지는 것 같다. 저녁식사 내내 듣고만 있던 경국이 말한다. "정치와 종교 문제는 어른들과 이야기해선 안 되더라고요. 그분들을 바꿀 수

안동 ●
김남희 ●

는 없으니까요. 그저 들을 뿐이죠." 그러고 보니 경국도 고향인 하
동에서 살고 있다. 방으로 올라오니 모기장 사이로 서늘한 바람이
불어온다. 흐릿한 등 아래 누워 있는 지금, 이 편안함은 도대체 어
디서 오는 걸까. 가구도 없는 좁은 방이 왜 이토록 단잠을 부르는
걸까.

다음날, 산길을 걸어 청량사를 찾는다. 절 입구가 소란하다.
새 건물을 올리는 중이다. 공양간과 요사채를 겸한 이층 콘크리트
건물이 흉측하다. 마침 주지스님인 지현스님과 마주쳤다. 종손님
이 증축중인 콘크리트 건물을 비판한다. "단청을 칠하면 나아질 거
예요. 전통 한옥은 이층 구조에 맞지 않는데다, 비용이 너무 많이
들어서 콘크리트로 지었어요." 주지스님의 옹색한 답변이다. 그
래도 그렇지. 이렇게 멋진 절 안에 콘크리트 건물이라니 한숨이 절
로 나온다. 왜란과 호란, 한국전쟁을 겪으며 원형을 그대로 간직
한 옛 건물은 거의 사라졌지만 그래도 절은 우리 건축문화의 아름
다움을 보존해왔다. 하지만 절도 '공사 공화국'의 운명에서 자유롭
지 않은지 '중창불사'가 절마다 점점 요란하다. 원래의 절과 어울리
지 않는 규모와 방식의 건물이 지어지는 것을 볼 때마다 마음이 아
프다. 속세의 아픔과 상처를 보듬는 진정한 방법이 무엇인지를 고
민하기보다는 절간의 편리와 이익을 먼저 고민하는 건 아닌지. 스
님이 두드리는 목탁 소리 대신 스피커에서 들려오는 불경 소리도,
절 입구까지 시멘트로 포장을 하면서 넓어진 진입로도, 고된 일을

하는 스님이 더이상 보이지 않는 모습도 모두 불편하다.

공사중인 콘크리트 요사채가 상기시킨 이런저런 생각들을 뒤로하고 절 마당으로 들어선다. 부드러운 목탁 소리가 절 안을 채우고 있다. 뒤로는 잘생긴 바위 봉우리에 둘러싸이고, 앞으로는 시야가 탁 트인 전망. 절은 마치 산의 품에 안기듯 포근히 감싸여 있다. 이런 곳에서 수행을 하면 마음의 거울이 절로 말갛게 닦일 것 같다. 농암종택도, 청량사도 풍경 자체만으로도 치유의 힘을 지녀 더 끌리는 걸까.

청량사를 내려온 우리는 병산서원을 찾아간다. 서애 류성룡이 제자를 가르치던 이 서원은 내가 사랑하는 만대루가 있는 곳이다. 서원으로 들어서니 뜻밖의 풍경이 우리를 기다리고 있다. 380년 된 배롱나무 여섯 그루의 꽃이 만개한 병산서원은 이 세상이 아닌 듯 신비한 아름다움을 내뿜고 있다. 빗속에 떨어져내린 진분홍 꽃잎이 이끼 낀 담장의 초록빛과 어울려 빚어내는 색의 대비가 눈부시다. 툇마루에 앉아 비에 젖은 꽃잎을 바라보는 것만으로 몇 시간쯤은 흘려보낼 수 있을 것 같다. 꽃 핀 나무 아래서 서성이는 우리를 늙은 나무가 가만히 내려다보는 오후. 나무 몇 그루가 서원의 풍경을 이토록 낯설고 새로운 아름다움으로 물들일 줄이야. 기대치도 않은 선물을 받은 것 같아 심장이 두근거린다. 시간이 한참 흐른 후에야 겨우 발길을 돌려 만대루에 오른다. 만대루 아래로도 백일홍이 환하게 피어 낙동강변의 금빛 모래사장과 푸른 산줄기를 배경으로 사위에 분홍빛이 가득하다. 날이 흐려 꽃의 붉은 기운이 더 진하게 번져 보인다. 만대루에 앉은 선생님도 꽃에 취해 마음이 어지러우신 걸까. 얼굴이 살짝 붉어지셨다. "일본이라면 여기 못 올라오게 했을 텐데……" 혼자 중얼거리며 난간에 팔을 기대고 앉아 강변을 내려다보신다. 낙동강 건너편으로 병산의 부드러운 어깨가 보슬비에 젖고 있다. 옛 선비들의 휴식공간이자 공부공간이었던 만대루. 과연 이런 곳에서 공부가 되었을까. 나같이 산만한 사람은 주변 풍경에 취해 만년 과거 재수생으로 남았을 텐데…… 하긴, 그 시대에 여자는 공부할 수 없었으니 이런 걱정은 할 필요도 없겠구나.

내가 이어가고 싶은 전통

농암종택에서의 마지막 날. 아침상에서 종손님이 다른 손님들에게 나를 소개한다. "여행의 문화를 바꾼 여인이라 정말 존경하는 분입니다"라는 과한 칭찬과 함께. 하지만 일본에 대한 비판은 오늘도 날카롭다. 누구나 하나쯤 가진 편견이 종손님께는 일본인 걸까. 한국을 식민지배한 일본의 우월함을 인정할 수 없다는 자존심. 그 높은 자존심이 유가문화를 지키고 이어온 저력이 되었을지도 모르겠다. 유가의 도를 계승한다는 자부심으로 평생을 살아온 종손님

께 일본에 대한 우호적인 견해까지 바라는 건 욕심이리라. 나 역시 일본을 여행하고, 일본인 친구들을 하나둘 사귀기 전에는 일본에 대해 막연한 거부감과 편견을 갖고 있었으니.

짐을 꾸려놓고 툇마루에 앉아 버스 시간을 기다린다. 방을 쓸고 계신 안동 아주머니께 여쭈어본다.

"안동이 너무 보수적이라 싫지 않으세요?"

"저는 고향이라 그런지 잘 모르겠네요. 고향보다 더 좋은 곳이 어딨어예."

그런가, 고향이라면 모든 것이 감싸지는 걸까. 고향이라는 특정한 지역에 애착이 없는 나로서는 잘 와닿지 않는다. 경상도 사람들이 특히나 강하게 얽매이는 혈연과 지연에 대한 애착이 나는 늘 부담스러웠다. 부모님의 고향이자 내가 태어난 곳이지만 경상도에 나는 특별한 감정이 없다. 누군가 내게 고향을 물어올 때마다 곤혹스럽다. 엄마의 고향인 상주에서 태어났지만 여섯 살 때까지 강원도 삼척에서 자랐다. 그후 대구와 포항을 거쳐 아홉 살이 되던 해부터 쭉 서울에서 살았다. 그렇다고 서울을 고향으로 부르고 싶지도 않다. 나이가 들수록 점점 서울이 아닌 곳에서 살아야 한다는 욕망이 강해지지만 그건 자연에 대한 갈망일 뿐, 특정 지역에 대한 향수가 아니다. 그래서 나는 늘 고향과 출신 학교, 족보를 따지며 친근함을 과시하는 우리나라 사람들의 정서가 어색하다. 처음 만난 남자들이 출신 고등학교 기수만으로 그 자리에서 말을 놓는 문화도, "아버님 본관은 어디신가?"라며 족보를 따지는 어르신들도.

문득 할머니 생각이 난다. 일찍 돌아가셔서 한 번도 뵌 적 없는 할아버지는 몰락한 양반 가문의 자제셨다. 집안을 돌볼 생각은 안 하시고, 물려받은 땅의 농사는 할머니에게 맡겨놓고, 양반 타령이나 하던 분이었단다. 할아버지가 돌아가신 직후, 할머니는 그놈의 양반 타령이 얼마나 지긋했었는지―굳이 따지자면 할머니도 양반 가문 출신이었음에도 불구하고―할아버지가 애지중지하던 족보를 모조리 불사르는 반역을 저지르셨다. 그 이야기를 아버지에게 처음 듣던 날, 20대의 나는 할머니가 멋있어 보였다. 여자는 족보에 이름도 오르지 못하고, 일은 죽어라 하면서 제사 때 절도 못 하는 유가의 전통이 도무지 납득되지 않던 시기였다. "우와, 우리 할머니. 혁명가셨네." 동네 어르신들을 기절시킬 불경한 짓을, 한낱 아녀자인 우리 할머니가 저지르신 거다. 나중에 기독교로 개종하신 할머니는 "내 죽으면 절대 제사상 같은 거 차리지 마라"고 유언하셨다. 그 유언을 변칙적으로 받들어 우리 엄마는 할머니 제사는 안 지내지만 명절 때마다 차례상만큼은 꼬박꼬박 차린다. 그리고 우리집 차례에서는 여자들도 똑같이 절을 한다.

언젠가 장남인 남동생에게 물어봤다. "너는 부모님 돌아가시면 제사도 지내고 차례도 지낼 거니?" "응, 당연히 그럴 생각인데. 왜?" "그건 장남으로서의 의무감 때문이야?" "아니, 그런 것보다는 일 년에 몇 번이라도 부모님 생각하는 날이 없으면 쓸쓸할 것 같

안동 ●
김남희 ●

은데······" "그럼 네가 죽은 후에 네 아들 연우도 똑같이 해줬으면 좋겠어?" "그래 준다면 고맙지만 그건 내가 뭐라 할 건 아니지."

한때 나는 제사나 차례 같은 의례에 회의적이었다. 온갖 까다로운 예법이며 절차도 불편했고, 무엇보다 권리도 없는 집안 여자들에게 요구되는 과도한 노동이 싫었다. 하지만 부모님이 돌아가신다면 기꺼이 동생들과 제사를 준비하고 싶다. 용감하신 할머니 덕분에 반가의 예법을 제대로 배울 기회가 없었기에 당연히 제사 예법도 못 지킬 것이다. 그래도 할 수 있는 한 정성껏 상을 차리고 싶다. 지금의 내가 어디서 온 존재인지를 잊지 않는 보은의 마음. 좋은 일은 조상님 덕분으로 돌리고, 나쁜 일은 조상을 잘 모시지 않은 내 부덕의 소치로 돌리는 겸양의 마음. 그 공경과 감사의 마음이 내가 이어가고 싶은 전통이기에.

종택을 나서는 길, 종손님이 방값의 절반가량을 돌려주신다. 여행길에 노잣돈이라도 보태라면서. 늘 이런 식이시다. 그때마다 종부님은 옆에서 말없이 웃고만 계신다. 이분을 뵐 때마다 마음이 복잡해진다. 존경과 부끄러움과 죄송스러움이 한꺼번에 밀려들어서일까. 웃는 얼굴이 고운 종부님은 집안 어른들의 반대를 뿌리치고 이곳으로 시집와 종갓집 맏며느리로 살고 있다. 종택이 개방된 후에는 문중 어른들뿐 아니라 전국에서 몰려드는 객지 손님까지 치르는 고단한 살림을 도맡아 하면서. 그러면서도 뵐 때마다 상냥함을 잃지 않으신다. 종부님과 나는 얼마나 대조적인 삶을 살고 있는지······ 한곳에 붙박이로 살아오신 종부님과 여전히 떠돌아다니는 나. 지난 사십 년을 내 행복만을 중심에 놓고 살아온 나로서는 상상도 할 수 없는 삶이다. 종부님의 노고를 종손님도 잘 아시는 듯, 손님들 앞에서 늘 당신을 낮추고 종부님을 높이신다. 그런 모습은 종갓집 종손에 대한 내 편견을 슬쩍 허물어뜨리는 계기가 되기도 했다.

안동의 아름다움을 칭송하는 외지인들은 상상도 못할 것이다. 이 전통을 보존하기 위해 얼마나 많은 여인들이 자신의 삶을 희생했는지를. 솔직히 나는 아직도 회의적이다. 이렇게 누군가의 일방적인 희생을 필요로 하는 전통이 원형대로 지켜져야만 하는지에 대해. 다른 방식은 없는 걸까. 하지만 내가 이런 말을 할 자격은 없다. 한옥의 아름다움을 예찬하지만 겨울의 추위를 견딜 자신이 없고, 한복의 색과 선을 곱다 여기지만 그 불편한 옷을 입고 돌아다닐 자신은 없으니. 나는 여전히 여행하는 사람으로, 이방인으로, 전통문화를 들여다볼 뿐이다. 당연히 내 시선도, 애정도 지극히 표피적이고 제한적이다. 나와 전통적 삶 사이의 화해는 그렇기에 위태롭고 피상적이다. 진정한 화해는 그 가치의 일부라도 내 삶에 구현하며 살아갈 때에야 이루어질 것이다.

이분들의 삶의 방식은 언제까지 이어질 수 있을까. 두 분의 자녀들은 종손의 삶을 어떻게 받아들일까. 젊은 시절의 종손님이 그러했듯, 나의 길이 아니라고 방황하다가 끝내 이 길로 돌아오게 될까. 전국에 남아 있는 150여 개의 고택과 종택 중에 50개 가까운 종택을 품은 안동 땅. 고집스럽고, 완고한 어르신들이 사시는 곳. 언젠가 사라질지도 모를 옛 전통의 마지막 보루. 오십 년의 세월이 더 흐르면 안동은 어떤 얼굴을 하고 있을까.

쓰지 신이치

백 년의 생생함이 살아 있는
안 동 의   정 신

8월의 안동. 곧장 안동의 중심지에서 벗어난 농암종택으로 향한
다. 남희가 좋아하는 곳이기 때문이다. 과연 그 위치가 좋다. 작은
마을을 넘어 강변을 따라 좀더 들어가면 이내 강과 푸른 언덕과 절
벽에 둘러싸인 별천지가 나타난다.

종손인 이성원씨는 유서 깊은 양반이었던 농암 가문의 17대 직
계자손으로, 종가의 대를 잇는 후예로서 가문의 묘소를 지키며 그
전통을 유지하는 책임을 한몸에 짊어지고 있다. 그런 그가 반바지
에 운동화 차림으로 나타나 다소 맥이 빠졌다. 남희에게는 상냥한
미소를 보이면서 내겐 쌀쌀맞은 게 신경이 쓰인다.

종손님은 댐 건설 때문에 생가를 떠나 이곳으로 옮겨왔다. 원
래 살던 곳은 저수지 밑에 잠겼다고 한다. "보세요, 저기가 농암

가문의 선산이에요"라며 그가 가리킨 끝에는 야트막한 산이 있었다. 650년에 걸친 역사가 저기에 숨쉬고 있다고 말할 때, 신기하게도 노을 질 무렵의 골짜기 풍경에 담긴 모든 존재가 그를 지지하는 듯 느껴졌다.

남희가 나를 소개하며 "이곳에 전해지는 한국 전통문화를 꼭 좀 알려주세요"라고 부탁하는데, 종손님의 반응은 여전히 냉담하다. "너무 복잡해서 그렇게 쉽게 알 만한 게 아녜요" 하고는 내가 아니라 남희에게 적극적으로 농암종가에 대한 자랑을 늘어놓는다. 적어도 그때는 자랑처럼 들렸다.

"안동에는 우리 같은 가문이 많은데, 대개 오백 년 정도 됐어요. 하지만 우리는 육백 년이 넘었어요. 보세요, 저기 있는 건물도 육백 년이 더 됐고, 정면에 있는 '궁구당'이라는 글씨는 초대 농암 어르신이 쓰신 겁니다."

저녁식사를 하러 종택에서 마을 쪽으로 약간 되돌아온 곳에 있는 식당에 갔다. 종손님과 함께 바깥에 마련된 자리에 매운탕이라는 생선찌개를 둘러싸고 앉았다. 밤이 되어도 덥다. 하루살이가 선풍기에 날리며 춤을 춘다. 하루살이라는 한국 이름에 '하루사리春去り一봄이 지나다'라는 일본어를 떠올리며, 벌써 한여름이구나…… 하는 생각을 해본다.

남희 역시 종손님의 태도가 신경쓰이는 모양이었다. 그래서인지 그에게 내 아버지가 조선 출신이라는 것, 즉 내가 혼혈이라는 사실을 알렸다. 그후 종손님의 태도는 확실히 변했다. 그뒤로 우리가 머무는 동안 그가 남희보다는 나에게 열정적으로 말을 걸었기 때문이다. 이야기는 주로 한일 간의 문화 비교와 일본사회에 대한 비판이었다. 표면적으로는 변함없이 가차없는 말투로 대했지만, 그 밑바탕에 나를 배려하는 마음이 흘러나오는 것을 느꼈다. 그리고 시간이 지나며 그 느낌은 점차 거세져서 끝내 급류처럼 커졌다.

종손님은 일본사회의 가장 큰 문제점으로 한국이 일본문화의 근본임을 인정하고 그것을 정면으로 받아들이지 못함을 들었다.

그래서 일본은 문명국가가 되지 못한 채 오늘날에 이르렀다. 일본 역사의 대부분은 칼의 역사였다. 그러니 펜의 문화가 양성되지 못한 야만의 문화를 갖고 있다. 생각해봐라, 도대체 칼의 문화와 펜의 문화 중에 어느 쪽이 더 훌륭한지.

그 말에는 나도 공감했다. 다만 한번 그의 반일 감정에 불이 붙으면 더이상 나의 찬반 여부는 상관이 없었다. 그가 말을 잇는다.

도요토미 히데요시가 우리나라를 참혹하게 침략한 것은 야만인이 열등감을 표현한 것일 뿐이다. 열등감을 폭력으로 나타낼 줄밖에 모른다. 우리나라의 도예기술이 훌륭하니 열등감을 해소라도 하듯이 도공들을 죽이거나 폭력을 써서 일본으로 데려갔다. 우리나라 황후를 죽인 것도 그렇고, 그 밖에도 잊지 못할 수많은 굴욕을 준 것도 마찬가지로 열등감 때문이다. 그건 모조리 일본이라는 나라에 문화가 결여되어 있음을 보여준다……

세계사에 환한 종손님, 한국 땅을 벗어나본 것은 쓰시마에 갔을 때가 유일하다고 한다. 그는 그곳에서 일본에 문화가 없음을 확인했노라고 당당히 말하며 웃었다.

"아무튼 사람이 없어. 어디에 갔나 했더니 다들 빠찡꼬 가게에 있더라고!"

나도 쓴웃음이 났다. 일본 각지를 다니며 나 또한 그런 광경을 얼마나 많이 봐왔던가. 과소화되어 도태된 지역의 한복판에 우뚝 선, 대낮처럼 휘황찬란하게 불을 밝힌 파친코 가게와 게임 센터.

종손님은 일반적인 민족주의와는 생각이 달랐다. 또한 한국의 근대화를 매몰차게 비판했다. 그는 안동이야말로 한국 전통문화의 마지막 보루이며, 그 중심에는 농암종가가 있다고 했다. 지금으로부터 딱 백 년 전에, 안동의 정신을 상징하듯 열 명이 자결했다. 조선이 합병된 세상에서 사는 수치를 거부한 것이라고 한다.

딱 백 년 전이라는 그의 말에 움찔한다. 남희와 함께하는 이 여행을 내심 '백주년 기념여행'으로 여겼는데, 종손님에게 그 말을 듣고 보니, 아무런 실체도 수반하지 않은 채 백 년이라는 숫자를 단순한 말로 품어왔음을 새삼 깨달았다. 나와 달리 종손님에게 백 년은 마치 한 달 전인 듯한 신선함과 생생함을 지니는 것 같다.

그 나름의 친환경론도 흥미로웠다. 일본의 질서정연한 정원을 치켜세우는 사람이 많은데, 일본의 정원은 자연의 왜소화의 표현이라고 생각한다면서 "저기 좀 보시오" 하고 그는 주위를 둘러보며 말한다. 언뜻 풀과 꽃이 난잡하게 무성한 듯 보여도, 이야말로 인간이 자연을 지배하지 않고 조화를 이루며 살아가는 자세의 표현이요, 한국의 미의식이라는 것이다.

넘 침 은   모 자 람 보 다   나 쁘 다

명사찰로 유명한 청량사를 찾는다. 종손님도 함께 와주었다. 밑에

차를 세워두고 산길을 오른다. 그 중간에 느닷없이 종손님이 내 쪽을 돌아보더니, 뭔가를 말하려다가 말이 통하지 않음을 답답해하며 남희를 향해 이렇게 말했다.

"얼른 한국 사람이 되시오!"

나도 남희를 통해 되물었다.

"어떻게 하면 될까요?"

그는 그런 쉬운 일도 모르는 내가 한심하다는 표정을 짓더니, "잘 봐라"라는 식으로 계곡을 향해 절벽 위에 서더니, 두 팔을 벌려 뭐라고 소리를 질렀다. 남희가 웃음을 그치지 않아 무슨 말을 외쳤는지 알기까지 한참이 걸렸다. 반면 본인은 선선한 표정으로 다시 산길을 오른다.

가까스로 남희가 통역해준 말은 "나는 한국 사람이다, 나는 한국 사람이다, 나는 한국 사람이다!"였다.

"뭐? 그게 다야?"

"네. 어때요, 할 수 있겠어요?" 남희는 짓궂게 웃었다.

허무해서 나도 웃었다. 그건 마치 중학생이 산속에서 "누구누구야, 사랑해!"라고 외치는 것 같지 않은가. 나는 오랜 지적 훈련을 통해 사물을 단순화하는 것에 대한 경계심을 터득해왔다. 하지만 그런 나조차 이 노골적인 사랑 고백에는 한순간에 무장해제당하고 말았다.

종손님을 뒤쫓듯 산길을 걸으며, 아버지가 돌아가시기 한 이 년 전에 나눈 대화가 떠올랐다. 나는 아버지에게 물었다. "왜 오랫동안 아버지가 조선인이라는 걸 우리한테 말씀하지 않으셨어요?" 그리고 이렇게 덧붙였다. "혹시 조선인이라는 게 수치스러우셨어요?" 그때 아버지가 지은, 한심하기 짝이 없다는 투의, 나를 가여워하는 그 표정이 지금도 뚜렷이 기억난다.

"쓸데없는 소리 마라." 아버지는 내뱉듯이 말했다. 그 한마디로 아버지가 무슨 말을 하고 싶었던 것인지 완연히 이해가 되었다. 그 눈은 "조선인으로서 느끼는 자긍심 말고 다른 자긍이 있겠느냐?"고 되묻고 있었다. 그러고는 나를 부드럽게 위로하듯 "걱정하지 말거라"라고 말했다. "네 몸엔 조선인의 피가 흐르고 있다. 그거면 충분해. 언젠가 저쪽에 가게 되면, 그저 가슴을 펴고 나는 조선인입니다, 하면 된다. 그렇게만 해도 그들은 아무 말 없이 두 팔 벌려 너를 받아줄 게야……"

나중에 종손님에게 이 얘기를 하자, 그는 무릎을 치며 "그래, 난 아버지 말씀에 100퍼센트 찬성이야"라고 했다. 어느새 종손님이 형처럼 느껴졌다.

여러 산을 끌어안은 청량사에서 자장가처럼 염불을 외는 소리가 들려온다. 고요하고 적막하다……라고 말하고 싶지만, 절 한구석에서 새 건물이 올라가고 있다. 게다가 콘크리트 건물이라니. 공사 현장에 종손님이 우두커니 서 있다. 공사 소음이 목탁 소리와 염불 소리에 섞여 정체 모를 음악을 연주하기 시작했다. 종손님은

한탄한다. 왜 콘크리트냐고. 왜 새 건물이 필요한 거냐고. 지금 있는 건물로 충분하지 않으냐고.

절 안에는 찻집이 두 군데 있었다. 그중 이대실이라는 화가가 운영하는 갤러리 같은 신기한 공간에서, 시원하고 청량한 약초차로 말 그대로 대접을 받는다. 방랑자인 그는 세계 각지의 산을 여기저기 올랐다고 한다. 불교회화와 조각 쪽으로도 솜씨가 돋보였다.

이 찻집 앞에 간판이 두 개 걸려 있었다. 아마도 그가 쓴 것이리라. 하나는 영어로 'Overflowing is worse than shortage', 즉 넘침은 모자람보다 나쁘다였다. 다른 하나는 한글로 '내버려둬'였다.

돌이켜보면 한국과 일본은 현대사회에서 으뜸가는 과잉의 국가다. '모자람'이라는 환영에서 도망이라도 치듯이, 남아도는 물건과 사물로 온 세계를 뒤덮을 기세다. 한국인이나 일본인이나 쓸데없는 과잉경쟁에 시달리기를 이제 그만두고, 우선 각자 마음의 '청량'을 되찾아야 한다. 그리고 그것을 자랑스럽게 내세워야 하지 않을까. 그런 자부심이 보수, 반동, 완미頑迷함이라 불린들 무슨 상관이랴. 아무래도 종손님의 영향을 제대로 받은 듯하다.

이 국 의 백 일 홍

농암종택의 아침식사는 융숭했다. 긴 상에 한가득 차려진 음식을 하나하나 종부님이 설명해주신다. 과연 남희가 좋아하는 분인 만큼 기품 있고 인자하시다. 종손님, 그리고 마침 숙박하러 온 단체와 함께 식탁에 둘러앉는다. 종손님은 우선 모든 숙박객들에게 남희를 소개한다. 그리고 마치 내 일처럼 자랑스럽게 방금 받은 남희의 일본 기행을 담은 책을 내보이며, 꼭 사서 읽으라고 권한다.

남희가 살짝 내게 귀띔한다. "생각해보니, 저 책에 일본을 좋아한다고 썼는데 종손님이 읽으면 실망하시겠네요."

식탁은 어느새 토론의 장이 되어버렸다. 나중에 전해들으니 종손님이 내게 말했던 한국과 일본의 비교를 두고 벌어진 토론이었다. 일본에 대한 책을 출판한 지 얼마 안 된 남희와, 일본인인 나 두 사람의 방문이 이런 파문을 일으킨 것이다. 종손님은 여전히 '반일' 발언을 내던진다. 어떤 사람은 "문화의 차이는 차이로 인정하고, 그 우열을 문제삼을 필요는 없다"고 했고, 또 어떤 사람은 "종손님은 유서 깊은 가문의 가장으로 한국 전통문화의 입장에서 가치판단을 하는 게 당연하다"고 논했다고 한다.

파문은 거기서 그치지 않았다. 우리가 그곳에 머무는 며칠 동안, 숙박객 몇 명이 말을 걸어왔다. 모두 나를 동정하는 눈치였다. 어떤 이는 종손님의 의견이 너무 편향됐다고, 저래서야 일본에는 하나도 좋은 게 없는 것 같다면서 "일본의 좋은 점은 좋다고 인정하면 되는데. 과거야 어떻든 지금이 어떤가가 중요하잖아요"라고 했다. 일본 주재 한국대사관에서 일한 적이 있다는 이는 "나는 친

일파예요"라며 내게 미소짓고는 "저는 일본의 훌륭한 점을 알아요"라고 일본말로 또렷이 말했다. 그리고 등산을 하러 왔다는 이는 영어로 한층 날카로운 어조로 말했다.

"그래서 난 안동이 싫어요. 저래서야 인종차별과 다를 게 뭡니까. 안동 사람들은 한국의 다른 지방 사람들도 깔보니 일본인에게 차별의식을 갖는 건 당연해요. 자기들이 제일 잘났고, 자기들만 옳다고 생각하니까……"

안동에서는 아름다운 전통문화를 여럿 즐길 수 있었다. 작가 다치하라 마사아키가 승려의 아들로 태어나 유년을 보냈다는 봉정사, 전통적인 초가집이 늘어선 유네스코 세계문화유산 하회마을…… 전원 풍경도 좋았다. 논 외에도 옥수수, 감자, 고구마, 고추, 담배, 깨, 도라지 등의 밭이 한데 섞여 있다. 논밭에 일하는 사람의 모습은 없고, 오로지 허수아비뿐이다. '허수아비'라는 단어를 남희가 알려준다. '가짜 아버지'를 뜻하는 한국말이라고 한다. 허수아비 같은 사람 하면 있으나 없으나 한 사람이라나. 그 말을 들으며 나는 살짝 다른 생각을 했다. 아버지가 자리를 비우는 날이 많은 일본 가정의 식탁에 허수아비를 놓으면 어떻게 될까 하고.

이따금 마을의 큰 나무 그늘에 모여 앉은 사람들이 보였다. 다들 이런 곳에 있었구나 싶다. 음력으로 가장 더운 날을 의미하는 중복에 함께 휴식을 취하며, 보양식을 먹는 것이 오랜 풍습이라고 한다. 일본도 절기상으로 더운 날에 장어를 먹는 풍습이 있다. 나는 그날 밤 지금은 안 계신 어머니 꿈을 꿨다.

삼복더위에 생생하게 만나는 모친과 장어
土用丑　生きてる　つもりの　母とウナギ

안동에서 둘러본 관광지 중에 특히 인상적인 것은, 옛 사립대학이었다는 병산서원이다. 마침 사방에 삼백 년도 넘은 백일홍이 흐드러지게 피어 있었다. 일본에서 흔히 봤던 약간 보랏빛이 도는 꽃이 아닌 훨씬 새빨갛게 타오르는 빨강이다. 가히 환상적이었다. 나는 이국에 있음을 강렬하게 실감했다. 그리고 문득 그 이국을 아버지 안에서도 발견한 것 같았다.

환상인가 아버지가 부르는 목소리와 백일홍.
幻か　父呼ぶ声と　百日紅

같음과 다름. 근사성과 이질성. 가까움과 멂. 내 안에서조차 공존하는 이 이항대립이 나를 찢어놓는 동시에 나를 치유한다. 남희는 자기가 사랑하는 이곳을 내가 기대 이상으로 마음에 들어하니 몹시 흡족해하는 눈치다. 남희는 백일홍을 많이 닮았다. 정원에 만개한 나무 밑에 선 그녀의 사진은 나의 훌륭한 작품이 되었다.

김남희

자이니치,
8월 말 의 오 사 카

무국적자로 산다는 것. 여권에 기대어 바깥세상을 기웃거리며
살아가는 나로서는 상상도 할 수 없다. 대한민국에서 나고 자란
나는 한 번도 국적이라는 문제를 고민해본 적이 없었다. 국적으
로 인한 차별을 받아본 적이 없었으니까. 스물세 살, 한반도를
벗어나 처음 바깥으로 나갔을 때, 그제야 사람들이 내게 묻는
첫 질문이 "어디에서 왔느냐?"라는 것임을 알게 되었다. 내 이
름이 아닌, '코리안'이라는 단어로 내 정체성이 규정되는 세상을
처음 만난 셈이었다. 여행을 하며 지구의 곳곳을 떠도는 동안
티베트 친구를 만나고, 팔레스타인 난민들을 알게 되고, 이슬람
국가의 여성으로 살아가는 친구들이 생겨났다. 그제야 내 의지
와는 상관없이 지니게 된 대한민국 국적이 그들보다 훨씬 더 많

은 가능성을 열어주었다는 것을 깨달았다.

티베트 망명자 2세로 인도에서 태어나고 자란 내 친구 잠양은 청소년 시절에 혹독한 방황의 시기를 거쳤다. "너의 고민은 오롯이 너에게서 비롯된 거잖아. 그런데 내 고민은 내가 원하지도 않았는데 티베트라는, 지금은 사라진 나라의 국민으로 태어났다는 것에서 시작됐어. 그런 걸 내가 어떻게 풀 수 있겠어?"라고 되묻던 내 친구. 돌이켜보면 길 위에서 만나 나를 흔든 대부분의 사람들은 어디에도 속하지 못했다. 한곳에 뿌리박고 안정적인 생활을 꾸리는 사람들이 아닌, 내일 자신이 어디에 있을지 알 수 없는 사람들에게 나는 어떤 동질감을 느끼곤 했다. 내가 가정을 버리고, 한반도를 뛰쳐나와 떠돌고 있어서였을까.

재일 조선인. 자이니치. 코리안 재패니즈. 그리고 조센징. 몇 개의 복잡한 이름으로 불리는 그들에게 끌린 것도 비슷한 이유였다. 그들은 여기 일본에 있으나 이곳에 속하지 않은 존재다. 한국과 일본 어느 곳도 조국이라고 말할 수 없는 사람들이다. 하지만 스스로 유목민의 삶을 선택한 나와 외부적으로 강제된 디아스포라인 그들 사이에 어떤 연대의 가능성이 존재하기는 할까.

지금 만나러 가는 사람이 내게 그 답을 줄 수 있을까. 서 있는 것만으로도 주르륵 땀이 흘러내리는 8월의 더위를 뚫고 교토 외곽의 조선학교를 찾아간다.

나지막한 집들이 몸을 맞대고 늘어선 몇 개의 골목을 지나니 평범해 보이는 작은 학교다. 학교의 이름은 시가 조선초중급학교. 1946년 조선어강습소로 시작했으니 벌써 육십 년을 넘겼다. 입구에는 "마음껏 배우고 힘껏 달라붙고 정성껏 도와나서는 우리의 배움터"라고 적혀 있다. 운동장에는 커다란 천막들이 서 있고, 온갖 음식 냄새가 공기 중에 떠돌고 있다. 천막 아래는 장기를 두는 사람들도 있고, 삼삼오오 모여앉아 떡볶이며 파전을 먹는 이들도 보인다. 예닐곱 살 아이들부터 흰머리의 허리 굽은 노인들까지, 다양한 세대가 운동장을 채우고 있다. 마치 어린 시절의 운동회로 돌아온 듯 그립고 익숙한 풍경이다. 무대 위에는 "우리 학교 마당"이라는 붉은 글씨. 하늘빛 한복을 곱게 차려입은 여학생들이 민속춤을 추고, 검은띠를 맨 어린이들의 태권도 시범도 이어진다. 그 사이마다 마이크를 든 젊은 청년이 일본말로(!) 사회를 본다. 몇 개의 전통공연과 만담이 끝나고 나니 기타와 북을 든 한 남자가 무대로 걸어 나온다. 거인이다. 180센티미터는 거뜬히 넘길 것 같은 키에 부리부리한 눈, 탄탄해 보이는 체구가 쉽게 범접하기 어려운 인상을 준다. 한눈에 봐도 조선 사나이다. 그것도 말 달리며 만주 벌판을 호령했을 고구려 무사. 혹은 소설 『태백산맥』의 강인한 민초 하대치가 이런 모습이 아니었을까. 삽이나 망치가 더 어울릴 것 같은 남자가 기타를 치며 부르는 첫 곡은 〈임진강〉. 1960년대 재일교포들의 삶

을 사실적으로 그려낸 영화 〈박치기〉에 나왔던 그 노래다. 북한
국가를 만든 박세영이 작사한 노래로 갈 수 없는 남쪽 고향을 그
리워하는 내용이다. 일본의 인기밴드가 일본어로 번역해 불렀
지만 북한 노래라는 이유로 사십 년간 금지되었던 곡.

> 임진강 맑은 물은 흘러흘러 내리고
> 뭇새들 자유로이 넘나들며 날건만
> 내 고향 남쪽 땅 가고파도 못 가니
> 임진강 흐름아, 원한 싣고 흐르느냐

무더운 여름, 조선학교의 운동장을 가르며 〈임진강〉은 한국어와 일어, 영어로 울려퍼진다. 내 옆에 앉은 어르신도, 뒷자리의 중년 아주머니도 노래를 따라 임진강으로 흘러간다. 〈서울에서 평양까지〉를 부른 후 이어지는 노래의 가사는 "고국이 타국이 되어가는 사이에도 타향은 고향이 되지 않았다. 아버지의 직업은 고물장수……" 자신의 삶을 녹여낸 노래일까. 〈아리랑〉과 〈액막이 타령〉〈님을 위한 행진곡〉까지 노래는 신명나게 이어진다. 그가 기타를 내려놓고 북을 치며 부르는 〈백년절〉은 한일강제합병 백 년을 맞아 만든 노래. "백 년 지나면 강산이 변하네 고향 돌아갈 날 기다리며/ 대대손손 삼대가 살아왔건만 내 고향 없다는 신념이여/ 백 년 지나면 강산이 변하네 대지는 갈라지고 끊겨버리고/ 대대손손 삼대가 살아왔건만 조국을 갈망하는 허무함이여/ 백 년이 지나면 강산이 변하네 사람의 마음도 변하지만/ 백 년이 지나도 변하지 않는 것은 굽히지 않는 불복종."

　고향에 돌아갈 날을 기다리며 굽히지 않는 불복종의 마음으로 살아온 백 년의 시간. 자이니치의 삶이란 그런 것이었을까.

　"자이니치는 세계에서 유일한 존재지요. 일본에서는 늘 내가 누구인지 설명해야만 해요. 나는 일본에서 나고 자랐기 때문에 한국인도 아니고, 외국인으로 등록하도록 강요하고 차별하는 이 나라에서 일본인도 아닙니다. 그래서 난 나 자신을 재일 오사카인이라고 불러요."

열한 장의 음반을 낸 가수이자 배우이면서 작가인 조박(56세). 국적은 대한민국이지만 고향은 오사카, 모국어는 일본어다. 그의 조부는 일제강점기에 오사카로 끌려와 그의 아버지를 낳았다. 그는 조연태라는 한국 이름을 두고 한국식과 일본식이 섞인 조박이라는 이름을 쓴다. 외국인 등록을 할 때 조선인임을 드러내지 않고자 했던 아버지의 뜻이었다.

모든 차별과 핍박을 정면으로 돌파하며 살아왔을 것만 같이 강인해 보이는 이 남자는 뜻밖에도 스무 살까지 한국인이라는 것을 숨기고 살았다. 어렸을 때는 '조센징'이라는 게 싫어서 미국으로 도망가고만 싶었다. 강한 일본인이 되고 싶었던 그는 중고등학교 시절에 유도선수로 활약했다. 유도를 그만둔 건 전국대회를 앞두고서였다. 학교대표로 뽑힌 후 조선인임이 드러날까 두려웠기에. 초등학교 문턱에도 못 가본 그의 아버지는 그가 대학에 진학하는 것도 반대했다. 조선인이 대학을 나온들 무엇을 하겠느냐는 이유로. 아버지의 반대를 무릅쓰고 그가 고베외국어대학 러시아어과에 입학했을 때, 학교에는 60년대 말 일본을 뒤흔든 전공투의 여운이 아직 남아 있었다. 그는 등록금 인상 반대 시위에 참여하며 대학 제도 개선운동을 시작했다.

그는 대학에서의 경험 때문에 자신의 삶과 정면으로 맞설 용기를 내게 되었다고 한다. 학생회 재건운동을 하던 어느 날, 그는 괴한들에게 끌려가 협박을 당했다. "네가 조선인인 거 다 알고 있어. 강제송환 당해도 좋아?" 그 순간 추방이나 송환이 두려워 어떤 항변도 못한 자신이 부끄러웠다. '일본인으로 살아오며 거짓말을 한 벌이다. 이제 본래의 나로 돌아가야 한다'는 결심이 뒤따랐다. 니시야마라는 일본 성을 버리고 한국 성을 쓰고, 한국말을 공부하기 시작했다. 3학년이 되던 해, 조총련계 유학생동맹에 가입한 그는 사상이나 이념보다는 우리 민족의 역사 문제에 끌렸다. 그랬던 그가 민족주의자의 한계를 벗어날 수 있었던 건 비슷한 처지의 아이누, 오키나와 인들을 만나고 나서였다. 차별받는 소수자로서의 정체성을 자각하고, 국가를 벗어나 '일본 안의 소수자'의 의미를 깨닫게 된 계기였다(그는 결혼식도 아이누 전통방식으로 치렀다). 대학원을 졸업한 후 대학 강사와 영어 강사로 일하기도 했던 그는 영어와 러시아어, 일어와 한국어에 모두 능통하다. 교수가 되고 싶었던 그가 음악을 하며 살아가는 것은 보이지 않는 벽 앞에서 한계를 느꼈기 때문이 아닐까.

"귀화요? 일본 정부가 과거를 반성하고, 국적과 관계없이 일본 시민으로서의 권리를 인정한다면 일본으로 귀화하는 것도 문제없겠지요. 문화적이고 역사적인 마이너리티로 존재할 수 있으니까. 그런데 일본 헌법은 과거를 제대로 반성하지 않았죠. 전쟁에 대해서는 반성했으나 식민지 지배에 대해서는 가해자로서 반성하지 않았어요. 한일과거사는 아무것도 해결된 게 없어요. 게다가 귀화는 일본 호적 제도에 들어가는 건데, 이 나라 호적 제도는 천황 아래 다 집결되어 있어요. 천황제가 있는 한 민주주의도 아니잖아요. 여긴 자신의 손으로 민주주의를 만든 역사가 없는 나라예요."

일자리를 잃은 노동자들, 미군기지 철수운동을 벌이는 오키나와인들, 차별받는 여성과 장애인들…… 약하고 소외된 이들과 연대해 그는 강연도 하고, 노래도 하고, 일인극도 한다. 그를 필요로 하는 곳은 어디든 간다. 그렇게 삼십 년이 넘는 세월을 살아왔다. 일본인도, 한국인도 아닌 '재일 오사카인'으로서. 조박은 인류가 진정 평화롭게 살아가기 위해서는 국가라는 경계를 뛰어넘어야 한다고 믿는다.

무국적자로 산다는 것

식민지 시절 일본 국민이 될 것을 강요당했다가, 하루아침에 버려져 무국적 상태가 되고, 그리고 북한과 남한 어느 한쪽의 국민이 되기를 강요받은 재일교포라는 존재. 난민이 될 것인가, 한국 국민이 될 것인가를 선택해야 했던 그들 중 일부는 '분단 이전의 조선반도의 국민으로 남겠다는 일념'으로 한국적이 되기를 거부하고 조선적으로 남았다. 60만 재일교포 사회에 6만 명쯤 남아 있다는 '조선적' 출신의 사람들. 이들은 일본에서 해외 여행이나 취업, 은행대출, 연금 등 많은 면에서 차별과 불이익을 감수해야 한다. 일본인도 한국인도 아닌, 사실상의 무국적자여서 한 나라의 국민으로 누릴 수 있는 법적 지위를 거의 보장받지 못한다. 이 나라에서, 이 나라 말을 쓰며 살고, 세금을 내는데도 외국에 나갔다 돌아올 때면 '재입국허가'를 받아야 하는 사람들이다. 그들이 외국인 등록을 강요받아 국적란에 '조선'을 기입하던 1947년, 한반도 어디에도 국가는 없었다. 서경식의 표현대로 "조선반도 출신, 조선 민족의 일원이라는 의미, 즉 국적이 아니라 민족적 귀속을 나타내는 기호"일 뿐이었다.

이들에게 조국은 어떤 의미일까. 전 생애를 통틀어 조국은 그들에게 아무것도 해준 것이 없는데. 일본은 또 어떤 의미일까. 철저히 '동화냐 배척이냐'의 정책을 쓰는 이 나라에서 귀화하지 않는 이들에겐 참정권조차 주어지지 않는데.

조선적을 유지하는 사람은 모두 친북좌파라는 편협한 시각을 부끄럽게 만드는 이들이 있다. 남한과 북한 어느 한쪽에 속하기를 거부하는 이들이다. 내가 지금 앉아 있는 시가 조선초중급학교의 교장인 정근석씨도 그런 경우다. 경북 고성 출신의 아버지, 북한 출신의 어머니를 둔 그는 조선적을 유지하고 있다. 그는 웃으며 담담히 말한다. "하나 된 조국을 기다릴 뿐이에요." 하나 된 조국이라니. 얼마나 멀게 느껴지는 말인지. 그의 남은 생애에 그게 가능할까. 그는 내게 민족이 첫째, 이념은 둘째라고 말한다. "이념은 스스로 선택하는 거죠. '우리 민족은 이념을 떠나 하나'임을 가르칠 뿐이에요. 우리가 왜 이곳에 있게 되었는지, 우리가 누구인지를 가르치는 교육을 할 뿐이에요. 사상교육은 더이상 하지 않아요. 이 학교는 이제 전교생이 서른여덟 명뿐인데 절반은 조선적, 절반은 한국 국적이거든요."

조선학교는 민족교육 위주의 교과과정 때문에 일반 대학 진학이 어렵다. 민주당 정권이 들어선 후에도 여전히 정부 지원금을 받지 못해 수업료도 비싸다. 치마저고리를 입고 다니는 조선학교 여학생들은 종종 일본학생들의 폭력과 이지메 대상이 된다. 일본인들에게 '기타조센'이란 이름으로 불리는 북한은 일본인 납치와 핵 문제 등으로 일본인들이 가장 혐오하는 나라다. 그런 그들에게 '조선학교'에 다니는 청소년들은 혐오스러운 '친북집단'일 뿐이다. 이런 어려움들로 인해 한때 오백 개가 넘던 조선학교는 이제 팔십여 개만 남았고, 전체 학생 수는 만 사천 명으로 줄었다. 이런 추세라면 이 학교도 언제 문을 닫을지 알수 없다.

그가 아쉬운 듯 말을 이었다. "그래도 김대중·노무현 정권 때는 조선적으로도 한국 방문이 가능했는데…… 조국 방문이라도 자유롭게 할 수 있으면 좋겠어요." 돌이켜보면 북한과 남한, 일본 모두 재일교포를 자기들이 필요할 때 이용했을 뿐이다. 북한과 일본이 '재일교포 북송사업'으로 구만 사천 명의 재일교포를 그들의 선전도구로 이용한 것처럼, 남한 역시 정권유지를 위한 공안사건의 도구로 그들을 이용했다. '재일교포유학생 간첩단사건'처럼 그들은 한국 국민의 공포감을 조성하는 단골 대상이었다. 그런 경우를 빼놓고 정부와 우리는 철저히 그들의 존재에 무관심했다. 증오보다 더 무서운 것은 무관심일지도 모른다.

아무 말도 못하는 나는 고개를 돌려 운동장을 바라본다. 이 조촐한 잔치마저 허락하지 않겠다는 듯 잔혹한 햇살이 운동장에 내리꽂히고 있다. 무대에서는 브라질에서 귀국한 일본아이들이 삼바 춤을 추고 있다. 짙은 화장을 한 아이들의 얼굴에 땀이 흘러 번들거린다. 일본인의 얼굴을 하고 있지만 춤솜씨만큼은 브라질 본토박이 수준이다. 모두들 넋을 잃고 아이들의 춤을 바라본다. 조박이 덧붙인다. "지금 일본에서는 민족교육은 방과후에만 하도록 법률로 규정되어 있어요. 조선인을 차별하려고 만든 법률인데, 일본 정부의 딜레마죠. 브라질계 일본아이들도 정규수업시간에 민족교육을 받을 수 없거든요."

학교를 떠나기 전, 나는 봉투 한 장을 교장선생님에게 전한다. "적지만 아이들을 위해 써주세요"라는 말을 건네며. 내 부끄러움이 그 한 장의 지폐로 무마될 수는 없을 것이다. 그들의 고뇌에 대해서는 무심했으면서 주변인으로서의 동질감을 함부로 생각하다니…… 태생적으로 의지할 곳이 없다는 사실에서 오는 근원적인 불안, 어디에도 소속되지 못했다는 고립감, 그렇기에 그들이 마주해야 하는 자기부정과 분열의 길이 내게는 없다. 나는 그저 경계인의 고립감보다 자유로움에 매혹되었을 뿐. 어느 쪽에도 속해 있지 않기에 양쪽을 다 들여다볼 수 있는 시야를 지닌 존재로서의 자유로움은 분명 자이니치가 다다를 수 있는 또하나의 길일 것이다. 하지만 모든 경계를 넘어선 자유로운 영혼이 되기 위해서는 얼마나 어둡고 긴 고통의 터널을 빠져나와야 하는 걸까.

서경식과 강상중, 그리고 조박

이틀 후, 오사카의 '코리안타운' 앞에서 조박을 다시 만난다. 이곳은 재일교포들의 고난과 애환이 서린 지역이다. 이카이노라고 불리지만 사십 년 전 여러 구역에 편입되면서 이미 그 이름이 사라진 동네다. 재일교포 시인 김시종은 이곳에 대해 이렇게 노래했다. "없어도 있는 동네/ 그대로 고스란히 사라져버린 동네/ 전차는 애써 먼발치서 달리고/ 화장터만 잽싸게/ 눌러앉은 동네/ 누구나 다 알지만/ 지도에는 없고/ 지도에 없으니까/ 일본이 아니고/ 일본이 아니니까 /사라져도 상관없고/ 아무래도 좋으니/ 마음 편하다네……"(「보이지 않는 동네」 중)

190 ●
191 ●

우리는 코리안타운의 시장을 둘러본다. 넉넉한 크기로 부쳐낸 파전과 김치전, 붉은 양념을 잔뜩 묻힌 젓갈류를 파는 반찬가게. 삶은 고사리 옆에 내장이며 곱창, 돼지머리가 올라와 있는 가게. 최신 유행과는 따로 노는 듯 살짝 촌스런 느낌이 정겨운 옷가게. 세면수건을 목에 두른 채 일하는 남자들. 좁은 통로를 오가는 사람들의 활기찬 몸짓. 일본에서 듣기 힘든 크고 높은 목소리들. 온갖 냄새와 소리로 가득한 이곳은 끝내 고난에 잠식당하지 않은 이들의 터전이다. 아무렴, 이곳은 "활짝 열려 있고/ 대범한 만큼/ 슬픔 따윈 언제나 날려버리는 동네"니까.

막걸리라도 한잔 하기 위해 주점 안으로 들어선다. 한복을 빌려 입은 일본 여성들이 사진을 찍느라 바쁘다. 한류 붐이 불면서 재일교포들을 바라보는 일본인의 시선도 조금은 달라지지 않았을까. 조박은 재일교포의 삶은 달라진 게 없다고 단호하게 말한다. "'한류 붐' 때문에 역사나 문화에 관심이 생긴 이들도 물론 있겠지요. 그렇지만 그 한류 붐은 우연히 그 대상이 한국이었을 뿐 한국이 아니어도 되는 거예요. 노스탤지어와 향수, 인간미 같은 감정에 빠진 것뿐이니까. 옛날 제임스 딘이나 엘비스 프레슬리에 몰입하듯, 한때 서양적인 것에 빠졌듯, 지금 우연히 한국에 열광하는 것뿐이에요. 일본인의 오리엔탈리즘이라고 생각해요. 오키나와나 타이를 바라보는 눈 같은."

그는 일본인이 좋아하는 재일교포상이 따로 있다고 말한다.

작가, 시인, 가수나 강상중 같은 지식인이 지닌 이미지. 일본사회를 위협할 정도로 근본적인 비판을 하는 사람이 아니라 조금 다른 의견을 내는 좌파 정도라고 할까. 한마디로 말해서 일본사회가 안심할 수 있는 지식인이다. 일본인 스스로 진보적일 기회를 주는 이들만 좋아하고 상업적으로 이용하는 것뿐이라고 비판한다.

일본인들에게 재일교포는 미인의 옷깃 안에 숨겨진 화상 자국 같은 존재인지도 모른다. 지우고 싶은 과거를 상기시키는 불편한 존재. 그들이 일본 땅에 있다는 사실만으로 가해자로서의 얼굴을 떠올리게 만드는 어떤 상흔 말이다.

조박과의 짧은 만남이 내게 남긴 것. 그들에게 조국의 의미를 묻기 전에, 나에게 그들의 의미가 무엇인지 되물어야 한다는 깨달음이다. 그들은 불행했던 과거에서 아직 자유롭지 못한 우리의 현재를 비추는 거울이다. '국민주의'를 조장하며 '비국민'에게 차별과 억압을 가하는 국가의 불편한 얼굴을 드러내는 상징적인 존재다. 그들이 선택한 나라가 남과 북, 일본 그 어느 쪽이라 해도 차별 없이 받아들일 수 있느냐가 국가의 성숙함의 증표가 될 것이다. 한국과 일본 양쪽 모두에게.

조박이 출연한 다큐멘터리의 한 장면이 떠오른다. 여성모임 '생명'을 이끄는 재일 조선인 박경남씨. 이라크에서 잡힌 일본인

인질을 구출하기 위해 일본 정부가 애쓰는 모습을 보던 그녀는 문득 두려워졌다. "국가는 국민을 지켜줄 의무가 있는데 내가 이라크에서 인질이 되면 일본도, 한국도, 북한도 구해주지 않을 거야." 그런 그녀를 꼭 안아주며 친구들이 말했다. "괜찮아. 우리가 있잖아. 우린 친구잖아. 우리가 지켜줄게."

민족과 국가의 경계를 넘어, 고통받는 이들에게 손을 내미는 것. 타인의 고통을 나눌 수 있는 공감의 상상력이 나에게 있는지를 묻는 존재, 그들이 재일교포다. 타인의 아픔에 공명할 수 없다면 지금껏 내가 겪어온 고통과 그로 인한 상처는 도대체 어떤 의미인 걸까.

서울로 돌아가면 나는 다시 자이니치 문제를 잊어버린 채 일상을 꾸려가게 될 것이다. 어쩌다 신문에서 그들에 관한 기사를 본다면 좀더 주의깊은 눈으로 읽는 정도에 그칠 것이다. 여행길에 재일교포를 만났을 때 내가 지을 수 있는 가장 환한 미소를 건네는 것, 겨우 그 정도일 것이다. 하지만 이제 나는 자이니치라는 추상명사 속에 조박, 수향, 가자, 순이 같은 하나하나의 이름을 지니게 되었다.

누군가를 위해, 자기 자신을 위해 열심히 살아가는 그들을 나와 같은 고통과 슬픔을 지닌 얼굴로 기억하는 것. 국가와 민족의 경계로 나누기 전에 누군가의 친구이자 연인이고 딸이거나 아들일 그들의 이름을 먼저 불러주는 것. 거기서부터 시작하자.

머뭇거리며 그들이 내게 말을 걸어온다면 낮은 목소리로 답해주
고 싶다. "괜찮아요. 제가 함께할게요."

5
·
나라

지구 위에 자신의 먹을거리를 타인에게
온전히 의지하는 존재가 인간 말고 또 있을까. 자신이 먹는
음식의 일부를 스스로 생산한다는 일은 인간을
자연에 가장 가까이 다가가게 만드는 일인지도 모른다.

김남희

아름다운 고집쟁이 할아버지
자 연 농 가 와 구 치

여기는 나라 현 사쿠라이 시. 교토에서 남쪽으로 50킬로미터 남짓 떨어진 작은 도시다. 일본 고대문화를 꽃피웠던 나라는 혹독한 더위로 이름을 떨치는 곳이기도 하다. 소문을 증명이라도 하듯 연일 35도를 넘는 폭염이 몇 주째 이어지고 있다. 몸과 마음을 무기력하게 만드는 열기가 짓누르는 오전. 우리는 좁은 개울이 흐르는 길을 따라 걷는다. 낮은 단층집 너머로 푸른 논이 따라온다. 지은 지 백오십 년이 넘었다는 목조주택의 나무문을 열고 들어선다. 문 앞에 걸린 포렴, 처마 밑에 걸어놓은 액막이용 짚단이 눈길을 끈다. 특별한 것도 없고, 화려하지도 않지만 오래 터를 잡고 살아온 생활의 흔적이 밴 농가다. 본채와 사랑채를 잇는 좁은 마당을 지나 사랑채로 들어섰다. 다다미가 깔린 넓은 방이다. 햇살을 가리기 위해 쳐놓은 푸른 줄무늬 천 아래 긴 나무
선반. 그 위에 놓인 소박한 도기 몇
개. 짚을 꼬아 만든 통, 부서진 토기
조각과 오래된 돌. 대나무 소반 위에
놓인 보릿단. 집 안 곳곳에 놓인 물
건이 자연스러운 멋을 연출한다. 나
무상 주변에 둘러앉은 우리 옆으로
선풍기 두 대가 힘겹게 돌아간다.

　우리가 찾아간 분은 자연농법의 대가 가와구치 요시카즈 할아
버지(72세). 그는 대대로 농사를 지어온 가난한 집안의 장남으로
태어났다. 화가가 되고 싶었지만 가업을 이어 열여섯 살 때부터 농
사를 짓기 시작했다. 그는 이 집에서 태어나 이 집에서 자식을 낳
고 살아왔다. 자신이 태어난 집에서 자신의 아이를 낳아 기르며 평
생을 살다니, 멋진 일이다. 개량한복처럼 보이는 푸른색 작업복을
입고 나타난 할아버지는 체구가 자그마하고 깡말랐다. 헤어스타일
마저 자연에 가깝다. 길게 늘어뜨린 듬성듬성한 머리카락, 하관이
긴 얼굴에 눈빛은 날카롭다. 〈반지의 제왕〉의 간달프를 닮은 듯도
싶지만 그보다는 소림사에서 당랑권을 연마하는 고승이 더 어울릴
것도 같다. 다정하기보다는 엄한 인상인데, 몸의 움직임이 놀랄
만큼 가볍다.

　이 자리에는 그가 운영하는 '아카메주쿠' 농사학교의 제자들도

함께했다. 한 달에 한 번씩 1박 2일간 함께 농사를 지으며 자연농에 대해 배우는 일 년 과정 학교로 매년 이백 명 정도가 참석한다고 한다. 가와구치 씨의 식량자급률은 생선과 육류를 제외하면 100퍼센트에 가깝다. 자신이 먹는 쌀과 채소를 전부 자신의 손으로 생산하다니 얼마나 근사한가! 평생을 농부로 살아온 이 할아버지가 내게 어떤 이야기를 들려주실지 설렌다.

　유기농업과 자연농업의 차이를 묻는 질문으로 선생님이 대화를 시작하신다. 자연농업에 대한 배경 지식이 거의 없는 나를 위한 배려다. 자연농은 화학비료나 농약을 쓰지 않는 것은 물론, 잡초도 뽑지 않는다. 세상의 그 어떤 것도 인간을 위해 만들어지지 않았기에 인간의 적이란 없다고, 즉 잡초도, 벌레도 적이 아니라고 여긴다. 자연이 스스로의 힘으로 농사를 이끌어가도록 하는 자연농의 핵심은 땅을 갈지 않는다는 점. 흙 속에 깃든 모든 생명을 존중하고, 생명이 필요로 하는 모든 것이 그 안에 이미 있다고 믿기 때문이다. 자연이 지닌 본래의 힘에 대한 믿음을 기반으로 인간의 개입을 최소화하는 농법이 자연농이다. 이들에게 농업이란 벼가 풀과 경쟁하는 시기에 한두 번 풀을 베어 그 자리에 그냥 두는 것뿐이다. 자연농을 하는 사람들은 유기농조차도 인간 중심의 농법이라고 비판한다. 화학비료나 농약을 사용하지는 않지만 인간에게 유용한 것만을 선택하는 이기적 사고가 깔려 있다고 보기 때문이다. 우리나라에서도 대안농업으로 인기 있는 오리농법, EM(유효미

생물), 효소농법 등도 자연의 경이로움을 간과한 인위적인 농법이라고 비판한다.

　가와구치 씨가 처음부터 자연농업으로 농사를 지은 것은 아니다. 농사를 처음 시작했던 열여섯 살부터 이십삼 년 동안 기계와 농약, 제초제에 의존해 농사를 지었다. 그는 자신의 몸이 병들고 망가진 후에야 자연농을 시작했는데 이것이 농부로서 그의 보람과 긍지를 되살려주었다. 예술가라는 꿈을 이루지 못한 상실감도 사라졌다. 이익을 좇는 일에서도 자유로워졌다. 자신만의 방법으로 땅을 일구는 농부이면서 교육가와 예술가의 길을 가고 있음도 깨달았다(농사를 짓는 틈틈이 그는 그림을 그리고, 한방 의술로 주변 사람들을 치료한다). 그는 자연농업이 단순한 농업의 기술이 아니라 생명의 길이자 사람을 살리는 길이라 믿는다.

　깊은 철학적 사고를 근간으로 하는 이야기가 낮지만 단호한 음성으로 펼쳐진다. 하지만 질문을 건네고 답변을 들어도 어쩐지 마음이 통한다는 기분이 들지 않는다. 한 분야에서 어떤 경지에 도달한 분들을 만날 때 흔히 경험하는, 철학적인 사유에 가로막힌 느낌이랄까. 이곳에 오기 전에 둘러본 그의 논이 떠오른다. 주변은 전부 관행농업을 하는 논으로 둘러싸여 있어 그의 논은 홀로 다른 모습이었다. 관행농의 드넓은 논 사이에 자리잡은 자그마한 자연농의 논. 아름답지만 고립된 섬 같았다. 삼십 년이 넘게 이곳에서 자연농을 해왔는데, 이웃의 누구도 그의 방식에 영향을 받지 않았다

니, 그는 외롭지 않았을까.

무례하게 보일 수 있다는 걸 알면서도 기어이 물었고, "외롭지 않다"는 단호한 답을 들었다. 그런데도 나는 그의 논이 자꾸 마음에 걸렸다. 그의 집을 나서서 숙소로 돌아오는 길, 다시 주변을 둘러본다. 나지막한 산이 호위하듯 논을 둘러쌌고, 단정한 집들이 서 있다. 겉으로는 평화롭기 그지없는 풍경이다. 하지만 그 안에는 벼를 제외한 그 어떤 생명도 허락지 않는 모진 세계가 펼쳐지고 있다. 개구리도, 메뚜기도, 미꾸라지도, 잠자리도 사라진 논. 우리가 선택한 단 하나의 생명인 벼만 살아 있고, 다른 생명은 다 사라져버린 이 논을 어떻게 봐야 할까. 자연에 둘러싸여 있지만, 생명을 서로 거두는 자연의 삶에서 가장 멀리 떨어진 세계. 어쩌면 다른 생명을 무참히 배제한 그런 음식을 먹으며 살기 때문에 우리의 삶도 이렇듯 좁고 편협한 세계에 머무는 게 아닐까. 푸른 벼가 바다처럼 가지런히 펼쳐진 논밭 한가운데에서 그의 논은 확연히 눈에 띈다. 벼만 자라는 다른 논이 주는 정돈된 가지런함이 없기 때문이다. 그의 논에는 잡초가 함께 자란다. 논바닥을 가만히 들여다보면 온갖 자그마한 벌레가 날아다니거나 헤엄치고 있다. 이 작은 논 안에서 놀랄 만큼 큰 세계가 펼쳐진다. 역시 아름답지 않은가. 고집쟁이 할아버지가 만들어놓은 이 세계는.

이로운 것과 해로운 생명

서울에 돌아온 이후 나는 그가 출연한 DVD를 보고, 자연농업에 관한 책을 찾아 읽었다. 그리고 우리 땅에서도 비슷한 시기에 그와 같은 고민을 하며 자연농업을 실천한 농부가 있음을 알게 됐다. 태평농법을 창시한 이영문 선생(57세)이다. 그와 가와구치 씨의 철학은 놀랄 만큼 닮아 있다. 그 역시 이 세상의 모든 생명이 나름의 존재 이유를 지니기에 인간이 함부로 없앨 수 없다고 믿는다. 그는 우리의 주식인 벼도 먼 옛날에는 이름 없는 풀에 불과했음을 상기시킨다. 아름답고 강인한 자생초를 쓸모없는 풀로 여겨 잡초라 부르는 것이 몹쓸 짓이라며 차라리 우리를 낮춰 '존경초'라 하거나 이름을 몰라 면구스러우니 '모름초'라 하면 어떠냐고 재치 있게 제안한다. 생산비가 적게 들고, 노동력도 적게 드는 자연농업이야말로 우리 농업이 나아갈 길이고, 지구를 구하는 길이라고 굳게 믿는다. 해마다 구걸하듯 씨앗을 구해야 하는 농부는 무늬만 농부일 뿐이라고 자조하는 그는 토종 종자의 보존과 보급에도 앞장선다. 그의 책을 읽으며 호남 지방의 곡창지대에서는 예로부터 땅을 갈지 않고 자연농업에 가까운 농사를 지어왔다는 점을 새롭게 알게 되었다. 미루나무와 무궁화를 이용해 논밭 생태계의 균형을 맞춘다든지, 베어낸 풀로 논을 덮는 식의 지혜를 우리 선조들은 이미 체득하고 있었다. 그는 농업의 현대화와 생산성을 부르짖으며 일본에서 농기계가 들어오기 시작하면서 본격적인 경운耕耘이 시작된 것으로 봤다. 생명의 세계를 존중하는 진정한 농꾼이 걸어가는 길은 결국 비슷한 걸까. 이영문씨도 가와구치 씨처럼 우리 전통의학에 깊은 관심과 지혜를 지니셨다. 두 분 모두 화학농법의 해로움만 인식할 것이 아니라 그 세계의 생명이 지닌 생명력은 어떤지 고민해야 한다고 일갈한다. 원래 지닌 생명력을 박탈당한 벼를 먹는 게 우리 몸에 어떤 영향을 끼칠지 생각해야 한다고.

언제부터였을까. 인간의 생명을 살리는 먹거리가 인간의 생명을 위협하는 독이 되기 시작한 것은. 나부터도 농약을 사용한 쌀과 채소를 믿지 못해 유기농산물을 구입한 지 꽤 됐다. 하지만 엥겔지수가 너무 높고, 무엇보다 불편한 마음이 부록처럼 늘 따라온다. 세상에 못 먹을 음식 천지인데 나 혼자 내 몸을 챙기겠다며 비싼 식재료를 사는 데서 오는 미안함이다. 그런 죄책감에서 벗어날 겸, 삼 년 전 봄, 옥상텃밭을 만들었다. 수십 개의 화분을 사들이고 배양토를 구입해 모종을 옮겨 심거나 직접 씨를 뿌렸다. 날마다 옥상에 올라가 오늘은 얼마나 자랐는지 그네들의 안부를 확인하는 일로 하루를 시작했다. 오전 열시쯤, 옥상텃밭에 물을 주는 그 시간은 하루 중 가장 평화롭고 완전한 시간이었다. 내가 뭔가 제대로 살고 있다고 느끼게 하는 충만감이었다. 어린 조카가 입을 오물거리며 갓 딴 딸기를 먹을 때, 친구들과 텃밭에서 자란 야채로 밥 한 끼를 나눌 때, 나는 대단한 일이라도 하는 것처럼 뿌듯했다. 밖에서 사람들을 만날 때면 농사를 짓고 있다는 걸 자랑하기 바빴다. 이런 먹거리를 내게 만들어주는 식물들이 신기하고 고마웠다. 세상에 이토록 창조적인 일이 있다니! 그야말로 무에서 유를 만들어내는 과정이었다. 물론, 내가 하는 일이 다 그렇듯 농사의 기쁨 역시 오래가지 않았다. 한 달간의 여행에서 돌아오니 텃밭은 대재앙의 진원지로 변해 있었다. 잘 자라던 채소들이 진딧물에 뜯겨죽거나, 말라죽어 세기말 같은 풍경을 연출하고 있었다. 그렇게 내 첫 농사는 처참하게 막을 내렸다. 비록 옥상텃밭은 실패했지만 그 경험은 자기가 먹을 음식을 스스로 만드는 일의 경이로움과 충만함을 가르쳐주었다. 이제 와 고백하자면 그 농사에서 내가 열심히 한 유일한 일은 '풀 뽑기'였다. 그때 내게는 잡초도, 진딧물도 '적'으로만 보였다. 나 역시 먹거리에 대한 관심은 높았지만 농사가 결국 생명을 기르는 일이라는 인식은 부족했던 거다. 내가 옥상에 일군 세계는 내게 이로운 것과 해로운 생명으로 명확히 구별되는 세계였다.

스스로를 치유하는 눈물겹도록 평화로운 일

일 년간의 남미여행에서 돌아온 작년 봄, 나는 다시 옥상텃밭을 일구었다. 첫해의 실패를 거울삼아 집도 비우지 않고 공을 들였다.

웬만한 품종은 씨를 뿌려 싹을 틔워 솎아내며 키웠다. 지렁이의 변으로 만든 흙을 구해 상토에 섞고, 마요네즈나 계란껍데기를 이용해 천연비료를 만들어 정기적으로 뿌려줬다. 다만 옥상의 화분이라는 열악한 조건 탓에 가와구치 씨의 밭처럼 다양한 생명을 품지는 못했다. 진딧물이 심하게 번지면 물엿 스프레이를 만들어 사용했고, 잡초가 위협적으로 돋아나면 뽑아서 흙 위에 덮어줬다. 논밭의 작물은 농부의 발소리를 듣고 자란다고 했던가. 한 움큼의 고추를 수확하기 위해 얼마나 많은 마음을 쏟아야만 하는지. 게다가 작년은 유례없는 더위와 가뭄으로 옥상의 식물에게는 최악의 환경이었다. 매일 물을 주는 일만 해도 꽤 시간이 걸렸다. 이제야 왜 모두들 인간의 몸에도, 자연에게도 이로운 유기농업이나 자연농업을 못하는지를 조금은 알 것도 같았다. 가와구치 씨는 기계농업과 비교해 자연농업이 더 많은 품이 드는 것도 아니라 했지만, 그렇게 되기까지 긴 시행착오와 노력이 필요하지 않았을까. 제초제나 살충제를 쓰지 않기 위해서는 분명 다른 방식의 노동이 필요하다. 손바닥만한 옥상텃밭을 가꾸는 일에도 이렇게 땀을 쏟아야 하니 모두에게 이로운 농사를 지어 가족의 생계를 꾸리는 처지라면 더 말해 무엇할까. 그제야 가와구치 할아버지가 대단하게 다가왔다.

　물론 농사를 지으며 고생한 건 나만이 아니었다. 초보 농꾼을 잘못 만난 내 텃밭의 채소도 꽤나 힘겨운 시기를 보냈으니. 셀러리는 기껏 싹을 내밀었더니 잡초라 여겨져 뿌리째 뽑히질 않나, 시든

잎을 잘라주겠다고 덤빈 주인에게 어미 덩굴을 잘리는 바람에 오이는 열매를 몇 개나 매달고서 죽임을 당하질 않나. 게다가 주인이 게으르기까지 해 며칠씩 갈증에 비실비실 시들게도 했으니. 그렇게 웃을 수도 울 수도 없는 실수를 저지르며 생명을 기르는 일의 엄숙함과 기쁨을 겨우 깨달아갔다. 상추나 겨자, 치커리 같은 쌈채소에서부터 가지, 고추, 오이, 호박, 토마토와 파프리카 같은 열매채소, 바질과 루콜라 같은 서양 허브에 이르기까지 봄에서 초가을까지의 식탁은 풍성했다.

텃밭을 가꾸며 소박한 정원도 만들었다. 옥상의 다른 한쪽에 멕시코에서 사온 해먹을 걸고, 테이블을 놓았다. 나머지 공간에는 꽃을 즐기기 위해 배롱나무와 때죽나무, 함박꽃나무, 목수국을 심었다. 그 옆으로는 대추나무, 모과나무, 앵두나무, 뽕나무, 보리수 같은 과실수를 들여놓았다. 포도 넝쿨을 올리고, 주변으로 수세미도 옮겨 심었다. 텃밭에서 일을 하다 힘이 들면 해먹에 누워 하늘을 올려다보고, 어린 나무를 흔들고 지나가는 바람 소리를 들었다. 마음이 어지럽거나 몸이 욱신거릴 때에도 옥상에 올라 가만히 앉아 있었다. 아무것도 하지 않고 멍하니 있는 그 시간이 얼마나 좋았는지 모른다.

식물을 기르거나 정원을 가꾸는 일은 스스로를 치유하는 길이었다. 육체적으로도, 심리적으로도, 경제적으로도 힘들기만 했던 지난해. 옥상 정원과 텃밭이 없었다면 내 삶은 훨씬 피폐했으리라. 힘든 일이 있어도 옥상에 올라가 물을 주고, 채소를 수확하다 보면 마음이 차분히 가라앉았다. 그리고 따스한 기쁨이 내 안에서 몽글몽글 솟아났다. 아무리 어려운 일도 어떻게든 견딜 수 있을 것만 같았다. 지난해 한 일 중에서 가장 잘한 일이 옥상텃밭을 가꾼 일이었다. 그렇게 가꾼 채소와 야채를 나누는 즐거움도 알게 되었다. 또 한 가지, 각종 저장 음식을 만들기 시작했다. 제철과일을 구입해 잼이나 차를 만들고, 효소나 장아찌도 담갔다. 일상의 작은 즐거움이 하나둘 늘어가면서 큰 고통을 견딜 힘이 자라났다.

"자연농법은 단순히 채소와 과일을 기르는 방법 이상의 것이다. 그것은 인간을 자연 질서에 깊이 뿌리박은 보조적인 존재로 보는 세계관을 실제로 구현한 삶"이라고 신이치 선생님은 말씀하셨다. 지구 위에 자신의 먹을거리를 타인에게 온전히 의지하는 존재가 인간 말고 또 있을까. 자신이 먹는 음식의 일부를 스스로 생산한다는 일은 인간을 자연에 가장 가까이 다가가게 만드는 일인지도 모른다. 그 눈물겹도록 평화로운 길에 오래도록 서 있고 싶다.

불필요한 것들을 빼나가는 일
가 와 구 치 의   자 연 농 업

나는 남희와 가와구치 요시카즈 씨를 찾아갔다. 기록적인 더위로
알려진 늦여름에 폭염이 수그러들 낌새는 전혀 보이지 않았다. 하
지만 꼭 남희를 이곳에 데려오고 싶었다.

　가와구치 씨를 처음 만난 건 십사 년 만에 해외에서 일본으로
막 돌아온 무렵인 1993년쯤이었다. 그 당시 나는 친구이자 스승인
캐나다의 과학자 데이비드 스즈키 박사와 여러 사람을 만났는데
그중에 농민철학자 가와구치 씨의 사상과 실천은 특히나 더 인상
깊었다. 그후 오랜 시간이 지났고, 당시에는 아직 작은 싹처럼만
보이던 자연농업이 느리지만 확실하게 퍼져 지금은 일본의 미래상
을 제시하는 중요한 요소로 자리잡고 있다. 그런 움직임을 더 확대
하고 싶어 최근에 동료들과 함께한 『자연농업의 삶』에서 가와구치

씨와 나눈 대화를 소개했고, 그의 인터뷰를 위주로 〈자연농법이라는 행복〉이라는 영상물도 제작했다.

그 영상을 한창 촬영할 때 남희와 함께 가와구치 씨를 찾아가서 2011년 가을에 완성된 작품에는 남희도 게스트로 등장했다. 일본뿐 아니라 한국에서도 귀농하는 사람이 늘어나며 특히 전통농업과 대체농업에 관심을 갖는 듯하다. 가와구치 씨의 자연농업은 틀림없이 그들에게 큰 힌트가 되리라 믿는다.

현대화, 과학화, 산업화의 길을 내리달린 끝에 농업은 이제 생명의 세계와는 멀찍이 격리된 곳에 가버린 듯하다. 농사와 음식은 인류의 생존 기반 자체임에도 불구하고 시장경쟁에 휘말리고 글로벌 자유무역의 소용돌이 속에 내던져지고 말았다. 중소농가는 대형농장에 흡수되고 지역의 자급적인 농업도 자취를 감췄다. 농산촌 인구의 대부분이 도시로 유출되었으며, 세계 곳곳에서 단일종의 환금작물을 대량생산해내는 공장과 다를 바 없는 논밭이 늘어갔다. 효율성의 첨단에 있어야 할 선진국 농업은 열을 투입해 하나를 얻는 비효율의 극치에 있다.

한때 생명을 키워내고 행복한 사회와 삶의 기반을 구축한 농사가 인류의 미래를 위협하는 존재로 변모한 시대가 바로 우리가 사는 지금이다. 유구한 역사를 자랑하는 농경사회였던 일본과 한국의 실정 또한 그런 시대의 부산물이다.

이런 시대에 자연농업은 한데 엉킨 실타래를 풀듯 농사라는 행위의 근원으로 거슬러올라가는 길이다. 논밭을 갈지 않고 비료도 농약도 쓰지 않고 동력 기계도 사용하지 않고 벌레와 풀과 새를 적으로 여기지 않으며, 불필요한 요소를 하나씩 뺄셈해나가면 농사의 원형이 뚜렷해지면서 인간과 대지의 바람직한 관계가 다시금 모습을 드러낸다.

　많은 독자들이 자연농업이 훌륭한 줄은 알겠어도 자신은 농민이 아닌데 자신과 어떤 연관이 있고 이를 어떻게 활용할 수 있겠느냐고 반문할지도 모른다. 가와구치 씨의 철학은 농업에 종사하는 사람뿐만 아니라 누구에게나 열려 있다. 직업이나 위치에 상관없이 사람이 사람으로서 살아가는 의미를 가르쳐주기 때문이다. 사람이 하나의 생명으로 살아가는 의미, 사람이 개개의 존재로서 살아가는 의미를 알려줄 뿐만 아니라, 세계적인 대전환기에 우리가 변화를 일으키는 자가 되어 더 나은 사회를 만들려 할 때 필요한 다양한 지혜가 가득 담겨 있다.

가 와 구 치　씨　인 터 뷰

날이 뜨거워지기 전에 가와구치 씨의 집에서 가까운 논밭을 견학했다. 점심식사 후 본채와는 별도로 자연농업을 배우는 사람들이 모일 장소로 세워진 사랑채에서 인터뷰가 이루어졌다. 선풍기를

틀었지만 멎지 않는 땀을 닦으며. 일단 남희를 위해 가와구치 씨에게 자연농업이 무엇인지부터 설명해달라고 부탁했다.

가와구치　인류는 채집생활에서 재배생활로 자연스레 이행했습니다. 재배생활을 한 지 고작 일만 년이 될까 말까지만, 다양한 연구를 거듭하며 변화한 끝에 오늘날의 농업의 모습을 갖추었습니다. 하지만 이는 자연계가 어떻게 이루어졌으며 생명을 품은 작물과 인간이 어떻게 마주해야 하는지를 완전히 상실해가는 과정이었고 결과적으로 인간은 불행을 짊어지게 되었습니다. 이 관계를 회복하려면 자연과 생명에 대한 근본적인 물음으로 돌아가야 합니다.

오늘날 인간의 행위는 모두 과학사상에 기초해 있고 농사도 과학농업이 되었죠. 일부에서 현대과학이 사물의 세계만 보고 생명의 본질을 못 보는 폐해가 있음을 깨달으면서 자연과 인간의 관계가 재조명되기 시작했습니다. 다년간 다양한 농법이 등장했지만, 대개가 생명의 근본을 고려하지 않다보니 진정한 답이 나오지 않았습니다.

자연농법은 생명의 세계를 잘 살펴 필요 없는 요소는 최대한 빼고 최소한만 손을 댑니다. 제일 중요한 게 논밭을 갈지 않는다는 점입니다. 자연과 인간의 관계를 재정립하자는 취지로 자연농법을 시작해놓고도 여전히 땅갈기는 그만두지 못하죠. 이 땅에 사는 식물의 터전은 절대로 갈면 안 됩니다. 갈아엎으면 에너지 소비가 많아지고 지구의 온도를 높이니까 안 된다는 게 아니라 작물들은 그냥 내버려두길 원해요. 갈아엎지 않은 논밭이어야 생명이 대물림되고 씨앗을 따다가 땅에 내려주면 그다음 세대까지 그곳에 생명의 삶이 약속됩니다.

갈아엎지 않으면 생명이 약속될뿐더러 비료도 필요 없어요. 화학비료는 물론이요, 유기질 비료도 효소도 미생물도 전혀 필요 없습니다. 필요한 건 모두 그곳에 절로 생겨나니까 땅을 갈지 말라는 겁니다.

그러나 현대농업은 이를 깨닫지 못하고 불행과 낭비를 거듭합니다. 무엇 하나 준비할 필요도 없고 다른 데서 끌어오지 않아도 과부족 없이 채워지는데도 말입니다. 풀과 벌레는 결코 적이 아닙니다. 생명의 세계는 내 편 네 편을 가르지 않아요. 모든 게 다 이유가 있어서 그곳에 존재합니다. 그러니 그들에게 맡겨두는 게 최선이지요.

다만 다 같은 식물이니까 작물이 다른 풀한테 지는 경우가 있어요. 특히 작물이 어린 시절에는 다른 풀에 지지 않도록 도와줘야 합니다. 이를테면 한자리에 나거나 주변에 자라난 풀을 깎아 밑에 덮어두는 정도의 작업을 해주고 그러다 홀로서기를 할 수 있게 되면 나머지는 내맡기는 거죠. 주위의 풀이나 여러 작은 동물 같은 수많은 생명이 함께 생명활동을 펼치니까 작물이 건강하게 자라납니다. 땅을 갈지 않으면 풀의 자손과 작은 동물의 자손, 벼나 밀의 자손에게까지 생명의 고리가 대물림되고 그 순환이 쌓일수록 땅은 비옥해집니다.

볏짚, 밭치의 풀, 작은 동물의 시체나 배설물이 일 년이 지나고 이 년, 삼 년이 지나 밭에 쌓이면 다음 생명은 지나간 생명의 시체로 말미암아 살고, 시체를 먹는 엄청난 수의 미생물이 작물 주위에서 생명활동을 전개합니다. 땅을 갈아엎지만 않으면 그런 상태가 쭉 유지되면서 영원히 생명을 기르는 무대가 되는 거죠. 지금 살아 있는 수많은 생명이 꼭 필요한 값진 존재로 제 몫을 해내면서 협동하는 거예요.

그리고 그런 쌀, 채소, 과일 등 다양한 생명들 덕에 사는 우리가 있습니다. 농약을 쓰느냐 마느냐를 따지기 전에 그 작물이 얼마나 많은 생명을 품고 있느냐를 봐야 합니다. 그들이 자연 본래의 방식대로 크지 못하면 으스러지기 쉬운 생명이 되고 맙니다.

자연농법은 자연의 영위와 작물을 존중하며 그들의 방식에 따르고 맡겨두는, 보다 자연에 가까운 재배방식입니다. 그렇다고 자연 그대로의 채집생활이 아닌 사람이 손을 대는 재배생활인지라 인간은 최소한으로 도움만 주고 자연의 방식을 따르기 때문에 풍부한 결실이 따라오는 최선의 재배라고 생각합니다.

오늘날의 농업은 낭비투성이입니다. 땅을 가는 낭비, 풀을 적으로 여기는 낭비, 비료를 준비하는 낭비, 에너지 낭비, 시간 낭비, 노동력 낭비, 엄청난 낭비 아닙니까. 어느 정도는 결실을 얻고 있지만 들어가는 낭비요소를 빼면 손해예요. 이는 생명의 세계에 영원히 갚지 못할 빚이죠.

자연농법은 내 몸을 도구 삼아 백 년 남짓 사는 데 필요한 양식을 얻는 수작업입니다. 인간은 자신의 몸을 사용해 능률적으로 일할 수 있는 도구를 이미 농경생활에서 개발해놓고도 어느 순간부터 손발을 쓰기 아까워하고 큰 기계와 석유에 의존해버렸습니다. 그 탓에 더 큰 문제가 야기되고 난감한 일이 벌어지고 있어요.

석유가 고갈될까봐 하는 소리가 아닙니다. 석유로 움직이는 커다란 기계가 효율적이고 능률이 좋다는 것은 애당초 착각이니까요. 예를 들면 대형 콤바인을 사용하면 순식간에 벼를 벨 수 있지만 낫으로 하면 시간이 굉장히 걸립니다. 이렇게만 보면 기계가 훨씬 능률이 좋아 보이지만 과연 그럴까요? 콤바인을 만드는 데 투입되는 노동시간, 논밭에서 실제 가동할 때까지 거치는 사람들의 노동시간을 종합적으로 계산하면 수작업이 사실은 효율적이에요. 게다가 기계를 만들려면 자원과 동력이 필요한데 그 때문에 환경 문제나 자원고갈 문제가 야기되지 않습니까. 이처럼 따지고 보면 기계는 능률적이지도 경제적이지도 않은데 관행농업은 경영에 쫓겨 기계에 의존하면서 사람의 생명을 유지하는 농사의 고귀한 마음과 기쁨을 상실했습니다.

자연농업에 대한 가와구치 씨의 설명을 들은 뒤 질의응답에 들어갔다. 남희의 솔직한 의견과 질문에 긴장된 분위기가 조성되기도 해 통역을 하면서 마음 졸였는데, 가와구치 씨는 시종 부드럽고 친절하게 이야기를 진행해주었다.

김남희　자급적인 형태의 소규모 농업이라면 '그냥 두는 농법'도 괜찮겠지만, 더 상업적이고 규모가 큰 농업에서는 적용하기 힘들지 않을까요?

가와구치　대규모 농업과 기계화된 관행농업이 더 효율적이라는 믿음에서 나온 질문 같네요. 말씀드렸듯이 농약과 기계를 사용해 땅을 가는 농업이 더 효율적이라는 것은 착각입니다. 무엇이 나를 살게 해주고 앞으로의 삶을 유지하는지를 묻는다면, 생명의 세계를 따를 수밖에 없습니다. 현 상황을 겨우겨우 넘기는 지금의 농업방식은 앞으로 얼마간 더 유지될 수 있겠지만 결국은 막다른 길에 다다를 것입니다. 지속불가능한 방법이니까요.

김남희　무슨 말씀인지 알겠지만 충분한 답변은 아닌 것 같네요. 저처럼 직업이 따로 있으면서 자급적인 농사를 짓는 사람도 있지만 농가에서 아이들을 키우고 교육비를 버는 사람들도 많잖아요. 농사를 지을 만한 조건을 못 갖춘 사람도 많습니다. 현실이 이런데 지금의 시스템이 이상하다고만 하는 건 아무래도 충분치 않은 것 같은데요.

가와구치　어떤 게 바른길인지 명확히 제시해서 파탄이나 혼란 없이 기존 시스템을 근본적으로 바꾸는 게 가장 좋겠지요. 하지만 당장 그렇게 못한다고 지속불가능한 방법을 고수해야만 할까요?

때가 오길 기다릴 필요는 없습니다. 이 길이 바로 생명의 길, 사람의 길, 그리고 내가 나아갈 길이다 싶으면 그 길을 가면 됩니다. 자연환경은 수용범위라는 게 있어서 기존의 끔찍한 방식도 어떻게든 받아들여지고 있지만 이대로 가다가 결국 돌이킬 수 없는 지경에 이르기 전에 삶의 방식을 바꿔야 합니다. 한 사람 한 사람이 변해야 하는 거죠.

김남희　아까 가와구치 씨의 논밭을 봤는데 아름답기는 하지만 고립되고 외딴섬 같았어요. 그 주위에 관행농업으로 경작하는 논밭뿐이더라고요. 한국에는 '먼 친척보다 가까운 이웃'이란 옛말이 있습니다. 삼십 년 동안 자연농법으로 농사를 지었는데 이웃 중 누구 하나 가와구치 씨의 방식에 영향을 받지 않은 건 어떻게 생각하시는지요? 한국에서도 더 나은 방법으로 농사를 지으려는 사람들이 있지만 이웃과의 관계가 냉랭한 경우가 많거든요.

가와구치　저는 제 자신이 자연과 연결되어 있고 사람의 길, 제 길을 걷고 있다는 확신이 있어서 외롭지 않습니다. 부끄럽지 않으니 고립감도 없고요. 하지만 당신에게 외롭게 느껴졌다니 유감입니다. 논밭에서 수많은 생명이 연결되고 순환하는 세계를 총체적으로 보지 못했거나 이해하지 못한 것 같아서 아쉽네요.

김남희　그 생명의 세계에 이웃관계는 없나요?

나라 ●
쓰지 신이치 ●

가와구치 　　생명의 세계에서는 나와 이웃을 구분짓지 않고 모두 하나이며 사람의 길에서는 멀든 가깝든 모두 이웃입니다. 저는 가까이 사는 분들을 이웃으로 대하고 결코 배타적인 생활을 하지 않았으니, 나머지는 그분들의 몫입니다.

김남희 　　사실 저도 한 오 년 정도 뒤에 농사를 지으며 살고 싶어서 실례를 무릅쓰고 여쭸습니다. 친환경 농사를 짓는 친구나 지인 중에 지역 주민과 사이가 좋지 않은 경우가 많아서 그 부분을 어떻게 해야 할지 고민이 되거든요. 이웃들과 우호적으로 지내지 못하면 저도 힘들겠다는 생각이 들어서요.

가와구치 　　글쎄요, 저는 여기서 제 방식대로 삼십이 년 동안 자연농업을 해왔습니다. 이웃에는 진작 제 방식을 이해해주신 분들이 있습니다. 그들도 전문가니까 결국 제 방식이 가장 이상적이고 자신들의 재배방법은 경제적으로도 손해본다는 것을 아는 거죠. 특히 요즘에는 환경 문제나 농약의 안전성 문제가 거론되니까요. 생산된 제 작물만 봐도 자연농업이 뛰어나다는 건 틀림없이 인식할 겁니다. 저는 이웃분들께 굳이 나서서 설명하지는 않지만 그들이 물어오면 이야기해줍니다. 그게 좋았던 것 같습니다. 저는 제 철학대로 자연농업을 해왔고 삼십 년이 지나자 이제야 주위에서 제 방식을 알아주기 시작했어요. 멀리 돌아온 듯해도 그게 인근 농가를 설득할 최선의 방식이자 지름길이었다고 생각합니다.

이웃 농가에 제가 옳다는 소리는 절대 하지 않아요. 그들이 농약이나 제초제를 쓴다고 공격하거나 그들의 농법을 부정하지도 않고요. 결코 다툼이 일어나지 않도록 쭉 그렇게 해왔어요. 가족이라도 올바른 일을 하겠다고 모두를 납득시키고 일을 시작하지는 않습니다. 이해 못하는 게 당연한 거고, 이해해주기를 기다리다가는 제 인생이 끝나버릴 테니까요. 주어진 시간이 정해진 게 삶이니 가족과 이웃이 이해해주지 못하더라도 해야죠. 남들이 이해해주기를 바라는 마음은 버려야 합니다. 묵묵히 옳은 길을 가다보면 언젠가는 반드시 사람들의 마음을 사로잡습니다. 누구나 바른길을 추구하기 때문에 깨닫기 마련입니다. 누가 이해해줘야 한다거나 이해해주는 사람이 없다고 못한다면 올바른 일을 해낼 능력이 부족하다는 말입니다.

이런 삶이 외로울까요? 외롭지 않습니다. 한국에서도 올바른 농사를 추구하는 분이 계시다면 결코 외롭지 않을 거예요. 오히려 삶의 보람을 느끼고 기쁨과 희망에 가득차 있겠죠.

김남희　좀더 구체적인 질문을 드려보겠습니다. 이미 거의 모든 땅에는 농약과 화학비료가 스며들어 있어 어찌 보면 굉장히 열악한 환경입니다. 이런 상황에서 제가 자연농법을 시작하면 몇 년 동안은 결실을 기대하기 힘들 수도 있을까요?

가와구치　저는 아무도 경험 못한 일을 혼자 시작했기 때문에 십 년 정도 시행착오를 겪었습니다. 하지만 그 과정에서 얻은 지식과 경험과 지혜로 앞으로 새로 시작하려는 분들께 약간의 도움을 드릴 수 있습니다. 그 방법대로 하면 첫해부터 잘 큽니다. 그리고 이 년, 삼 년, 시간이 지나면

서 토양이 풍요로워집니다. 저절로 그렇게 됩니다. 저도 이십삼 년 동안 화학비료와 농약이나 석유를 많이 사용하다가 갑자기 바꿨는데, 시행착오를 거쳤지만 시간이 흐르면서 논밭은 착실히 수많은 생명을 키우는 비옥한 무대가 되었습니다. 문제없습니다, 제가 조금만 도와드리면 첫해부터 수확할 수 있어요.

김남희   어떻게 이십삼 년 만에 자연농업으로 전환하신 거죠? 결정적인 계기가 있었나요?

가와구치   글쎄요, 달리 갈 길이 없었고 어둠 속에서 헤매고 있었기 때문에 그저 빨리 벗어나고 싶었습니다. 잘못된 일은 하기 싫었고 빛을 찾아 헤매던 터라 지푸라기라도 잡는 심정이었죠.

6

지리산

생명평화의 삶은 결국 단순하고 소박한 삶으로
귀결될 수밖에 없을 것이다. 물질적인 욕망을 줄이지 못하는 삶에는
결국 평화란 없을 것이기에. 더 큰 아파트와 더 큰 차, 더 많은 돈을
추구하는 삶을 사는 한 자기 자신과의 평화를 이루지
못할 것이고, 자기 안에서 평화를 만들어내지 못하는 이는 결국 이웃과도,
자연과도 평화를 만들어내지 못할 것이기에.

김남희

한결같은 내 어머니
지 리 산

지리산은 비에 젖고 있다. 한반도 남단에서 가장 넓고 깊은 품을 지닌 산. 후지 산이 그 신령한 용모로 일본인들의 사랑을 받는다면 지리산은 그 넉넉한 품성으로 한국인들의 사랑을 받아왔다. 내가 막 대학생이 되었던 80년대 말, 지리산은 대학생들의 통과의례였다. 여름방학이 되면 삼삼오오 무거운 배낭을 메고 지리산을 찾았다. 노고단에서 세석평전, 벽소령을 거쳐 천왕봉에서 해돋이를 본 후 백무동으로 내려오는 종주 코스는 그 무렵 대학생들의 의식이었다. 그 시절 지리산 종주는 단순한 산행이라기보다는 비극의 현대사 현장을 찾는 순례의 의미를 품고 있었다. 인연이 닿지 않아 대학 시절에 이 산을 찾지 못했지만, 나에게도 지리산은 특별하다. 서른의 나이에 뒤늦게 지리산을 만난 후, 이 산은 내가 세상의

지리산 ●
김남희 ●

칼날에 베일 때마다 상처를 어루만져주었다. 사랑을 잃고 세상이 끝난 것 같았을 때도, 다니던 직장에 사표를 내고 세계일주를 떠나기 전에도 나는 지리산을 찾았다.

"그대는 나날이 변덕스럽지만/ 지리산은 변하면서도 언제나 첫 마음이니/ 행여 견딜 만하다면 제발 오지 마시라"라고 이원규 시인이 노래한 것처럼 견딜 수 없을 때면 지리산을 찾았다. 그때마다 지리산은 한 번도 나를 내치지 않았다. 그 깊은 품에서 아이처럼 엉엉 울다가, 주저앉아 다리를 뻗대며 투정을 부리다가 눈물을 스윽 닦아내고는 한결 마음이 가벼워져 이 산을 내려가곤 했다. 산은 사람을 가리는 법 없이 누구든 제 품에 안아준다. 그래서일까. 용서할 수 없다고 믿었던 이와 마주치게 되어도 산에서만큼은 못 본 척 지나갈 수 있을 것 같다. 저이도 나만큼이나 위로가 필요해 여기까지 올라왔구나 싶은 마음에…… 돌이켜보면 아픈 현대사를 통과하는 동안에도 이 산은 얼마나 많은 이들을 거두어주었던가. 세월이 흐르고 흘러 지리산에 남겨진 역사의 핏빛 상처가 아물어가도, 이 산은 여전히 가파른 현실을 버티는 가난한 이들의 피난처로 남았다. 사는 게 참 거지같다고 칭얼대다가 문득 배낭을 꾸려 한 사흘쯤 숨듯이 머물다 내려올 수 있는 산이 있다는 건 얼마나 고마운 일인지. 때로는 사람보다 말없는 큰 산이 더 큰 위로가 되어준다는 것을 나는 지리산을 만나고서야 알게 되었다. 그래서인지 지구의 이곳저곳을 기웃거리며 사는 동안에도 바닷가보다는 산으로 둘러싸인 마을에 먼저 마음을 빼앗긴다. 인연의 끈이라고는 없는 낯선 도시에 혼자 머물러도 가까이에 산이 있다면 내 마음은 고요하다. 험한 일을 겪은 후에도 눈을 들어 바라볼 산이 있으면 다시 걸어갈 힘이 생겨나곤 했다. 나에게 산에 대한 사랑을 가르쳐준 내 첫 산. 선생님께도 이 산을 보여드리고 싶었다. 예나 지금이나 한결같은 모습으로 저를 찾는 이들을 다독이는 어머니의 산을 자랑스레 내보이고 싶었다.

천천히 걷자고 급히 만든 길

오늘 우리는 지리산의 가장 높은 봉우리를 향하지 않는다. 마을과 마을을 잇는 지리산 자락의 길을 걸을 뿐. 지리산의 발치에 기대듯 앉은 마을을 이어 만든 지리산 둘레길. 지리산에 오르지 않아도 지리산을 만날 수 있는 길이 바로 둘레길이다. 이 산의 넉넉한 덕성에 기대어 살아가는 사람들의 마을을 둘러봄으로써 어쩌면 지리산을 더 가까이 느낄 수 있는 길이 아닐까. 꼭 높은 산이 아니어도 된다는, 정상에 오르지 않아도 된다는 그 소박한 마음도 좋다. 나도 이제는 정상에 오르지 않아도 산행의 즐거움을 아는 나이가 되어서일까. 매동마을이 우리의 출발점이다. 총 연장거리 300킬로미터에 달하는 지리산 둘레길이 이곳에서 시작된다. 비는 여전히 부슬부슬 내린다. 발밑에 감기는 부드러운 흙의 감촉. 촉촉이 젖어가는 봄의 들판. 발이 가볍다. 앞서가던 선생님이 안타까움 섞인 신음을 내뱉으신다. 농지의 유실이나 비로 인한 범람을 방지하기 위해 쌓은 제방을 가리키면서. "이건 정말 너무하네. 이런 방식은 아무런 도움이 되질 않는데…… 이 위로 돌이 쌓이고, 결국 물의 흐름이 막혀 그걸 걷어내야 하는 악순환만 유발할 뿐이지. 70, 80년대에 쌓은 제방 때문에 일본에 얼마나 많은 문제가 생겼는지 모르는 걸까? 한국이 일본의 실패를 반복하다니……."

반면, 돌담을 쌓아 만든 계단식 논의 아름다움에는 감탄을 멈추지 못하신다. 경사가 급한 지역이라 논마다 돌담을 쌓아올렸다. "어떻게 이토록 큰 돌담을 쌓을 수 있지. 이걸 세계문화유산으로 지정해야 해. 계단식 논으로 세계유산이 된 곳이 이미 있잖아. 아, 근데 저 비닐하우스가 있는 한 안 되겠네." 나는 선생님의 안타까움을 농담으로 받는다. "이 넓은 논바닥을 비닐하우스로 다 채우면 기록적인 풍경이 되니 세계유산이 될지도 모르죠."

우리는 중간에 길을 틀어 '길섶'이라는 갤러리에 들러 사진가 강병규가 담아낸 지리산의 사계를 감상한다. 다시 둘레길로 돌아와 소나무 우거진 숲길을 지나니 중황마을. 따뜻한 차 한 잔을 마시러 길섶 가게에 들어섰다. 막걸리 반병을 비우는 사이에 호두와 고구마, 김치전, 도토리묵, 김치에 커피까지 잔뜩 얻어먹었다. 남도의 유난한 인심이 나는 새롭지 않은데 선생님은 주문도 하지 않

은 음식이 자꾸만 나오는 게 신기하고 놀라운가보다. 입을 못 다무신다. 아주머니의 넉넉한 인심에 내가 다 뿌듯해진다.

선생님이 이 근처에서 귀농한 젊은이들을 만날 수 없는지 물으신다. 급히 서울의 지인에게 전화를 해 수배를 부탁했다. 지리산 자락에서 몇 달간 거주한 서해문집 출판사의 강영선님이 자신이 머물던 햇살네를 소개해주셨다. 마침 이곳에서 걸어갈 수 있는 거리다.

햇살네로 들어서니 아이들이 문밖에서 놀고 있다. "안녕하세요?" 큰 목소리로 인사를 하는 아이들. 십 개월 된 찬유, 세 살 연두, 일곱 살 노을이, 열 살 현승이. 십 개월에서 열 살까지의 사형제. 이 아이들의 생기로 가득찬 집 안은 밝고 환하다. 네 아이의 엄마로는 보이지 않는 앳된 얼굴의 안주인이 활짝 웃으며 우리를 맞는다. 아내 일복씨와 남편 햇살씨는 귀농 십이 년차로 이곳에서 농사를 지으며 산촌유학 프로그램을 운영한다. 두 사람은 정토회에서 운영하는 시민단체 JTS에서 만났다. 여섯 식구가 살아가는 집은 작고 허름하다. 화장실은 변을 본 후 재를 뿌려 버리고, 소변은 요강에 따로 봐야 한다. 이제는 시골에서도 보기 힘든 '친환경 화장실'. 일부러 불편을 감수하며 살아가는 부부의 모습에서 삶의 철학이 엿보인다.

우리는 가족의 밥상머리에 끼어 건강한 산나물이 곁들여진 맛난 밥을 얻어먹는다. 이야기를 나누다보니 부부는 지리산 둘레길에 무척 비판적이다. 봄이 오면 관광버스를 타고 온 사람들이 떼거리로 집 앞을 지나가며 고사리며 밭작물을 뽑아가 이를 견디지 못해 일 년 넘게 싸워 코스를 변경시켰단다. "천천히 걷자는 길을 급히 만든 결과"란다. 주변 마을에 대한 정보도 잘못된 내용이 많단다. 가마가 다니던 길이라고 적힌 곳이 사실은 공동묘지가 있어 다니지 않던 길이라든가 하는 식으로. 부부의 이야기를 들으며 서글퍼진다. 아름다운 길을 걷기 위해 멀리서 찾아와 남의 밭작물에 그리도 쉽게 손을 대는 도시 사람들도, 긴 싸움 끝에 끝내 길을 변경시키고 만 마을 사람도 안쓰럽기만 하다. 결국 우리는 모두가 마음이 급한가보다. 길을 만드는 이도, 길에 깃들어 사는 이도, 그 길을 걸으러 내려오는 이도. 모두가 서툴고, 조급하고, 자신의 처지를 앞세운다. 불편함을 조금씩 감수하고, 서로를 배려해 모두에게 위안이 되는 길을 만드는 건 이렇게 어려운 일인가보다.

언제나 길을 찾아다니는 사람이었던 나도 요즘은 이 부부와 비슷한 어려움을 겪고 있다. 내가 사는 동네가 텔레비전의 예능 프로그램에 소개된 이후 주말이면 배낭을 멘 중년과 카메라를 든 청춘 들로 온 동네가 들썩인다. 산책로를 호젓하게 걷는 일도, 좋아하는 카페에 가서 책을 읽는 일도 주말에는 완전히 포기하게 되었다. 동네 벤치에 태연히 놓고 간 종이컵이며 쓰레기를 보면 언짢아진다. 하지만 모든 일이 그렇듯 이런 상황에도 조금씩 익숙해져간다. 회사원이 아니니 주중에 마을의 한가로움을 즐기고, 주말에는

집밖으로 나가지 않으면 된다. 월요일에 동네 산책을 할 때면 눈에 띄는 쓰레기들을 주워 담기도 한다. 길가에 쓰레기통을 좀더 설치하라고 동사무소에 제안해야겠다는 생각도 하면서.

어떤 길이 모두에게 위안이 되는 공간으로 남기 위해선 무엇보다 서로로 대한 예의와 배려가 필요하다. 내가 사는 마을에 낯선 사람들이 몰려드는 걸 상상해본다면, 남의 삶터를 함부로 어지럽히는 짓은 하지 않게 되겠지. 낯선 여행지에서 의지할 곳 없는 나그네가 되는 나를 떠올려본다면, 오늘 이 마을을 찾아온 이들을 좀더 다정하게 맞아주고픈 마음도 생겨나지 않을까.

영국의 시골길을 걸어다녔던 몇 년 전의 일이다. 동네 입구마다 새로 만들어진 조례에 관한 안내판이 서 있었다. 2006년부터 영국의 도보여행자는 모든 사유지를 걸을 수 있는 권리가 부여된다는 조례였다. 마을의 농부에게 불편하지 않으냐고 물었다. "분명 불편한 점이 있죠. 걷기 위해 만든 길이 아닌 만큼 사유지의 숲이나 들판은 위험할 수도 있고, 농작물 수확기나 양들의 출산기에 방해가 될까 걱정도 되죠." 그래서 농번기나 양들의 출산기 같은 특수한 시기에는 사유지 횡단을 금할 수 있다는 규정도 함께 생겨났다고 한다. 늙은 농부의 마지막 말은 이랬다. "하지만 나도 내일은 누군가의 앞마당을 지나갈 수 있으니, 그걸 생각해보면 괜찮은 거죠."

지리산 둘레길도 배려와 이해를 통해 모두에게 사랑받는 길로 남을 수 있기를……

숙소로 돌아오니 어느새 밤이 깊었다. 아이스크림을 안주 삼아 맥주를 마신다. 한국계 스웨덴인인 내 친구 미희도 지리산에 내려와 우리 셋은 이런저런 이야기를 주고받다가 화제가 일본의 식민통치에 관한 이야기로 넘어갔다. 분위기가 금세 심각해지고 만다. "우리를 분노하게 만드는 건 일본이 과거에 저지른 잘못에 대해 진심으로 사죄하지 않는 모습이에요. 잘못은 누구나 저지를 수 있지만 중요한 건 그후의 태도가 아닌가요? 그리고, 일본이 저지른 죄에 대해서는 일본 정부뿐 아니라 일본 국민에게도 책임이 있어요"라는 내 이야기에 대한 선생님의 반론 때문이다. 선생님은 이렇게 이야기하셨다. "책임이니 죄니 하는 것은 우리가 생각하는 것만큼 명백한 게 아니야. 예를 들어 일제강점기의 일본인의 죄에 대해 그 시대에 살지 않았던 사람들, 특히 내 딸 같은 젊은이들이나 아이들, 나아가 앞으로 태어날 세대들은 어떻게 바라보고 어떻게 책임을 짊어져야 할까. 그 답을 내놓기란 그리 쉬운 일이 아니야. 나는 일종의 죄의식이나 책임감 없이는 지금도 한국을 똑바로 쳐다보지 못해. 책임의 중대함을 떠안고 살아갈 방법이 분명 있다고 믿어. 훌륭한 인생을 위해서는 책임져야 할 일과 반드시 맞서야 할 테니까. 하지만 책임지지 못하는 상황을 받아들이는 일 또한 마찬가지로 중요하지 않을까."

선생님은 일본에서 미나마타병으로 평생을 싸운 오가타 마사토 씨의 예를 든다. 그는 "치소—미나마타병을 유발한 수은을 방출한 회사 신일본질소비료회사—는 나였다"고 고백하며 결국 우리가 미나마타병을 만들어냈다고 스스로를 비판했다. 물질적으로 더 풍족해기를 원했고, 그걸 위해 나머지를 묵인해 자신이 공해병을 만들어냈음을 인정한 그의 이야기는 분명 감동적이다. 그 이야기가 감동을 주는 건 미나마타병의 피해자인 당사자가 이야기하기 때문이 아닐까. 하지만 그 이야기를 내 입장에서 해석하자면, 일본 정부가 저지른 일에 무심했던 일본인들이 스스로 '내가 제국주의의 또다른 얼굴이었다'고 인정해야 감동이 따라오는 게 아닐까. 만약 어떤 일본인이 "일본이 저지른 잘못은 나에게도 책임이 있어요"라고 먼저 고백한다면, 내가 그를 향해 "어떻게 책임지실 건데요? 구체적으로 이야기해보세요"라고 요구할 수는 없을 테니.

어느새 내 목소리는 떨리고, 얼굴은 달아올랐다. 서먹한 분위기에서 밤인사를 하고 잠자리에 들지만 잠은 오지 않는다. 나는 결국 서운했던 게 아닐까. 선생님의 그런 냉정한 객관성이. 피해자의 입장에 먼저 서주기를 바랐는데, 내 뜻대로 되지 않으니 감정이 치달았던 거다. 차분히 이야기를 끌고 가지 못하는 격한 성격과, 감정을 숨기는 데 서툴기만 한 내 얼굴이 부끄러운 밤이다.

아침 아홉시를 갓 지난 시간에 서울에서 수병 선배가 내려왔다. 선배는 분명 새벽길을 달려 내려왔으리라. 지난밤에 있었던 일을 선배에게 이야기한다. 나의 이야기를 들은 그는 한마디로 정리한다. "난 신이치 선생님 의견에 동의해요. 분명 일본에게 책임이 있지만, 그 책임을 개개인에게 어떻게 지울 수 있느냐 하는 것은 전혀 다른 문제죠." 그의 말대로 선생님의 논리에는 허점이 없다. 책임을 회피한 것도 아니고, 다만 개개인이 책임을 지는 일의 실제적 어려움에 대해 반문한 것뿐이다. 나는 그런 중립적이고 객관적인 선생님의 태도에 서운함과 답답함이 먼저 일었던 거고. 사실 한일 간의 문제를 논리적이고 객관적으로 바라보는 일 자체가 나를 비롯한 많은 한국인에게 어쩌면 불가능한 일인지도 모른다.

생각해보니 우리 자신의 문제 또한 마찬가지다. 세계에서 유례가 없을 정도로 가혹한 경쟁 구조와 황금만능주의가 팽배한 사회를 만들어낸 건 분명 우리의 욕망이었다. 그러니 우리 자신에게 책임이 있다. 특히나 이런 사회에서 살아가야 하는 젊은 세대에게 죄책감이 크다. 하지만 누군가 그 책임을 나에게 지라고 요구한다면 나는 뭐라고 답할 수 있을까. 내가 할 수 있는 일은 미안함과 염치를 잃지 않으려고 애쓰는 것 정도밖에 없을지도 모른다.

선생님도 나도 조금은 어색한 기분으로 아침인사를 나눈다. 나는 선생님께 수병 선배의 말을 들려드린다. '가만히 생각해보니 선생님 지적이 맞아요. 어제는 흥분해서 죄송해요'라는 마음을 우회적으로 표현한 건데 선생님이 알아들으셨을까. 너무 돌아갔나.

날은 활짝 개었다. 어제의 궂은 날씨를 보상이라도 해주듯. 이 환한 봄볕이 아까워 우리는 걷기로 한다. 뱀사골에서부터 시작한다. 얼음이 풀린 계곡물은 영혼까지 비출 듯 투명하고 맑다. 아직 연둣빛 새순은 볼 수 없지만 생강나무의 꽃이 하나둘 피어난다. 길었던 겨울이 끝나고 마침내 봄빛이 드리워진다. '석실(빨치산들이 신문을 인쇄하던 곳)'이라는 안내판 앞에서 갑작스런 현대사 강의가 시작된다. 선생님이 빨치산 투쟁에 대해 궁금해하시기 때문이다. 4·3항쟁에서 시작해 여순반란사건, 그 이후 지리산 일대에서 벌어진 빨치산 투쟁까지 현대사의 비극을 수병 선배와 함께 이야기한다. 기억이 가물가물할 때는 스마트폰의 도움을 받아가며. 『남부군』이나 『태백산맥』을 읽던 대학 시절이 되살아온다. 우리가 헤쳐나온 현대사의 질곡이 새삼스런 무게로 다가온다.

2킬로미터 남짓 걷다가 길을 틀어 천년송을 보러 간다. 마을 언덕 위에 위풍당당하게 선 두 그루의 소나무 너머로는 눈 쌓인 지리산의 봉우리가 보인다. 봄햇살을 받아 풀어진 산의 어깨가 순하다. 소나무 근처 평상에 앉아 먼 산을 바라보며 잠시 쉰다. 근처 마을에서 산채정식으로 점심을 먹고, 실상사로 건너간다.

단순하고 소박한 생명평화의 삶

도법스님께 '생명평화운동'에 대해 듣고자 찾아가는 길. 책이나 글을 통해서가 아니라 스님을 직접 뵙는 건 처음이다. 작고 마른 체구지만 단단한 인상이다. 스님이라기보다는 농부나 목수가 더 어울릴 것 같은 소박한 풍모지만 눈빛만큼은 강렬하다. 단출한 작은 방에 놓인 차탁 위에 스님이 우려주신 차를 마시며 이야기를 나눈다. 스님과 나눈 많은 이야기 중 나를 흔든 건 비폭력에 대한 철저한 옹호 그리고 분노하지 말고 세상과 싸우라는 말씀이었다. "가족의 문제를 대하듯 세상의 문제를 대하라"라니. 가족의 문제를 옹호하고 끌어안듯 세상의 문제를 대할 수 있다면 우리가 사는 이곳에 불합리와 불의는 이미 사라지지 않았을까. 인도에서는 '구루는 만날 준비가 되어 있을 때에야 만날 수 있다'고 믿는다. 나는 아직 구루를 만날 준비가 되지 않았나보다. 이토록 쉬운 언어로, 이토록

명쾌하게 이야기하는 것을 듣기도 어려울 텐데 스님의 이야기가 멀게만 느껴지니. 스님이 이렇게 통 크게 사고할 수 있는 것은 오랜 세월에 걸쳐 마음을 닦는 수행을 하셨기 때문이 아닐까. 나 같은 범인에게 분노와 미움을 내려놓고 싸우라고 요구하는 건 무리. 이런 식으로 내 머릿속에선 이미 정리를 하고 있으니 이게 바로 쇠귀에 경 읽기겠지.

　　내공이 부족해 스님의 말씀을 다 끌어안지는 못했지만 도법스님은 분명 멋진 분이다. 젠체하는 모습이 없고, 말씀에 현학도 섞이지 않았다. 에두르는 법도 없이 직설적이고도 쉬운 언어로 자신의 신념을 설파하는 모습도 좋다. 어떤 문제에 대한 답을 알고도 미적거릴 때, 스님과 잠시 이야기를 나누는 것만으로도 정신을 차릴 수 있을 것 같다. 어설픈 위로나 섣부른 타협 따위는 하지 않을 것 같으니.

2004년부터 오 년간 생명평화 탁발 순례단을 이끌고 방방곡곡 1만 킬로미터를 걸었던 스님. 매일 걷고, 사람들을 만나고, 다시 걷는 그 긴 시간은 분명 고단했으나 아름다운 구도행의 시간이었으리라. 그 오 년의 기록을 담은 『길에서 꽃을 줍다』라는 책에서 스님은 이렇게 말했다.

"크게 욕심부리지 않고 단순 소박한 삶을 사는 분들은 바깥세상의 경제 사정에 따라 큰 고통을 받거나 하지 않는다. 이제는 경제만이 살길이라는 말이 가장 나쁜 거짓말이라는 이야기를 해야 한다. 그것은 사람들을 기만하는 말이고, 사람들을 헛된 꿈의 노예로 만드는 말이고, 삶의 근간을 흔들고 무너뜨리는, 위험하고 고약한 말이다."

생명평화의 삶은 결국 단순하고 소박한 삶으로 귀결될 수밖에 없을 것이다. 물질적인 욕망을 줄이지 못하는 삶에는 결국 평화란 없을 것이기에. 더 큰 아파트와 더 큰 차, 더 많은 돈을 추구하는 삶을 사는 한 자기 자신과의 평화를 이루지 못할 것이고, 자기 안에서 평화를 만들어내지 못하는 이는 결국 이웃과도, 자연과도 평화를 만들어내지 못할 것이기에.

지리산의 품에 안긴 마을이 어둠에 잠겨간다. 내일이면 이 산

자락을 내려간다. 산을 오를 때 짐을 적게 진 자의 발걸음이 가볍듯 인생의 길도 마찬가지리라. 조금 더 가벼워진 몸으로 내 인생의 길을 걸어갈 수 있기를……

쓰지 신이치

당신에게 지리산이란
무 엇 인 가

지리산에 도착한 것은 오전 아홉시가 지난 무렵이었다. 우리가 머물 콘도는 남희가 친구들을 통해 마련한 곳이었다. 보통 체크인은 오후 두시인데 남희가 잘 이야기해서 바로 들어갈 수 있었다. 이런 점이 한국과 일본의 차이다. 일본에서는 정해진 방침을 굽히는 일은 없을 테니 말이다.

　방에서 양옆이 산으로 에워싸인 골짜기를 파노라마처럼 180도로 내다볼 수 있다. 절경이라고 말하고 싶지만 도처에 밭과 길, 주택, 기타 각종 신규 개발로 파헤쳐진 흉터가 생생하다. 새삼 현대사회에서 말하는 좋은 전망이 무엇일까 싶다. 콘도에서 내다보는 전망은 분명 '좋은 전망'이다. 하지만 내다보이는 쪽에서 이쪽을 바라보면 과연 어떨까 하는 의문을 관광객들은 잊고 싶어한다.

잠시 휴식을 취한 후 콘도 근처 식당에서 늦은 아침 겸 점심을 먹는다. 전라남도에서 먹는 식사는 거의 예외 없이 맛이 좋다. 이날의 상차림은 지리산에서 난 각종 버섯을 푸짐하게 넣은 버섯전골이다.

　　하늘이 당장 비를 뿌릴 듯하더니 역시나 빗방울이 떨어진다. 그래도 꿋꿋하게 예정대로 지리산 둘레길 첫번째 코스를 걸었다. 가지고 간 접이우산만으로는 못 미더워 콘도 매점에서 구입한 우비를 껴입는다.

　　지리산 실상사의 주지스님인 도법스님과 그 동지들이 이어온 순례가 지자체를 움직여 지리산 둘레길이라는 장대한 계획이 떠올랐다고 한다. 여기는 지리산 둘레길의 첫 코스다. 몇몇 마을과 숲과 전원풍경 속을 가로질러간다. 둘레길은 과소화로 침체되었던 시골 마을의 활성화에 크게 이바지하고 있다고 한다. 성수기에는 이 일대를 하루에 천 명 가까운 사람이 찾아와 걷는다고 한다.

　　남희가 '워킹 증후군'이라 부르는 일대 붐이 한국에 일었고, 이를 관광객 유치의 기회로 여긴 각 지방자치단체가 서로 앞다퉈 걷기 코스를 만들고 있다고 설명해주었다. 거의 '친환경'이니 '그린'이니 딱지를 덕지덕지 붙여놓았는데, 그 내용이 대개 의문스럽다고 한다. 풀뿌리운동으로 시작된 게 야금야금 행정계획 안에 흡수되는 꼴이라는 것이다.

　　전원풍경을 지나 소나무숲으로 한참 들어가니, 산길에 홀연히

'갤러리'라는 작은 간판이 보인다. 그 절제된 크기가 마음에 들었다. 남희도 관심 있어 하는 것 같아 찾아가보기로 했다. 400미터 라기에 가벼운 마음으로 걸음을 옮겼는데 뜻밖에도 급한 비탈길이 이어졌다. 기껏 갔는데 휴관이면 어쩌나 염려했지만 다행히 번듯하게 집을 짓고 동그란 별채 건물에서 멋진 갤러리를 운영하는 사진가가 있었다.

갤러리에 걸린 사진은 모두 지리산의 사계를 크게 인화한 아름다운 풍경사진이다. 이곳에서 생활하기에 찍을 수 있는 사진뿐이다. 관람객 둘과 대화를 나누던 그는 우리까지 점심식사에 초대해준다. 시장하지 않아 정중히 거절했지만, 정말이지 이곳 사람들의 친절함이란……

오늘의 일정도 끝나갈 무렵, 길가에 있던 한 간이식당에 들른다. 고운 피부와 밝은 웃음이 인상적인 여사장님을 보니 스물일곱 살의 자녀를 뒀다고는 도저히 믿기지 않는다. 기왕 왔으니 차라도 한잔 할 요량으로 들어가자 먼저 꿀차가 나온다. 가게 밖에 벌꿀이 담긴 큰 병이 가지런히 놓여 있다. 여기서 채집한 거냐고 묻자 "오리지널!"이라고 호탕하게 말한다. 이 일대의 특산품이란다. 그때부터 음식이 줄줄이 나오기 시작한다. 처음에는 이 지역 명물이라는 호두. 그리고 보니 숲에도 큰 호두나무가 있었다. 뒤이어 벌집이 통째로 담긴 벌꿀, 도토리묵, 생고구마채, 곶감, 나도 질세라 막걸리를 주문한다. 그러자 저쪽도 쏜살같이 부침개와 김치를 내온다. "천천히 드세요. 여기 오래 계실수록 이것저것 다 나와요"라는 여사장님. 몸소 체험하는 전라도 인심에 기분이 좋아진다. 남희도 신이 나 있다.

여기까지 온 김에 마을 사람들의 생각을 듣고 싶어서 몇 가지 질문을 던져본다. 둘레길의 시초가 된 실상사의 도법스님에 대해서 물었더니 그들은 둘레길 덕분에 농사를 지으며 부업으로 이런 장사도 할 수 있게 되어 감사하다고도 했다. 대개 혼자서 운영하는데 바쁠 때는 아들이 도와주거나 사람을 고용하기도 한단다. 아무래도 오늘같이 비 오는 날은 한가하지 않을까 했는데, 오전에 다녀간 사람도 꽤 된다고 한다.

몇 년 사이 귀농인이 증가하고 있지만 그들과 그다지 교류는 없다고 한다. 대부분 도법스님의 영향을 받아 도회지에서 이주해 온 이들인데 그들은 대개 유기농업을 하려 하고 사장님을 비롯한 마을 사람들은 유기농을 하지 않는다. 유기농이 좋다는 건 그녀도 안다. 화학비료 없이 키운 배추로 김치를 담그면 확실히 맛있으니까. 하지만 모든 작업을 유기농으로 하려면 손이 너무 많이 가서 사람을 늘리든지 규모를 축소하는 수밖에 없다고 한다. 그녀는 싱긋 웃으며 덧붙인다. "귀농인들 밭은 잡초투성이인 데가 많아요."

슬슬 우리가 자리를 뜨려 하자, 막무가내로 막걸리와 처음에 마신 꿀차 값만 받겠단다. 역시 전라도 인심은 최고다.

이날 오후, 쌀쌀한 빗속을 걸으며 남희에게 배운 표현이 있

다. 꽃샘추위, 꽃이 필 무렵에 마치 꽃을 시샘하듯 되살아나는 추
위…… 어감이 참 예쁘다.

물 까 치 가   날 아 다 니 는   마 을

숲에서 나홀로 여행족으로 보이는 인상 좋은 젊은이를 만나 한동
안 함께 걸었다. 신우상군, 스물일곱 살의 독신으로 취미는 하이
킹과 사진 찍기다. 인터넷으로 주방용품을 판매했으나 경쟁 업체
가 많아져서, 4월 초에 오사카로 유학을 떠나 일본어를 배우며 사
업 아이디어를 찾을 예정이란다. 환경 문제에도 관심이 많아서 친
환경과 비즈니스를 어떻게 결합할 수 있을까 고민이라고 한다. 일
본에도 그렇지만 한국에도 이런 젊은이가 늘고 있다니 흐뭇하다.
한편으로는 과연 그가 그 해답을 일본에서 얻을 수 있을지 못내 염
려스럽다.

어느새 전라남도에서 경상남도로 들어섰다. 남희 친구의 친구
인 햇살씨네는 둘레길과 아주 가까웠다. 마을에 들어서자마자 여
기저기 물까치가 날아다닌다. 내가 사는 집 근처에도 가끔 청회색
의 물까치가 모습을 드러내는데, 그때마다 가슴이 설렌다. 한국
의 물까치떼를 보고 좋아서 사진을 찍는 나를 보고 남희가 웃는다.
"어디 가나 있는 새인데"라며. 물까치는 까치와 같은 까마귓과다.

그러고 보니 배색이 다를 뿐 외모가 비슷하다. 한국 사람들에게는 둘 다 참새처럼 흔한 새다. 적어도 까치는 한국의 대표적인 새로서 민중과 가장 친숙한 새다. 한국에 처음 왔을 때 서울에서 이 흑백 옷을 입은 아름다운 새를 도처에서 볼 수 있어 감동했더랬다. 이게 일본의 까마귀에 해당된다는 말에는 놀랐다. 하지만 그걸 아는 지금도 까치를 볼 때마다 괜히 좋은 일이 찾아올 것 같다고 기대하게 된다.

그런 내 마음을 눈치챈 남희가 "까치까치 설날은 어저께고요, 우리우리 설날은 오늘이래요"라는 동요를 알려준다. 옛날에는 아침에 까치 우는 소리가 들리면 좋은 소식으로 여겼는데 현대사회, 특히 시골에서는 과실을 탐하는 새가 되어 미움받는다며 남희는 살짝 안쓰러운 표정을 짓는다.

사전에 의하면 까치는 17세기에 일본에 들어왔다고 한다. 가사사기ヵサヽギ라는 일본어도 경상도 사투리 '깐채이'에서 온 모양이다. 사가 평야를 중심으로 규슈 북부에는 지금도 이 새가 생식한다. 까치까마귀ヵチガラス라고도 부르는데 그 이름의 어원은 분명 한국어 '까치'일 것이다.

오래된 농가가 이어지는 작은 마을. 햇살과 부인 일복은 네 아이를 뒀다. 보기 드문 집이라는 소리를 많이 듣는다. 저출산시대에 굉장한 애국자가 났다며 놀리는 사람도 있다. 한국의 저출산화는 일본을 넘어서 OECD 국가 중에서 가장 급격하게 진행되고 있다. 어쩌면 세계 1위일 수도 있다.

이 집 아이들이 얼마나 아이답고 야성적이고 활발하던지! 나는 이 아이들과 만난 순간 부탄의 아이들이 떠올랐다. 아니, 부탄이 아니더라도 내 어린 시절이 떠오르는 듯했다. 장남 현승이는 열살, 장녀 노을이는 일곱 살, 차녀 연두는 세 살, 그리고 엄마에게 젖 달라고 조르는 십 개월짜리 찬유. 막내 이름은 연두가 지었다고 한다.

내외가 모두 서울 출신이다. 남편인 나무꾼은 공부 때문에 미국에 몇 년 갔다가 중간에 공부를 단념하고 들어와 법륜스님이 평화를 위해 창립한 JTSJoin Together Society라는 시민단체에 참여했고, 인도에서 활동한 적도 있다. 그후 이곳에 와서 가까운 절을 거점으로 지역활동에 종사하던 차에 부인 일복을 만났다.

일복은 일본에서 시행되는 '산촌유학'에 관심을 가져 연구차 나가노와 도야마에 간 적이 있다. 그녀는 원래 기독교인이지만 불교 가르침에 가까운 햇살과 뜻이 맞아 만났는데, 한 번도 종교적 이유로 문제가 생긴 일은 없다고 한다. 자녀를 넷이나 둔 엄마답게 "하루하루가 전쟁 같다"며 웃지만 활기찬 모습과 반짝이는 눈빛은 그녀의 말과 상반된다. 벽 여기저기에 붙여놓은 사진에 온통 그녀의 행복한 미소가 담겨 있으니 말이다. 젖을 줄 때도 아이들을 지켜볼 때도 그 눈에는 짜증이나 피곤이 전혀 묻어나지 않는다. 부인보다 훨씬 조용한 성품의 남편도 마찬가지다. 이 부부가 누리는 마음의 평화가 초면인 나에게까지 손에 쥐듯이 전해진다. 그렇기는 해도 이들의 생활이 장밋빛은 아니다. 이런 시골에도 많은 문제가 산적해 있고 이들 또한 그런 문제로부터 자유롭지는 않다.

일례로 지리산 둘레길에 대해 그들은 뜻밖에도 냉담했다. 둘레길의 좋은 면만 선전해서 그렇지 부작용도 있다는 것이다. 둘레길이 생긴 뒤 경제적으로 유리해진 자가 있는가 하면 불리해진 자도 있어서 지역민들 사이에 격차가 생기고 있다. 소음, 사생활 침해, 쓰레기 증가 같은 문제도 있다.

선배인 햇살은 초보 귀농인을 바라보는 시각에도 가차없다. 그는 초보 귀농인들이 이곳으로 이주해오는 주된 이유가 아이들의 교육 때문이라고 말한다. 경쟁이 과열된 서울 같은 대도시를 떠나 더 나은 교육환경을 찾아온 사람들이 많다는 것이다. 이주할 정도의 재력을 가진 사람들이 많으니 우선 여기서 부동산을 구한다. 그러다보니 땅값이 올라 기존에 살던 가난한 사람들이 내쫓기는 모순이 생긴다. 도법스님 중심의 공동체에는 현재 삼백 명 정도 있다는데, 꽤 많은 사람들이 되돌아간 것으로 알고 있다. 그리고 정착했더라도 마을 사람들과 여전히 냉담한 경우가 많다.

햇살의 말대로 이상과 현실 사이의 간극은 우리가 상상하는 것보다 클 것이다. 일본에도 비슷한 문제가 존재한다. 그럼에도 귀농 선배로서 햇살의 태도는 못내 매정하다 싶다. 그 또한 과거에 이상을 품고 이곳을 찾아왔듯이, 대부분의 초보 귀농인 또한 사회적인 문제에 부딪혀 가치관의 전환을 겪으면서 새로운 인생을 개척하기로 용단을 내리고 이곳에 왔을 것이다. 내가 보기에는 무엇보다도 그 용기가 가상하다. 전 세계적으로 지금이 커다란 전환기라면, 도시에서 시골로 향하는 한국의 이런 흐름은 내게도 결코 남의 일만은 아니다.

햇살과 일복 내외의 가장 큰 고민은 아이들이 함께 놀 친구가 없는 것이다. 아이들은 마을 학교에 다니는데, 장남 현승이네 반은 학생이 스무 명이지만 장녀 노을이네는 여섯 명이다. 그나마 이들은 형제끼리 놀 수 있으니 사정이 나은 편이다. 인근에 서울에서 이주해온 가정이 있는데 두 아이를 가까운 마을 학교가 아니라 편도 한 시간이 걸리는, 경쟁력이 높다는 시가지 학교까지 엄마가 매일 바래다준다고 한다. 그 아이들은 바빠서 집 근처에서 놀 여유가 없다. 초보 귀농인들 중에는 아이들 교육 때문에 고민하다가 시골로 이주한 사람이 많을 텐데, 시골에서도 결국 똑같은 경쟁으로 아이들을 내몬다. 어쩌면 이런 측면이 햇살이 초보 귀농인들에게 매정한 태도를 보이는 것과 이어지는지도 모르겠다.

그런가 하면 귀농인뿐만 아니라 지역 주민들까지 아이들의 수험경쟁에 열을 올리고 있다고 한다. 마을 학교보다 시가지 학교로 보내려 하고, 마을 학교 아이들은 자연히 경쟁에서 밀린다. 마을 학교 아이들 중에는 편모, 편부 가정이 전체의 30퍼센트를 차지한다고 한다. 끄응, 나와 남희도 생각에 잠긴다. 하기야 이런 상황에

지리산 ●
쓰지 신이치 ●

서는 느긋하고 평화로운 마을
로만 보는 시각은 너무도 순
진한 것이리라.

그러나 아이들에게 눈길
을 돌리면 그런 고민은 단숨
에 날아가버린다. 진지하게
밥 먹는 아이들의 모습은 감
동적이기까지 하다. 맛있는
식사를 대접받고 나서 나는
어느 틈에 아이들에게 둘러싸여 집 안에서 공던지기를 하며 놀았
다. 밤이 깊어온다. 일복에게 물었다. "행복하세요?" 그 즉각 씩
씩한 답변이 돌아온다. "네, 정말 행복해요!" 그러고는 눈을 반짝
거리고 환하게 웃으며 이렇게 말했다.

"그야 여기서는 적은 돈을 벌기도 힘들지만, 그래도 도시 사람
들에 비해 저는 정말 넉넉해요. 돈 많은 사람들보다 훨씬 행복하다
고 자신 있게 말할 수 있어요. 농사일도 좋아하고 산나물을 찾아다
니며 캐는 것도……"

햇살이 부인보다 조용한 어조로 덧붙였다.

"저희 집의 식량자급률은 적게 잡아도 70퍼센트가 넘습니다.
처음에는 내면의 평화와 외적인 평화 둘 다 얻으려고 이곳에 왔어
요. 애가 넷이나 태어나면서 북적대는 아이들 때문에 외적인 평화

는 잃은 것처럼 보여도, 내적으로는 평화가 넘칩니다."

아아, 그 말을 듣고 마음이 놓였다. 나도 흡족한 마음으로 그들의 집을 나섰다.

성지 지리산

열시 반경이었을까, 콘도에서 나와 수병의 차로 지리산 등산로로 향한다. 오늘은 주위를 도는 둘레길이 아니라, 천년송으로 알려진 두 그루의 소나무가 있는 곳까지 등산길을 걸을 예정이다. 지리산은 하나의 산이 아닌 수많은 봉우리를 가진 여러 산과 그 주위의 광활한 지역을 총칭한다. 예로부터 조선문화의 상징적인 장소로 신화적으로는 북녘에 백두산, 남녘에 지리산이다.

지리산은 모성의 산으로 알려졌다. 예로부터 상처받은 자, 지친 자를 인자하게 품어 상처를 치유하고 쉬어가게 해주는 장소로 여겨졌다. 특히 근현대사에서 지리산은 비극의 무대가 되었으나 좌니 우니 하는 사상과 이데올로기를 넘어 모든 사람을 자비롭게 보듬었다. 이곳은 은신처이자 일종의 성역이었다.

강가에 난 길을 걸으며 민주화운동 당시 운동가들이 곧잘 불렀다는 〈지리산〉을 남희와 수병이 불러준다. 운동에 참가한 사람이면 다 아는 노래란다.

나는 저 산만 보면 피가 끓는다

눈 쌓인 저 산만 보면

지금도 흐를 그 붉은 피

내 가슴 살아 솟는다

불덩이로 일어난 전사의 조국 사랑이

골 깊은 허리에도 울부짖는 가슴에도

덧없이 흐르는 산하

저 산맥도 벌판도 굽이굽이 흘러

가슴 깊이 스미는 사랑

나는 저 산만 보면 소리 들린다

헐벗은 저 산만 보면

지금도 울리는 빨치산 소리

내 가슴 살아 들린다

　　빨치산 투쟁의 계기는 1948년 제주도에서 일어난 '4·3항쟁'으
로 불리는 민중봉기였다. 이를 진압하는 과정에서 처참한 살육전
이 벌어져 제주도 인구의 사분의 일에서 삼분의 일이 살해당한 것
으로 알려진다. 10월, 한반도 최남단에 있는 순천과 여수에서 '반
란 진압'을 위해 제주도로 후송될 병사들이 반기를 들어 봉기가 본
토에도 불똥이 튄 꼴이 되었다. 이를 두 지역의 머리글자를 따서
여순반란사건이라고 한다. 여기서도 많은 반란군 병사가 살해되었

는데, 살아남은 병사들은 빨치산이 되어 지리산에 숨어들었고, 정부군과 게릴라전을 펼쳤다.

등산길 중간에 보면 강변의 몇몇 큰 바위 위에 거대한 바위가 포개진 곳이 있다. 이 석실은 빨치산의 지하인쇄소로 사용되었는데 이곳에서 여러 해에 걸쳐 비밀리에 기관지를 발행했다고 한다. 청명하나 공기는 차디차고, 눈 녹은 물이 흐르는 강물은 한층 차갑다. 우리는 겨울 추위 속에서 불도 맘놓고 쓰지 못하고 이곳에서 생활하던 게릴라를 떠올리며 몸을 떨었다.

1948년부터 1955년까지 투쟁은 이어졌다. 밤이 되면 인근 마을에 빨치산이 나타나고 낮에는 정부군이 나타난다. 그 틈바구니에서 민중은 고통받았고, 게릴라에게 가담했다며 징벌까지 받기도 했다. 1955년에 정부는 빨치산 전멸을 선언했고 빨치산 총사령관이었던 이현상도 여기서 '전사'했다. 그후 그는 오랫동안 잊혔다가 80년대 말 그의 인생이 소설화되면서 금기는 풀린 듯했다.

석실 옆에 안내판이 설치되어 있고, 기관지의 일부가 인쇄되어 있다. 개중에는 김일성이 보낸 편지도 실려 있다. 안내판이 아직 새것 같았는데 노무현 정권 이후에야 겨우 만들어졌기 때문이라고 한다. 역시 최근까지 사람들의 마음속에 금기가 유효했던 것이다. 아니, 지금도 여전히 뭇사람들에게 빨치산은 객관적인 눈으로 바라보기에 너무도 생생한 현실인 듯하다.

강을 따라 산길을 이용한 둘레길이 여기저기 이어진다. 투명한 물살이 강바닥 바위 위에서 그림자가 되어 춤추고 그 춤은 하염없이 이어진다.

빨치산의 비극을 표현하는 말에 "지리산의 모든 강은 새빨갛게 물들었다"가 있다. 그리고 단풍 명소인 피아골의 나뭇잎이 그토록 붉은 것은 빨치산이 흘린 피 때문이라고도 한다. 그런 이야기를 남희와 친구들에게 전해 들으며, 나는 에메랄드빛을 띤 강물을 물끄러미 들여다보았다.

청춘의 열정, 어머니의 따스함

수병이 서울로 돌아가자 교대하듯이 이보은, 이인영 부부가 서울에서 내려왔다. 한국계 스웨덴인 미희는 오늘도 동행한다. 우선 보은, 인영 부부와 친한 최익호씨네 집으로 향한다. 최익호씨는 가족과 함께 야생차를 제조하는데 지리산 지역이기는 해도 산 너머 경상도 쪽이라서 가는 데 상당한 시간이 걸린다.

어제에 이어 지리산에 대한 이야기꽃이 핀다. 새삼 문화적 상징으로 자리매김된 지리산이라는 장소의 중요성을 절감한다.

예로부터 지리산 정상에서 일출을 보면 그 공덕은 삼대에 걸친다는 말이 있다고 한다. 남희가 학생일 때 학생들은 거의가 지리산에 올랐다. 일종의 통과의례요 수행이었던 것이다.

"당신에게 지리산이란 무엇인가?" 하고 묻자 보은씨는 "청춘의 열정, 어머니의 따스함"이라고 대답했다. 그녀는 말한다.

"90년대 들어서도 학생이라면 다 지리산에 올랐어요. 좌파뿐만이 아니었죠. 그리고 거기서 고등학교 때까지 배운 역사와는 다른 역사가 있다는 것을 알았어요. 또하나의 역사의 발견, 또하나의 한국의 발견이에요."

남희는 거기에 맞장구치며 "저한테 지리산은 역시 깊고 넓은 엄마 마음"이라고 한다. "개발로 상처를 입으면서도 꾹 참고 챙겨주고 자원도 식량도 죄다 내주는……"

그들의 말은 지리산만 두고 한 말이라기보다 자연계 전체, 그리고 모성의 대지 그 자체를 두고 한 말이라는 생각이 들었다. 모성이라 우러러볼 만한 산이 일본인에게는 과연 있을까, 하는 마음에 한국인이 부러워졌다.

최익호씨는 지리산이 북한에 있는 묘향산과 함께 도교의 성지라고 했다.

"지리산에 모이는 도인들이 종종 우리집에 오죠. 요새는 모이면 지구온난화 얘기를 해요."

자연과 더불어 살려는 그들은 자연을 주의깊게 관찰해 자연에서 일어나는 일을 민감하게 감지하고, 앞날을 예지한다고 한다.

일본에는 한국의 도교가 잘 알려지지 않았다. 예로부터 도교는 불교와 밀접하게 연관되어왔는데 한국의 절에 대부분 있는 산신각의 존재가 그 좋은 사례다. 이는 도교의 전각인 것이다. 최익호씨는 불교의 '공空'은 도교의 '무위無爲'에 해당된다고 했다.

산에서 내려와 진해가 가까워지자 점점 추위가 풀려 꽃도 많아지기 시작한다. 길가에 핀 벚꽃과 개나리가 아름답다. 어느새 한반도 남쪽 지방에는 봄이 찾아와 있었다.

이보은씨 내외와 최익호씨의 안내로 그들의 지인인 도예가 최웅택씨를 찾아 마을 언저리에 있는 가마를 방문했다. 가마 이름은 웅천요. 오름가마 두 개 중 하나에 불이 지펴져 있었다. 서른두 시간 동안 굽는다고 한다. 그는 이곳에 가마를 차린 지 이십 년이 되었다.

최 사기장의 아틀리에에 들어서는 순간 숨이 멎었다. 도기의 파편이 빼곡히 쌓여 있었다. 이곳에서 최 사기장이 발굴해낸 것이라고 한다. 16세기 말 도요토미 히데요시가 조선을 침략했을 때 여기서 운영되던 가마가 습격을 당했고 이곳에서 일하던 약 125명의 도공이 일본으로 끌려갔다. 최 사기장은 그 가마를 직접 발굴해 같은 장소에 재현한 것이다. 할말을 잃고 서 있자 그가 인자한 미소로 맞이해 가마의 역사와 자신의 신념을 설명해주었다. 원망스러운 기색은 전혀 없다. 하기야 이곳에 빼곡히 있는 파편보다 실감나는 설명은 없을 것이다. 최 사기장은 매년 10월에 일본에 끌려간 도공들의 넋을 기리는 제사를 올린다. 그때는 일본에서도 손님

을 초대해 함께 125명의 도공을 추모한다. 왜군에게 납치된 그들은 사세보로 끌려갔고 히라도 도기, 나가사키 도기, 사쓰마 도기의 시초가 된 것으로 알려져 있다.

대부분의 파편은 이곳에서 만든 막사발에서 나온 것이다. 발굴된 유물 중에는 파손되지 않은 막사발도 있었는데 최 사기장은 그것을 참고해 당시에 만들던 그릇을 재현하고 있다. 일본 국보 제26호인 '기자에몬 이도다완'도 이곳에서 제조된 것으로 알려졌다. 히데요시의 손을 거쳐 훗날 기자에몬이라는 상인이 소유해 그런 이름이 붙었는데 언제부턴가 교토의 다이도쿠지에 있다. 민예연구가 야나기 무네요시는 이 사발을 "미에 대한 철학과 생활의 축소판"이라고 절찬했고, "그 아름다움은 솔직하고 자연스럽고 무관심하고 사치스럽지 않으며 과장이 없는 데 있다"고 했다.

이 기자에몬 이도다완에 하나 꺼림칙한 점이 있다. 이 사발을 가진 사람은 부스럼이 생기고 때로는 죽음에 이르렀다는 전설이다. 최 사기장이 계속 제사를 올리는 것도 그 저주를 풀기 위함인지도 모른다. 그는 다이도쿠지를 찾아가 기자에몬의 실물과 대면한 이래 다이도쿠지와 교류를 이어오고 있다고 하니, 도예를 통한 이런 한일 간의 교류가 두 나라의 건전한 관계 형성에 틀림없이 도움이 되리라 믿는다.

도법스님
인 터 뷰

실상사에서 걸어서 칠팔 분 거리에 있는 요사채로 도법스님을 찾아갔다. 한국의 생명평화운동 전개의 중심인물인 도법스님. 그가 이곳 지리산을 거점으로 삼은 것도 단순한 우연이 아닌 듯하다.

밝은 오후의 햇살이 창밖에서 비쳐든다. 우리가 도착했을 때 스님은 요사채 밖에서 작업복에 운동화 차림으로 휴대전화를 귀에 대고 한참 통화중이었다. 그래서인지 그의 첫인상은 어딘가 현대적이고 도시적이기까지 했다. 스포츠머리처럼 머리칼도 살짝 나 있어서인지도 모르겠다. 신발을 벗고 방으로 들어가니 우리 일행과 마주앉은 스님이 차를 대접해주신다. 그제야 스님다운 분위기가 감돈다.

본격적인 이야기로 들어가기에 앞서 도법스님의 활동에 대해 소개해두고자 한다. 그의 인터뷰를 게재한 책에 이런 프로필이 적혀 있다.

"지리산 자락의 산내면에 있는 실상사의 주지. 절을 거점으로 생명평화운동을 전개. 환경학교(그린유니버시티)를 개설했다. 그의 이끎으로 산내면에 삼백 명이 귀농, 정착했다. 작년까지 오 년간 생명평화를 기원하며 걸어서 국토를 순례했다. 1만 2천 킬로미터를 걷고 팔만 명을 만났다. 그간 사백 회의 강연을 했다……"

도법스님과 그의 동지들은 지리산에서 다음과 같은 지역운동을 전개한다.

1. 귀농학교.
2. 대안학교: 이는 영국의 사티시 쿠마르가 설립한 스몰스쿨에서 힌트를 얻었다고 한다.
3. 영농조합.
4. 어린이집.
5. 방과 후 학교.
6. 커뮤니티의 문화와 복지를 위한 네트워크.
7. 다른 마을에 운동을 확산시키기 위한 활동.

도법스님은 지리산 둘레길 형성에 중심적인 역할을 해낸 인물로도 알려졌다. 불교에서는 여름과 겨울에 각각 삼 개월씩 승려들의 외출을 금하고 수행을 하는데, 실상사 승려들은 그 삼 개월 동안 지리산 주위를 다섯 차례씩 걸어서 돌며 사람들과 만남으로써 수행을 갈음했다고 한다. 오 년에 걸친 국토순례를 마친 스님답게 얼굴은 볕에 타고 몸은 운동선수처럼 다부지다. 처음에 보이던 살짝 수줍어하던 미소는 이내 수더분한 미소로 바뀌었다. 하시는 말씀은 겸손하면서도 확신에 가득차 흔들림이 없다.

스님의 말씀은 들으면 들을수록 마음을 사로잡았다. 이는 단순한 두뇌작용에 따른 사고의 결과가 아니었다. 간디파가 말하는 3H—Head, Heart, Hands, 즉 머리와 마음과 몸—가 그의 말을 관통하고 있었다. 우리가 매료되는 대상은 그의 사상이라기보다 그가 존재하는 방식 그 자체였다.

쓰지 신이치   저는 일본에서 환경운동과 평화운동에 참여하고 있습니다. 스님께서는 환경운동, 평화운동이 무엇이라 생각하십니까?

도법스님   한국에서 환경 문제는 공해추방운동에서 시작되어 환경운동, 생태친환경운동, 생명운동 순으로 진행되어왔습니다. 지리산을 중심으로 우리가 펼치는 활동은 생명평화운동으로 부를 수 있습니다. 이제까지의 생활방식은 생명을 병들게 만들고 평화를 파괴하는 결과를 부를 수밖에 없지 않았나'라는 의문에서 출발한 생명평화운동은 서로가 서로를 살리고 스스로 평화를 체현해내는 생명과 평화를 위한 새로운 움직임이 필요하다는 의지에서 태어났습니다. 생명평화운동은 일련의 중요한 물음을 내포합니다. 생명이 있는 우리 인간은 진정 어떤 삶을 실현하고 싶은가? 왜 우리 역사에는 갈등과 대립과 살생이 끊임없는가? 이것을 어떻게 이해하고 극복해나가야 하는가? 어떻게 해야 모든 생명이 바라마지않는 생명평화의 세상을 실현할 수 있는가? 어떻게 하면 오래오래 생명과 평화를 지켜나갈 수 있는가? 이런 의문에 대한 해답을 희구하는 것이 생명평화운동입니다.

쓰지 신이치　일본에서는 스님이 환경운동이나 평화운동을 펼치는 경우가 매우 드 뭅니다. 생명평화와 불교철학은 어떤 연관이 있습니까?

도법스님　불교의 첫번째 규율은 "살아 있는 생명을 해치지 말라"입니다. '모든 생명은 평화롭게 살기를 원한다'고도 가르칩니다. 『화엄경』에서는 온 우주가 하나의 유기적 생명공동체라고 했습니다. 즉 우주 자체가 하나의 생명이라는 것이지요. 우주는 하나의 살아 있는 그물 즉 인드라망이며 그에 속한 모든 생명은 하나하나의 그물코에 해당합니다. 그물코가 연결되어 서로에게 영향을 미치듯 세상도 그렇습니다. 그러니 모든 생명이 서로 의지하고 도우며 살아야 마땅합니다. 뭇 생명이 평화롭게 살고 싶어하는 염원을 실현하는 것이 바로 불교의 존재 이유입니다. 불교의 모든 활동도 생명평화 실현이 그 목적이지요. 이 세상에는 하찮게 여겨도 좋을 존재란 하나도 없습니다. 모든 존재는 존중받고 배려받아야 합니다. 그래야 생명의 염원인 평화가 실현됩니다.

쓰지 신이치   생명평화운동과 불교적 삶의 연관성을 깨달은 스님도 계시겠지만 개
              인의 수행과 사회적 활동을 별개로 여기는 스님도 계시지 않을까요?

도법스님   그건 부처님의 가르침을 잘못 이해한 겁니다. 자연이나 이웃이 없이
              '나'라는 존재는 불가능합니다. 자연과 이웃을 잘 섬기고 모셔야 평화
              와 행복이 이루어집니다. 사랑의 법칙을 발견하는 것이 깨달음이고 사
              랑의 법칙을 실천하는 것이 자비입니다. 이것을 대중화하고 사상화해
              야 국가와 종교, 지역, 이념, 남녀, 이해타산과 계층의 벽을 넘을 수 있
              지요. 궁극적인 의미에서 과연 종교가 존재하는가, 한국에 불교가 존
              재하는가 한번 따져볼까요? 종교의 존재 이유를 돌이켜볼 때 종교의
              이름으로 집단적 이익과 세력을 추구한다면 그것은 이미 종교이기를
              포기한 겁니다. 한국 불교 역시 권력집단화, 이익집단화되어 있습니다.
              세속화된 불교만 남은 거죠. 입으로는 자유, 평등, 평화를 외치지만 실
              제로는 상대의 자유와 평등, 평화를 짓밟는 역사를 반복해왔습니다.

              이런 말씀과 함께 도법스님은 『화엄경』의 세계를 표상한 것이
        라며 우리에게 회화문자 하나를 내보였다. 함께 활동을 전개중
        인 디자이너 안상수씨가 고안한 생명평화운동의 로고라고 한다.

도법스님   이 세상의 인간 존재와 내 존재의 바람직한 모습을 시각화한 것입니
              다. 생명의 염원을 실현하려면 '지금 여기에 존재하는 내 생명은 어떻

게 이루어지는가'라는 물음이 무엇보다 중요합니다. 이 물음에 대한 해답을 찾는 데서 모든 것이 시작된다고 해도 과언이 아닙니다. 그 해답을 도식화해서 자연이 없는 나, 이웃이 없는 나, 상대가 없는 내 생명은 존재하지 못함을 나타냈습니다. 즉 자연과 이웃과 상대의 존재로 말미암아 내가 존재한다는 말입니다. 그러니까 이 로고는 내 생명을 받쳐주는 자연, 이웃, 그리고 상대가 내게 매우 소중하고 고맙고, 부모와 같은 존재임을 알려줍니다. 이렇듯 우리 생명이 태어나 살아가는 데 없어서는 안 될 존재를 종교에서는 신, 예수님, 부처님이라고 부릅니다. 나를 있게 해준 존재를 소중히 여기고 그를 위해 헌신하는 것은 당연합니다. 그리고 온 힘을 다해 헌신하며 살 때 우리는 비로소 화목하고 안전하고 행복해질 수 있습니다. 그것이 사랑의 법칙이죠. 우주는 사랑의 법칙으로 이루어져 있습니다. 이 법칙을 찾아내고 이해하는 것이 깨달음, 지혜라 하며 이 법칙을 온몸과 온 마음으로 실천하는 것을 자비, 사랑이라 합니다.

김남희　스님께서는 『길에서 꽃을 줍다』에서 이 세상이 평화로워지려면 내 마음이 먼저 평화로워야 한다고 하셨잖아요. 한데 요즘 같은 정세에서는 도무지 제 안의 평화를 유지하기가 힘들어요. 아침에 신문을 펼 때마다 분노나 적개심이 일어 제 자신을 통제하기가 힘들더라구요……

도법스님　네. 말씀처럼 '이 세상이 평화롭기 원한다면 먼저 내 마음을 평화롭게 하자'가 우리의 슬로건입니다. 생각해보세요. 분노나 미움이 평화로 이어질까요? 누군가를 미워하면 평화가 찾아오던가요? 분노를 품고 뭔가를 위해 싸울 때 그 끝에 평화가 있던가요? 분노는 나와 상대 모두를 파괴할 뿐입니다. 미워하거나 분노하지 않고도 싸울 수 있습니다. 생명체는 그 무엇도 나의 적이 될 수 없습니다. 간디를 예로 들어 봅시다. 간디는 미움이나 분노, 폭력과 물질적 무장 없이 진실과 사랑을 실천하며 비폭력 저항운동을 폈습니다. 그 운동이 영국의 지성인들을 움직여 간디를 지지하게 만들었고 마침내 인도는 독립했습니다. 간디야말로 21세기의 대안입니다. 우리는 그의 정신을 계승해야 합니다.

김남희   하지만 분노나 미움 없이 싸우는 건 이미 깨달은 사람의 경지 아닌가요? 간디는 인류사에서 특별한 사람이잖아요.

도법스님 그렇지 않습니다. 간디는 지극히 평범한 사람이었어요. 출세하기 위해 영국에 갔고, 변호사가 되었으니까요. 겁이 많고 범속한 사람이었습니다. 단지 어떤 계기를 통해 문제를 인식하고, 새로운 길을 찾는 과정에서 우리가 아는 간디의 모습이 만들어졌습니다. 정직과 부지런함과 성실함은 타고났지만요. 우리도 마음만 먹으면 간디가 될 수 있어요. 우리는 미워하며 분노하며 싸워야 한다고 믿고, 전제하죠. 정의로운 분노로 싸워야 한다고 믿습니다. 그러나 미움과 분노는 결코 평화일 수 없고, 그것을 통해서는 평화를 얻을 수 없습니다. 내가 행하는 대로 인생이 만들어집니다. 미움, 분노는 평화를 위한 조건이 될 수 없습니다. 평화의 조건을 만들기 위해서는 죽을힘을 다해 미워하거나 분노하지 않도록 해야 합니다. 결국 습관은 만드는 것이고, 그를 통해 힘과 자질이 형성됩니다.

김남희	하지만 정당한 의미를 갖는 사회적 분노가 있지 않은가요?
도법스님	우리는 가족의 문제를 폭력이나 미움, 분노로 다루지는 않습니다. 사

우리는 가족의 문제를 폭력이나 미움, 분노로 다루지는 않습니다. 사랑의 마음으로 노력하고, 노력한 만큼 이루어지는 게 가족의 문제입니다. 간디의 비폭력은 단지 물리적 폭력을 안 쓴다는 소리가 아닙니다. 사랑의 법칙대로 사고하고 행동했느냐의 문제입니다. 미움, 분노, 이기, 오만 모두 폭력입니다. 비폭력의 길은 쉽지 않지만 그것 없이는 답이 나오지 않습니다. 이는 역사적 경험이자 사실입니다. 모든 존재는 불완전하고 한계를 지닙니다. 모든 존재는 관계로만 존재할 뿐 분리되고 독립된 존재는 없습니다. 그리고 모든 존재는 변화합니다. 어제 싸웠던 사람의 감정으로 상대를 대하니까 오늘 싸우지 않은, 새롭게 변화한 사람을 보지 못합니다. 웃는 사람을 보고도 어제 화낸 모습만 기억합니다. 결국 오늘을 살지 않고 과거를 사는 것입니다. 모든 문제의 원인은 자아의식에 근거한 자기중심적이고 이기적인 사고입니다.

단순하고 소박한 삶은 잘 어울리는 삶입니다. 자연, 이웃, 상대와 잘 어울리는 삶이죠. 우주의 모든 존재는 관계로 존재합니다. 우주는 공동체적 존재입니다. 우리는 이미 필요한 만큼 갖고 있지만, 모두의 욕심을 채울 만큼 갖지는 못했습니다. 공동체 회복이 단순하고 소박한 삶의 답입니다. 자신이 사는 마을부터 만들어가야 합니다. 내가 사는 지역을 공동체운동으로 가꾸는 것이죠. 공동체의 개념은 이웃사촌과 의지하고 도우며 살아가는 것이요, 개인과 가족을 인정하며 이웃으로 살아가는 것입니다. 경쟁이나 적대적 관계가 아닌 동반자적 관계 즉

'따로 또 같이'입니다. 개인과 전체가 함께하는 것은 왼손과 오른손처럼 위치와 역할이 다르나 한몸인 것과 같습니다. 불일불이不一不二. 하나도 아니고 둘도 아니죠. 하나이기도 하고 둘이기도 하고. 개인과 전체의 조화와 균형이 우리의 과제입니다.

쓰지 신이치   환경운동가의 입장에서 이 세계를 낙관적으로 보시나요?

도법스님   희망은 어디에도 없고, 누군가에 의해 주어지지도 않습니다. 인간만이 희망이고, 자신만이 희망입니다. 스스로 희망을 만들어가는 이에게는 희망이 있습니다. 스스로 평화와 희망의 조건을 만들면 희망이 있는 것이고, 그러지 않으면 없는 것이죠. 인간은 자본주의도 만들었는데 그 반대도 못 만들겠습니까. 생명의 법칙과 질서에 맞는 방식으로 살고, 사회화시킵시다. 인간의 삶은 개발 없이 불가능합니다. 반면에 보존 없이 인간은 더이상 살아갈 수 없습니다. 융합과 공존, 조화가 필요한 거죠. 보존과 개발의 논리를 통합하는 것이 불교의 중도의 길입니다.

7
제주도

생각해보면 우리는 무언가를 할 때면 프로처럼
완벽하게 해내야 한다는 필요 이상의 부담감을 지니며 살고 있는 것 같다.
취미생활을 즐길 때도 장비나 복장도 프로처럼 갖춰야 폼이 난다고 믿고.
하지만 아마추어로 산다는 것. 그건 실수해도 괜찮고, 수준이 좀 떨어져도
아무렇지 않은 게 아닐까. 내가 재미있으면 되는 것 아닐까.

김남희

불러보는 것만으로도
온 몸 이 푸 르 게 젖 는 섬

가슴에 반짝, 불이 들어오는 환한 추억 하나를 이 섬에 남겨놓지 않은 이가 있을까. 폭설이 쏟아지던 스무 살 겨울에 혼자 섬을 찾은 이후, 나 역시 곱게 기운 기억의 조각보를 섬 곳곳에 드리워놓았다. 한반도 남단에서 가장 높은 산에 올라 백두를 그리기도 했고, 늙어도 여전히 성성한 비자나무의 기운을 빌리기도 했고, 맑은 갈칫국 한 그릇에 무겁던 몸이 가벼워지기도 했으며, 다랑쉬오름의 부드러운 몸에 기대어 시름을 덜기도 했다. 제주. 가만히 불러보는 것만으로 온몸이 푸르게 젖어드는 섬.

한반도에서 제주만큼 사람의 마음을 들뜨게 만드는 곳이 있을까. 야자나무와 옥빛 바다를 품은 섬은 육지와는 전혀 다른 풍경을 보여준다. 한반도에서 제주만큼 사람의 마음을 아프게 하는 곳이

있을까. 먼 옛날부터 그곳은 유배의 땅이었고, 육지를 향한 진상進
上에 등골이 휘는 곳이었고, 4·3항쟁의 눈물이 아직 마르지 않은
곳이고, 강정 해군기지를 둘러싼 갈등으로 여전히 앓는 땅이다.

　선생님을 모시고 제주로 날아간다. 창밖으로 보이는 바다의 고
운 물빛에 이내 마음이 출렁인다. 비행기가 섬에 내려앉으니 두 발
이 허공으로 5센티미터쯤 떠오르는 것 같다. 역시 아픈 역사의 무
게보다는 휴양지의 낭만을 먼저 느끼게 되나보다. 숙소에 짐을 풀
고 나니 범준과 길연 부부가 찾아왔다. 제주에 내려온 지 오 년이
된 이들 부부와의 인연은 올레길을 걷기 위해 내려왔던 몇 해 전 여
름에 시작됐다. 당시 이들은 나름 알려진 부부였다. 서울대와 카
이스트를 나온 소위 잘나가던 젊은이들이 어느 날 갑자기 무주 산
골로 들어가 살아가는 이야기가 텔레비전 다큐멘터리 〈인간극장〉
을 통해 소개되면서 화제가 되었으니. 내 마음을 끈 건 그들이 제
주로 내려와 운영하는 게스트하우스와 그곳에 딸린 작은 도서관이
었다. 인터넷을 통해 이들의 이야기를 접한 나는 숙소를 예약해 찾
아갔다. 안주인의 얼굴을 닮은 정갈한 방에 혼자 하룻밤을 머물렀
다. 배낭에 넣어온 책을 읽거나 음악을 듣고, 동네를 산책하며 고
요하게 쉰 다음날. 방세를 내고 떠나려던 내게 길연이 조심스레 말
을 걸어왔다. "김남희씨 맞죠?"라며. 들어올 때부터 알았는데 조
용히 쉬고 싶어하는 것 같아서 말을 붙이지 않았다고 한다. 그렇게
인사를 나눈 우리는 함께 점심을 먹고, 차를 마시며 이런저런 이야

기를 나눴다. 범준의 꿈도 여행학교를 꾸리는 일이어서 우리는 여행과 꿈에 대한 이야기를 주로 나누었던 것 같다. 이후 이들이 서울에 올라오거나 내가 제주에 내려갈 때면 서로 찾는 사이가 되었다. 하고 싶은 일이 많고, 그 일을 이룰 재주도 많은 이 부부가 나는 참 좋다. 감정의 과잉이 없고 성정이 담백해 언제 만나도 편안하다. 질박한 멋을 은근히 드러내는 막사발 같은 이 친구들을 선생님께 소개하고 싶었다. 모범답안을 벗어나 다른 길을 스스로 모색하는 젊은이들을. 오랜만에 만난 우리는 함덕 근처의 식당에서 전복죽과 고등어구이로 맛있는 저녁을 먹는다. 저녁을 먹은 후 부부가 운영하는 숙소에 딸린 도서관으로 건너가 차를 나눈다. 선생님은 '슬로라이프'라는 말을 만드셨지만 깜짝 놀랄 정도로 바쁜 분이라는 내 이야기에 범준과 길연이 공감한다. 자기네도 제주에서 느리고 한가로운 삶을 살아갈 것 같지만 여러 가지 구상을 하고, 새로운 실험을 모색하다보면 바빠질 수밖에 없다면서. 그건 바쁘기만한 삶과는 다른, '바쁘더라도 충만한 삶'이라며 선생님이 웃으신다.

  길연이 곧 초콜릿 가게를 시작할 예정이라고 하니 선생님 얼굴에 화색이 돈다. 초콜릿은 굉장히 중요한 먹거리인데 늘 과소평가되었다고, 하지만 곧 그 가치가 제대로 인정받을 거라고. 선생님의 제자가 에콰도르에서 공정무역 유기농 초콜릿 관련 일을 한다고 소개해주시겠단다. 새로운 초콜릿을 만들어보라는 격려도 건네신다. 우리는 김치초콜릿, 녹차초콜릿, 잣초콜릿 등 이 땅의 문화를 끌어안은 이국적인 초콜릿이 탄생하는 즐거움을 이야기한다. 화제는 선생님의 동료들이 도쿄에서 운영하는 '카페 슬로'를 거쳐 또다른 친구인 요리타 씨의 말치료 목장이 제주에 지어지고 있다는 이야기까지 이어진다. 온갖 이야기를 자유롭게 넘나드는 이들을 가만히 보자니 공통점이 보인다. 기존의 패러다임에 구속되기보다는 자신만의 힘과 지혜로 새로운 삶의 방식을 찾아가기를 즐기는 이들이라는 점이다. 그래서인지 이들은 처음 만나는데도, 나이 차가 많이 나는데도, 언어가 서로 다른데도, 어긋남 없이 어우러진다. 범준이 선생님께 묻는다. "선생님이 하시는 다양한 대안적인 사회활동이 세상을 바꿀 수 있을까요?" 지나친 낙관주의를 경계하는 선생님답게 대답은 신중하다. "우리는 어차피 소수이고 세상을 바꿀 수는 없을 거야. 이 세상은 어차피 다수에 의해 망가지겠지. 하지만 우리가 다양한 대안을 모색한다면 세상이 무너져 다수가 다급하게 답을 찾아야 할 때 우리가 만든 대안 중에서 하나의 답이 나올 수도 있겠지. 그때까지 우리는 지속적으로 대안을 만들어가야만 하고. 다만 그 과정이 무척 즐거워서 대안이 필요해지는 그 순간까지 지속할 수 있어야 한다는 게 중요하지."

선생님 말씀처럼 대안을 만드는 과정 자체가 즐거워야 하지 않을까. 내 삶을 돌아보면 아무리 좋은 일이라 해도 내가 기쁘게 할 수 없었던 일은 결국 흐지부지되었다. 명분이나 당위로 하는 일은 늘 힘에 부쳐 이내 지치곤 했으니. 반면에 보잘것없는 일이라 해도 스스로 즐거워 탄력을 받으면 오래갔다. 중요한 건 자신이 기쁘게 할 수 있는 작은 일을 찾아내는 게 아닐까. 결국 그런 작은 변화가 모여 큰 변화를 이루어낼 테니까. 세상의 변화는 결국 내 삶의 구체적이고 작은 변화를 어떻게 일구느냐에서 시작될 것이다.

길연과 범준은 자신만의 방식으로 즐거운 변화를 모색하는 사람들이다. 20대 후반에 서울에서의 번듯한 직장을 접고 무주 산골로 들어가 살았을 때, 이들이 빌린 집은 '전원주택'과는 거리가 멀었다. 뜨거운 물이 나오는 샤워시설은커녕 세면대도 없어 싱크대에 물을 받아 씻어야 했다. 화장실조차 없어서 마당에 제힘으로 간단한 '푸세식' 화장실을 지어 살았다. 난방은 나무를 해다가 장작을 패서 아궁이에 불을 때어 해결해야 했다. 이들은 그 모든 불편을 투덜거리지 않고 받아들였다. '조용하고 아늑한 집을 얻었다는 것, 전망이 좋은 통창이 있다는 것, 주인 부부가 사람이 좋다는 것' 정도에 감사하며 산골생활을 시작했다. 과연 자신들이 그런 불편한 삶을 감당할 수 있는지, 어떻게 살아갈 수 있을지 배워보겠다는 마음만으로. 그리고 무주에서 몇 년 동안 그들은 즐겁게 살았다.

두 사람은 몸을 쓰며 살아가는 일에 머뭇거림이 없고, 새로운 실험을 하는 데 망설임도 없다. 이 일을 시작하는 데 얼마만큼의 돈이 있어야 하고, 실패할 경우에는 어떻게 할지를 고민하기보다는 지금 가진 것으로 일단 '저지르고' 본다. 부족한 부분은 하나하나 스스로의 노동으로 만들어 채워가면서. 그런 자세에서 무주 시골살이를 시작할 수 있었고, 제주로 이사해 게스트하우스와 도서관을 운영하고, 초콜릿 카페에 착수할 수 있는 힘이 생겨난다. 시행착오하는 과정에서 실패조차 배움의 과정으로 기꺼이 끌어안는다. 남의 눈을 의식하지 않으니 실패나 성공의 기준도 스스로 정한다. 둘이 합쳐 100킬로그램을 넘지 않는 작은 체구의 두 사람은 끝없이 무언가를 만들어내고, 실험하는 삶을 살고 있다.

언젠가 범준이 웃으며 이런 이야기를 했다. "우리가 지금 몇 가지 일을 하나 세어보니 열 가지가 넘더라구요. 민박집 주인, 책 쓰는 일, 번역, 만화 그리기, 마을 도서관 운영, 공부방 선생, 벤처기업 아르바이트, 바느질 선생…… 그런데도 빚은 엄청나게 많잖아요. 게스트하우스 시작할 때 얻은 대출금은 아직 그대로니까." 빚을 걱정하며 안정적인 일에 매달리기보다는 도전과 모색을 멈추지 않는 두 사람. 이들이야말로 인생을 여행하듯 살아가는 삶의 유목민이 아닐까. 누구나 이런 삶을 살 수는 없겠지만 이런 벗들이 있다는 것만으로 때로는 위안이 된다. 숙소로 돌아오니 자정이다. 내 삶을 고양시켜주는 이들과 함께 있었기 때문일까. 긴 하루를 보냈는데도 몸이 가볍다.

제주도 ●
김남희 ●

다채로우면서 자연스러운 제주의 맨얼굴

눈부시게 맑은 봄날 아침. 우리는 바다를 바라보며 걷는다. 햇살은 따스하게 어깨를 쓰다듬고, 바람은 부드럽게 바다를 가로지른다. 해찰하며 느리게 걷는 길. 우리는 지금 올레길을 걷고 있다. 나는 선생님께 이 길이 어떻게 만들어졌는지 이야기한다. 스페인의 성지 순례길 산티아고를 걸은 한 여자가 자신의 고향에도 이런 길을 만들겠다는 꿈을 꾸었고, 마침내 그 꿈을 이루었다는, 꿈 같은 이야기를. 비록 산티아고나 시코쿠의 헨로미치처럼 역사가 오래되지는 않았지만, 한 사람의 꿈이 결실을 맺은 길은 세계에 유례가 없지 않을까. 집으로 가는 골목길을 뜻하는 제주방언 '올레'에서 그 이름을 딴 올레길. 올레길은 결국 집으로 가는 모든 길과의 만남이다. 숲과 바다와 들과 마을, 강과 오름 사이를 자유롭게 오가는 길은 집과 집, 골목과 골목, 마을과 마을 사이를 이어준다. 저홀로 휘었다 굽이쳤다 곧추섰다 주저앉기를 반복하며 펼쳐지는 올레길은 얼마나 다채로우면서도 자연스러운 표정인지! 그 꾸미지 않은 맨얼굴이야말로 제주의 보물이다.

　햇살은 환하고, 바람은 산들산들 불어 걷기에 좋은 날이다. 완만한 오름을 오른다. 언제나 혼자 걷는 일에 익숙한 나지만 선생님과 함께 걷는 일은 어색하지 않다. 우리는 침묵을 즐기거나, 멈춰 서서 이야기를 나누며 길이 들려주는 변주를 즐긴다. 올레길에는 제주의 아픈 역사가 고스란히 담겨 있다. 송악산으로 향하는 길에 만나는 바닷가 절벽에 뚫린 구멍은 전쟁이 남긴 흉터다. 태평양전쟁의 끝 무렵, 일본은 미군의 본토 상륙에 대비해 제주도를 결사항전의 군사기지로 삼았다. 수많은 소년 소녀가 학도병이나 종군간호사로 죽어갔다. 송악산 해안 동굴 진지는 바다로 들어오는 미군 함대를 향한 자살폭파 공격을 목적으로 구축되었다. 물론 강제동원되어 굴착 작업을 한 건 제주도민들이었다. 알뜨르비행장 역시 태평양전쟁 말기에 일제가 건설했다. 도쿄에서 뜬 군용기가 이곳에서 연료를 보급받은 후 베이징, 상하이, 난징까지 날아가도록하기 위해. 올레길이 아름다운 건 섬의 아픈 역사까지도 정면으로 끌어안기 때문이 아닐까.

길목에서 생수를 파는 마을 여인들이 종종 보인다. 걷는 사람들을 위한 배려인 것 같은데 조금 아쉽다. 여행자들이 지닌 물통에 마을의 우물이나 지하수를 담아주며 저렴하게 팔거나 정해진 가격없이 자율적으로 기부하는 식이라면 더 좋을 텐데…… 마을 주민들 입장에서는 플라스틱 쓰레기도 생기지 않고, 공짜인 물로 소득도 올릴 수 있고, 여행자 입장에서는 생수보다 저렴한데다 물을 담으며 마을 사람들과 이런저런 이야기도 나눌 수 있고…… 문득 시코쿠 섬의 불교 성지 순례길을 걷던 때가 생각난다. "100미터마다 자판기가 있어서 물 한잔 마시려고 문을 두드릴 수도 없고, 그 김에 쉬면서 이야기를 나눌 수도 없어서 아쉬웠어요." 선생님이 동감하신다. "나는 자판기는 아예 없다고 치부하고 살아. 자판기 반대운동도 하고 있고. 자판기는 보기에도 흉하고, 공간도 쓸데없이 차지하는데다, 전기도 엄청나게 낭비하지. 자판기 한 대가 한 가구의 전기사용량을 차지한다니까. 나랑 비슷한 생각을 가진 외국인 친구 하나는 일본에서 자전거를 타고 다니며 자판기 코드를 다 뽑아버리고는 했어." 선생님은 어디를 가든 항상 가방 안에 보온병과 컵을 넣어 다닌다. 얼마나 철저한지 카페에서 플라스틱컵을 쓰는 경우에는 반드시 자신의 컵을 내밀고, 비행기에서도 일회용 컵을 쓰지 않는다. 일상의 작은 일에서부터 환경 사랑을 실천하는 이런 모습을 나도 닮고 싶다. 작은 일에 예민하지 못한 사람은 결국 큰일도 잘해낼 수 없으리라 믿기에.

느릿느릿 걸음을 옮기던 선생님이 문득 생각났다는 듯 돌아보며 묻는다. "참, 내가 제주도에 대해 처음 들은 게 언제였는지 알아? 젊을 때 학생운동을 하다가 경찰에 잡혔을 때였어." 당시 유치장에는 기묘한 아우라로 인기를 끌었던 김씨라는 한국인 남자가 있었다. 잘생긴 얼굴과 큰 키, 근육질의 몸매, 위엄 있는 태도로 죄수들의 집중적인 관심과 존경 어린 시선을 받곤 했단다. '김상'으로 불린 그는 제주도에서 일본으로 밀항하다 잡힌 한국인이었다. 유치장에는 늘 그에 관한 소문이 자자했다. "김상은 곧 한국으로 추방된대." "한국 어디?" "제주도라는 섬인데, 거긴 인간이 살 곳이 못 된대." "바람만 불고 나무 한 그루 없는 섬이래. 그래서 김상이 일본으로 건너온 거래." 어느 날, '운동'시간에 담배를 피던 죄수들이 김상을 찾아내 다가왔다. 온몸에서 풍기는 강력한 카리스마에 압도되어 망설이던 그들. 겨우 한 사람이 김씨에게 물었다. "김상, 제주도에는 정말 나무가 없어?" "없어요. 제주도는 바람이 너무 강하거든요." "아, 정말 살기 어렵겠네." "하지만 제주에는 여자가 많지요." "여자?" "음, 제주도 여자들은 정말 좋아요." 김상은 이 대목에서 그 좋은 여자들이 그립다는 듯 눈을 살짝 감고 고개를 끄덕인다. 가뭄에 산불이 번지듯 유치장으로 번져나간 소문. "제주도에는 좋은 여자가 많대."

　유치장 남자들이 상상했을 좋은 여자는 어떤 의미였을지 몰라도, 제주에 좋은 여자가 많다는 것은 부인할 수 없다. 가족을 부양하며 이 섬을 지켜온 것이 여자들이었으니. 산소통도 없이 20미터 깊이의 바다에서도 몇 분을 버티는 제주의 해녀들은 목숨을 던지는 노동으로 일생을 건너왔다. 르 클레지오가 "고기잡이의 프롤레타리아"라고 부른 해녀들은 고된 물질로 스스로의 상처를 치유하고, 가족의 생계를 일구어왔다. 제주의 올레길을 걷다가 만나는 그녀들은 당당하다. 한평생 자신의 힘으로 삶을 책임져온 이의 당당함과 넉넉함이 자연스레 흘러넘친다. 올레길에서 새삼 느끼게 되는 것은 여자들의 힘이다. 물질로 세상을 건너온 해녀들과 꿈을 현실로 일구어낸 서명숙씨와 그녀의 꿈에 무임승차해 혼자서 혹은 둘이서 그 길을 걷는 여자들. 정말이지 제주에는 예나 지금이나 좋

은 여자가 많다.

제주에서 맞는 사흘째 아침. 와흘리 본향당의 사백 년 된 팽나무를 만난 후, 4·3평화공원으로 건너간다. 행선지를 들은 택시기사 아저씨가 말을 걸어오신다. "노무현 대통령 시절에 국가로부터 4·3항쟁에 대한 사과를 받아 제주도민들의 마음이 좀 풀렸지요. 한데 이명박 정부 들어 평화공원 지원금도 죄다 끊겼었어요. 선거철이 다가오니까 돈을 조금씩 푼다고 하더라구요." 해방 이후 남한만의 단독 정부 수립에 반대해 일어난 봉기를 진압하는 과정에서 수만 명의 인명피해를 낸 4·3항쟁. 그로 인한 제주도민들의 한은 오십 년이 흐른 후에야 김대중 정부의 진상조사와 노무현 정부의 사과로 조금씩 풀리기 시작했다. 당시 제주 인구의 십분의 일이 희생되었다(『제주4·3사건 진상조사 보고서』, 2003)는 4·3항쟁은 오래도록 제주 사람들의 아물지 않는 상처로 남았다. 아직까지도 그 일에 대해 함구하는 분위기라고 하니. 비가 내릴 듯 흐린 하늘 아래 텅 빈 평화공원은 을씨년스럽다. 4·3항쟁에 관한 영상물을 보고, 기념관을 둘러봤다. 최근에 만들어진 기념관이어서인지 시설이 현대적이다. 관람을 마치고 나온 선생님은 몹시 충격을 받으신 것 같다. "우리는 너무나 무지해. 이런 일도 전혀 몰랐다니. 공부를 더 해야겠어"라며 다짐하신다. 바람 부는 흐린 벌판 위에 우뚝 선 기념관은 관람객이 적어 쓸쓸해 보인다. 그러고 보니 일본에 사는 재일교포의 상당수가 제주 출신이라는 이야기를 들은 적이 있다.

4·3항쟁 당시의 탄압을 피해 건너간 이들이 많기 때문이라고 했다. 바람이 불어온다. 탄압을 피해 산으로 들어간 사람들의 뼈를 발라내듯 불었을 바람. 살아남은 이들의 눈물을 말려주었을 바람. 밀항선에 몸을 싣고 고향을 떠나는 이들의 등을 떠밀었을 바람. 이곳에 서니 몇 년 전 찾았던 오키나와의 평화기념공원이 떠오른다. 언제부터인가 제주에 올 때면 오키나와가, 오키나와에 갈 때면 제주가 생각난다. 이토록 닮은 섬이 또 있을까. 비극의 역사를 품고 있다는 점도, 아열대의 기후와 풍경에서도 두 섬은 닮았다. 육지에서 멀리 떨어진 제주도에서 가장 잔혹한 학살극이 일어났던 것처럼 오랜 독립국이었던 오키나와는 본토 일본인이 겪지 않은 태평양전쟁의 참화를 온몸으로 겪어야 했다. 해군기지 건설을 둘러싼 갈등이 아직도 계속되는 제주처럼 주일미군 기지의 75퍼센트가 배치된 오키나와 역시 기지 이전을 둘러싼 치열한 싸움을 계속하고 있다. 오키나와의 독특한 정서가 아쿠타가와 상을 수상한 메도루마 슌 같은 작가를 낳은 것처럼 제주의 4·3항쟁은 현기영 같은 작가를 낳았다. 제주도가 육지 사람들에게 낭만의 여행지로 여겨지는 것처럼 오키나와도 오랫동안 일본인들에게 낙원처럼 여겨졌다. 십수 년 전부터 경쟁사회에 지친 일본의 젊은이들에게 오키나와는 새로운 인생을 모색하는 곳으로 떠오르기 시작했다. 인구가 줄기만 하던 작은 섬이 젊은이들의 이주로 인구가 늘어나 화제가 될 정도였다. 하지만 재일교포 조박이 비판한 것처럼 많은 이들

이 오키나와의 전통문화에 스며들기보다는 자신만의 낙원을 짓고 그 안에 머무는 데 그쳤다. 최근 제주에도 '이민 바람'이라고 할 정도로 제주 정착 바람이 불고 있다. 육지의 삶에 지친 이들이 이런저런 이유로 제주로 내려와 제주에는 본토박이가 아닌 '육짓것'들이 꾸려가는 공간이 우후죽순 생겨나고 있다.

아 마 추 어 로 산 다 는 것

제주를 떠나기 전 우리가 마지막으로 찾아가는 곳도 서울에서 내려온 분이 실험을 모색하는 곳이다. 다만 이곳의 실험은 개인 단위가 아닌 마을 단위의 실험이고, 육지에서 온 이와 제주 토박이가 함께한다는 점이 다르다. 추적추적 내리는 비를 맞으며 서귀포시 표선면의 가시리 마을로 건너간다. 가시리 마을 문화공간 건설 프로젝트를 추진중인 지금종 선생님 안내로 마을을 둘러본다. 원래 제주도에는 마을마다 공동 땅common land이 있었는데, 개발 바람이 불던 시절에 거의 다 사라졌다. 대부분의 마을 땅이 외지인에게 팔려 골프장이나 리조트로 개발되었는데, 이곳 가시리는 아직 마을 공동 땅을 갖고 있다. 그 마을 땅에 주민들과 함께 다양한 문화공간을 건설하는 일이 진행중이다. 마을 밴드를 만들고, 마을 카페도 만들고, 조랑말 박물관도 들어섰다. 가시리 마을에서 진행중인 문화학교활동은 어린이 영상교실, 어린이 공부방, 온갖 문화활동을 체험하는 다양한 문화 동아리, 노인문화교실 등 일일이 열거하기가 힘들 정도다. 더 나아가 가시리 창작지원 센터도 만들어 예술가들의 창작공간도 제공하고 있다. 이곳에 머무는 작가들은 그들의 재능을 마을 주민이나 아이 들을 위해 기부해 서로 긍정적인 에너지를 주고받는다. 무엇보다 이 모든 일이 마을 청년회를 비롯한 주민들의 적극적인 참여로 이루어진다는 점이 좋다.

문득, 재작년 가을, 선생님과 함께 일본의 절에서 보낸 밤이 떠오른다. 선생님이 사시는 마을의 아주 작은 절 젠료지. 선생님은 이 절과 함께 비영리민간단체 카페 데라테라를 만들어 이런저런 활동을 하고 있다. 공정무역 패션쇼도 하고, 전기를 끄고 촛불을 켜는 캔들나이트도 한다. 이 마을의 지역 개발 계획이 시작되던 무렵(이 지역이 개발될 때 절 소유의 숲만은 손대지 않아 이 부근의 유일한 초록 섬으로 남아 있다), 선생님의 책을 읽고 감명받은 주지스님이 선생님을 찾아온 일이 계기였다. 그때 이후 두 분은 마을 공동체 운동을 다양한 방식으로 함께 꾸려왔다. "반대만 하는 운동이 아니라 무언가를 창조하는 운동을 하자"는 취지로.

그날 밤의 행사는 "함께 노래 만들기"였다. 법당 안에 앉은 사람들은 근처 주민들과 선생님이 가르치는 대학의 학생들이었다. 가수 마쓰야 씨와 선생님의 제자인 고미 군, 켄 군이 즉석에서 곡을 만드는 일로 노래 만들기 행사가 시작됐다. 서로 멜로디를 주고

받으며 마쓰야 씨의 주도로 함께 곡을 만들어간다. 단순하지만 아름다운 곡이 만들어지고, 이제는 가사를 붙일 시간. 오늘밤이 어떤 분위기인 것 같고 어떤 생각이 드느냐는 마쓰야 씨의 질문에 아무도 나서지 않아 내가 먼저 시작했다. "눈썹달이 나뭇가지에 걸린 이 가을밤, 이 자리에 함께 있다는 것만으로 참 행복한 기분이 든다." 일본어에는 없다는 '눈썹달'이라는 단어를 설명하니 첫 가사는 "눈썹달이 나뭇가지에 걸리고"로 시작. "눈썹달이 나뭇가지에 걸린 걸 보면 무슨 생각이 드나요?"라는 마쓰야 씨의 질문에 한 남성이 "좋아하는 사람이 생각나죠"라고 답한다. 그래서 "당신을 떠올리고 있다"는 다음 가사가 만들어진다. 그러자 내 옆자리의 남자가 "지금은 너의 눈썹을 쓰다듬을 수 없지만……"으로 이어가고, "사랑하는 사람이 곁에 없고, 이미 헤어졌다 해도, 어딘가 살아 있는 것만으로 감사한 기분이 든다"는 내 말에 마쓰야 씨가 그걸 마지막 부분으로 하자고 했다. 선생님이 "낙엽을 밟으며 걷고 있는……"을 넣으니 대학생 카에가 "나무의 호흡을 들으며"라고 받는다. 내가 "달의 속삭임이 낫지 않을까?"라고 하니 선생님이 "달이 이미 들어갔으니 밤으로 바꾸지"라고 하셨다. 이런 식으로 가사가 만들어지고, 후렴구의 '눈썹달'은 한국어로 넣자는 선생님의 제안이 받아들여졌다.

눈썹달이 나뭇가지에 걸리고

나는 당신을 떠올리네.

당신의 눈썹 지금은 쓰다듬을 수 없지만

당신도 같은 달을 보고 있겠지.

낙엽을 밟으며 걸어가는데

밤의 속삭임을 들으며

눈썹달, 눈썹달

어딘가 살아 있는 것만으로 고마워요.

그렇게 만들어진 노래를 모두 함께 불렀다. 절 마당의 나뭇가지 사이로 눈썹달이 걸리고, 찬바람이 빈 가지를 흔들고 가는 가을밤. 우리가 함께 부르는 노래가 고요히 번져갔다. 아름답고 충만한 밤이었다. 노래 한 곡을 여럿이 함께 만들어내는 일이 그토록 설레는 경험일 줄이야.

생각해보면 우리는 무언가를 할 때면 프로처럼 완벽하게 해내야 한다는 필요 이상의 부담감을 지니며 살고 있는 것 같다. 취미 생활을 즐길 때도 장비나 복장도 프로처럼 갖춰야 폼이 난다고 믿고. 하지만 아마추어로 산다는 것. 그건 실수해도 괜찮고, 수준이 좀 떨어져도 아무렇지 않은 게 아닐까. 내가 재밌으면 되는 것 아닐까. 아마추어의 힘 뺀 자세야말로 우리 삶을 풍부하게 만드는 출발점이 되지 않을까.

소수의 전문가에게 의지하는 사회가 아니라 다양한 분야에 아마추어가 활약하는 사회가 건강한 사회라고 나는 믿는다. 가수가 아닌 사람이 밴드를 만들어 노래하고, 목수가 아닌 이가 망치를 두드려 무언가를 만들고, 농부가 아닌 이가 농작물을 키우며 살아가는 게 자연스러운 사회. 요리사가 시를 쓰고, 농부가 그림을 그리고, 교사가 춤을 추는 일이 특별하지 않은 사회는 얼마나 근사할까. 지금종 선생님과 이곳 주민들이 만들어가는 마을 공동체도 분명 프로페셔널보다는 아마추어가 득세하는 공간이 되리라.

거센 빗줄기가 쏟아지는 와중에 약 185만 제곱미터(56만 평)에 달하는 마을 땅 곳곳을 둘러본다. 가시리 마을이 자랑하는 드넓은 유채밭도 둘러보고, 창작지원 센터, 마을 카페도 찾아간다. 더디게 변하는 마을의 속도를 이해하는 것, 독립심과 유대감을 함께 키우는 것, 마을 주민 스스로의 힘과 지혜를 모으는 것. 무엇보다 마을 사람 한 명 한 명이 스스로의 삶과 행복을 디자인할 수 있도록 재미있고, 다양한 내용을 찾는 것. 가시리 문화 공동체가 추구하는 방향이다. 행복한 마을이 되기 위해서는 개인의 삶부터 행복해야 한다는 것을 이곳 사람들은 알고 있는 것 같다. 민가를 개조한 작은 집에 살며 이 모든 일을 진두지휘하는 지금종 선생님은 제주로 내려온 후 삶이 완전히 변했다며 이곳에서의 일상을 자랑하기 바쁘시다. 스스로 마을 밴드의 보컬이 되어 '딴따라'적인 삶의 모범을 보이는 선생님. 서울을 벗어나 이 아름다운 섬에서 마을 사람들과 함께 새로운 마을을 일구어가는 선생님의 일상이 얼마나 부럽

던지…… '탈서울'을 이렇게 근사하게 해내기도 쉽지 않으리라.

　'공동체'라는 단어는 오랫동안 나를 매혹시키는 동시에 움츠러들게 만드는 단어였다. 뜻과 이상이 비슷한 사람들이 모여 하나의 마을을 일구고 그 안에서 서로에게 기대어 살아갈 수 있다면 얼마나 아름다울까. 내가 만든 가족이 없으니 혈연에 기반하지 않은 공동체에 대한 꿈은 어쩌면 자연스러운 건지도 모르겠다. 하지만 공동체이기에 있을 수밖에 없는 규율과 지나친 유대와 간섭을 상상하면 가슴이 옥죄어온다. 혼자서 내키는 대로 살아온 나는 공동체라는 단어에 두려움이 앞선다. 가장 느슨한 규율로, 가장 작은 규모를 유지하며, 가장 독립적인 일상을 보장해주는 공동체는 없을까. 멀리서 찾기보다는 스스로 일구어나가야 하겠지. 지금껏 우리는 자기만의 '집'을 중요시하며 살아왔는데 이제는 집보다 '마을'이 중요한 시기가 온 건지도 모른다.

　비행기를 타기 전에 시내의 식당에서 점심으로 보말미역국을 먹는다. 육천 원짜리 밥상이 정갈하다. 넘치지도 부족하지도 않은 밥상이 그만이다. 여행의 마지막 날, 내년부터 일본의 모든 초등학교 교과서에 독도가 일본 땅으로 표시된다는 기사가 한국 신문의 1면을 장식했다. 선생님과 나는 분노하고 한숨을 쉬며 안타까워한다. "이건 안 돼. 그렇게 해서는 아무것도 안 되는데……" 평화의 길에는 어떤 단서도 붙어서는 안 되는 것이리라. 일본이 이러니까, 북한이 이러니까, 이런 핑계를 늘어놓을 게 아니라 그저 평화를 위해 내가 해야 할 일을 해나가는 길밖에는 없으리라. 우리는 안타까움을 나누며 공항 로비에서 헤어진다. 선생님은 도쿄로, 나는 서울로 돌아간다. 변화에 대한 열망은 스스로의 삶을 먼저 변화시키는 것에서 시작하지 않으면 안 된다. 바깥을 핑계대지 않고 내면을 일구어가는 것. 내 삶이 작은 대안이 될 때, 큰 변화가 시작된다는 것. 제주에서 불어오는 바람이 내게 말하고 있다.

제주도 ●
김남희 ●

새로운 세계의 모델
제 주 도

내게는 두번째 제주도다. 이미 벚꽃이 만개했고 제주도 명물인 감귤도 제철이다.

이번 방문의 목적 중 하나는 박범준, 장길연 부부와의 만남이었다. 한국에서 최고의 엘리트 코스를 밟으며 장래가 촉망되던 이들이 어느 날 갑자기 모든 것을 버리고 떠나 깊은 산속에서 은둔자처럼 살기 시작했다니, 나도 호기심을 갖지 않을 수가 없었다.

두 사람은 과연 기대했던 대로 매력적이었고, 참 멋진 한 쌍이었다. 만나자마자 남희가 이들을 소개하려던 이유를 어렴풋이 알 것 같았다. 잘 설명할 수는 없지만 하여간 이 두 사람은 과거와는 다른 새로운 시대의 도래를 느끼게 해주었다.

범준은 서울대학교에서 독일문학을 전공했으나 공부는 뒷전이고 학생운동에 빠져 사회개혁을 일으키겠다고 철학과 사회과학 책만 읽었다고 했다. 대학을 나오자마자 친구와 IT 벤처사업을 시작한 그는 이제는 한국에서 대중화된 휴대전화 소액결제 서비스를 만들어 대성공을 거두었다. 당시에는 하루에 20시간씩 일하는 날도 드물지 않았다고 한다.

그러다 한번은 몽골을 여행하며 말을 탔는데 그때 끈이 탁 풀렸다고 한다. 휴가를 마치고 서울로 돌아왔지만 더이상 예전처럼 돌아갈 일은 없으리란 생각이 들었다. 대체 자신은 여태 뭘 해왔고 앞으로 뭘 해야 할지 전혀 갈피를 못 잡게 된 것이다.

그런 시기에 만난 여성이 길연이다. 그녀 또한 최고의 엘리트 코스를 밟아온 사람이었으니, 남들이 부러워하는 엘리트 커플이 될 수도 있었을 텐데 두 사람은 속내를 모조리 털어놓고 상의해 하나의 결론에 도달한다. 지금껏 가졌던 지위, 일, 생활을 다 버리고 둘이 함께 어딘가 멀리 가서 살기로.

무주 산속으로 들어가기로 하고 화장실도 수도도 없는 조졸한 오두막에서 지극히 간소한 생활을 시작했다. 그리고 그곳에서 삼년을 지냈다.

그러나 그 대목에서 "한 가지 큰 실수를 저질러버렸어요"라고 범준은 유쾌하게 말한다. 이들의 생활상이 텔레비전 다큐멘터리 프로그램에 소개된 것이다. 방송평이 좋아 그들은 순식간에 유명 인사가 되었고, 그날 이후 끊임없이 산속으로 사람이 찾아들기 시작했다.

"아아, 그렇게 우리의 평화가 사라져버렸죠" 하고 범준은 탄식하면서도 웃음을 잃지 않는다. 그와 있으면 마치 동년배와 대화를 나누는 느낌이다. 아마도 나이보다 성숙한 정신세계에서 오는 여유 때문인 것 같다.

하지만 범준만 그런 것이 아니다. 부인 길연도 마찬가지다. 아니, 내 벗 남희도 그렇고 한국을 여행하며 남희의 소개로 만난 이들은 나보다 훨씬 젊은데도 불구하고 세대 차이를 거의 느끼지 못했다. 혹시 내 정신연령이 낮아서? 글쎄, 그럴지도 모르겠지만 그뿐만은 아닌 듯하다. 아마 한국과 일본이라는 두 사회의 성격에 중요한 차이가 숨어 있는 게 아닐까.

둘만의 평화는 사라졌지만 그를 계기로 하산할 때가 다가왔음을 깨달았다. 산에서의 간소한 생활을 통해 새로운 사회에 대한 구상이 마음속에서 부푼 게 틀림없다. 그리고 둘은 제주로 왔다. 왜 제주였느냐고 내가 묻자 범준은 대답한다.

"제주가 어느 날 갑자기 숙명처럼 찾아왔어요. 다른 장소는 있을 수 없다고 여겨질 정도로 자연스러웠죠."

나이치고 성숙한 범준이 씩 웃으며 이렇게 말하자 개구쟁이 소년처럼 보였다.

"이렇게 생각해보세요. 서울 사람들이 지금 제일 원하는 게 무엇인가를. 아마 좋은 물, 좋은 공기, 새로운 삶, 이 세 가지일 거예요. 그리고 그걸 모두 갖춘 곳이 여기 제주도고요."

제주에 와서 그들이 그 세 가지를 얻었다 치자. 그러나 이들의 평온함은 어찌되는 걸까.

우리가 찾아간 3월 말에 길연은 아주 바빴다. 그녀가 준비해온 초콜릿 가게를 4월 1일에 오픈할 계획이었기 때문이다. 만우절에 가게를 연다는 농담 같은 아이디어가 마음에 들었다고 했다.

범준도 바빠 보였다. 개교 준비가 한창인 '제주환경대학원' 일로 동분서주하고 있었다.

또하나 놀라웠던 일은 제주 시내의 바닷가 근처 주택가에 있는 그들의 집이었다. 별채가 통째로 사설 도서관인데다 24시간 누구나 출입이 자유로웠다. 이건 아무리 봐도 산속의 고요하고 평화로운 생활을 그리워하는 사람의 생활상으로는 도저히 믿기지 않는다.

제주시 구시가지의 벚꽃길은 지금이 한창이라 사람도 차도 수없이 꽃터널을 지나간다. 다만 이곳을 지나는 일본인 관광객들이 "일본 같다"고 하면 착잡해진다는 말에는 충분히 이해가 간다.

범준과 길연은 이곳 제주 구시가지의 부활을 꿈꾼다. 그 옛날 일제의 통치하에 모두 매립용으로 사용된 성벽을 젊은이들의 추진력으로 복원하려는 것이다. 그런 작업을 통해 제주의 잊힌 역사에 빛을 비추고, 소실의 위기에 처한 섬의 문화적 정체성을 되찾으려 한다. 그리고 이는 제주를 '지속가능한 새로운 사회의 모델'로 만들겠다는 보다 큰 꿈으로 이어진다.

범준과 길연의 말을 남희가 뿌듯하게 그리고 살짝 눈부신 표정으로 바라보는 게 느껴진다. 남희도 내심 제주와 같은 외딴곳으로 과감하게 이주하고 싶어한다. 그러나 그것은 단순히 좋은 자연환경에서 느긋하게 생활하고 싶다는 바람이 아니며, 나 같은 윗세대가 은퇴해서 시골에 틀어박히는 것과는 분명히 다르다. 중요한 것은 범준이 세번째로 열거한 '새로운 삶의 방식'을 시작한다는 것이다.

내가 볼 때 서울에서 남희가 사는 방식은 '새로운 삶의 방식'이라 부르기에 걸맞다. 그러나 그녀가 거기에 만족하지 않는다는 것도 안다. 마하트마 간디가 "Be the Change"라고 표현했듯이 남희는 자신의 삶의 방식을 통해 보다 나은 사회로의 전환을 몸소 체현하고자 하는 것이다.

한국을 함께 여행하면서 그녀가 소개해준 사람들 중에는 적잖은 "Be the Changer"가 포함되어 있다. 제주를 지속가능한 새로운 사회의 모델로 만들려고 스스로가 모델이 되기를 택한 범준과 길연도 그중 하나다.

올 레 와   돌 하 르 방

민박에서 상쾌한 아침을 맞이한다. 부산 출신이라는 안주인이 참 사람이 좋아, 남희는 이내 오랜 벗처럼 친해졌다. 이렇게 사람들

과 연결되는 남희의 능력은 늘 감탄을 자아내는데, 한국에만 국한된 일이 아니라 일본에서든 부탄에서든 사람을 매료하는 그녀의 힘을 직접 목격해왔다.

　마당에는 솟대가 제멋대로 여기저기를 보고 서 있다. 솟대를 볼 때마다 기분이 좋아진다. 영어 표현으로 말하자면 'It made my day', 이렇다 할 까닭도 없이 그저 감사하다.

　제주도는 섬 중심에 위치한 1950미터의 한라산이 분화해 생긴 섬으로 면적은 1848제곱킬로미터, 한국에서 가장 온난한 기후로 과거에는 신혼여행지로 유명했다. 2007년에는 세계자연유산으로 등록되었고, 지금은 월간 백만 명에 이르는 관광객이 찾아온다. 드라마나 영화 촬영도 빈번하게 이뤄져 촬영지가 관광지로 인기를 끌지만, 촬영지 이름이 관광안내지도에 너무 빼곡해져 유명한 용암동굴이나 역사유적을 밀어낼 기세다.

"사람들은 이제 '진짜' 역사보단 영화나 드라마가 만들어낸 '가짜' 역사에 더 관심이 있나봐요."

남희의 말을 듣고 보니 일본도 마찬가지일지도 모르겠다. 가짜라도 역사에 관심을 가져주는 것만으로도 다행인 걸까.

표면적으로는 관광 일색으로 물든 제주이지만 살짝 코팅을 벗겨보면 전혀 다른 다양한 얼굴이 나타난다. 아니 오히려 한국을 걸을 때마다 느끼는 독특한 복잡성이 이 섬에 특히 농축되어 있는 것 같다.

일단은 남희에게 소문을 들어온 올레길을 걷기로 했다. 올레길이란 하이킹을 위해 만든 보행자 길이다. '올레'란 제주도 방언으로 일상적으로 이용하는 골목이라는 뜻이다. 제주도 방언은 한국인들조차 '외국어' 같다고 느낄 정도로 표준어와 다른데 올레도 그런 섬 특유의 표현이다.

서명숙이라는 여성이 섬을 일주하는 보행자 길을 마련하고 싶어 손수 올레길을 만들기 시작했다던데, 그녀도 남희처럼 스페인의 카미노 데 산티아고를 걷고 자극을 받은 모양이다. 이제는 점차 하이킹을 위한 트레일로 인기를 끌어, 지금은 '올레 관광'이라는 말까지 생겼다. 그녀의 의지에 마음이 동한 협력자도 생기기 시작하더니, 마침내 지방자치단체에서도 그 가치를 인정하고 지원하게 되었다.

제일 먼저 만들어졌다는 '1번 코스'를 걸어보니 높은 지대에서 둘러보는 경치가 절경이다. 시선은 자연히 성산일출봉에 집중된다. 걸어가면서 변해가는 그 모습과 그 주위 풍광을 즐긴다.

내가 경애하는 사티시 쿠마르는 "나그네여, 관광객이 아닌 순례자가 되어라"라는 말을 했다. 관광객은 자신을 손님으로 여겨 가는 곳곳마다 지배자처럼 오만하게 행동한다. 순례자는 겸허하며 대지에 대한 감사의 마음을 담아 옮기는 걸음걸음마다 음미한다.

올레는 순례자에 의해 순례자를 위해 만들어졌다. 이 섬에 올레길이 있는 것은 우연이 아닐 것이다. 제주는 단순한 관광지가 아니라 고유의 역사와 문화를 가졌고 각종 풀뿌리운동을 키웠으며, 대안적인 삶을 지향하는 사람들을 사로잡는 특별한 영혼을 지닌 섬이 틀림없다.

범준과 길연의 권유로 나와 남희는 돌하르방공원을 찾았다. 가이드북에도 'park'라고 되어 있고 한국말로도 '공원'이라고 부르는 모양인데 일본인의 감각으로는 공원보다 정원에 가깝다.

돌하르방은 제주도의 심벌인 석상이다. 그 기원에는 여러 설이 있다던데 액막이로서 마을을 수호하는 일종의 행신行神(길을 지키는

신령—옮긴이)으로 보면 되는 모양이다. 나도 처음 한국을 방문했을 때 구입했던 목제 돌하르방을 오랫동안 방에 장식해두었었다. 한국 하면 돌하르방 이미지가 떠오를 정도로 그 소박한 모습과 어딘가 유머러스한 표정에는 신비한 매력이 있다.

이 정원에 있는 돌하르방은 원래 예로부터 섬 여기저기 흩어져 있던 것도 있지만, 거의 대부분이 정원의 창설자이자 경영자인 김남홍 화가가 새로 창작한 것이다. 다양한 포즈의 돌하르방을 제작해 현대적인 의미를 부여했다. 김남홍씨가 이곳을 테마파크라고 부르는 까닭이다. 개중에는 우스꽝스러운 것도 성적인 것도 있고 관광객이 함께 사진을 찍기 좋게 만든 것도 있다. 그것은 어느 관광지에나 흔히 있는, 관광객이 얼굴을 넣을 수 있게 구멍을 뚫은 간판 그림을 연상케 한다. 이런 것들이 지금은 연간 사만 오천 명이 찾아온다는 이 '파크'의 인기 비결인지도 모른다.

이런 세속감이나 소박함이 민중신앙이나 민속으로서의 돌하르방에 언뜻 무질서하게 뒤섞여 있다. 둘러보면서 점점 몇몇 다른 감정이 뒤엉켜간다. 정원을 둘러본 뒤 김 원장과 만나 이야기를 들으니, 전체적으로 유머러스한 그의 작품 뒤에 그가 끌어안은 깊은 슬픔과 기도가 깃들어 있음을 짐작할 수 있었다.

김 원장은 1966년생으로 열네 살과 열한 살 난 아들이 있는데 둘째가 자폐증으로 특수학급에 다닌다. 김 원장은 공원 조성에 몰두해온 지난 십 년 동안 가정생활이 뒷전이기 일쑤여서 가족에게 미안하다고 한다. "특히 둘째 녀석한테는요"라고 그는 괴롭다는 듯 얼굴을 찡그린다.

김 원장은 제주도에 대해 너무도 무지한 내가 알기 쉽게 긴 시간을 들여 친절하고 끈기 있게 섬의 역사와 돌하르방공원에 대해 말해주었다. 평소에는 과묵해 보이는 그가 일본인인 나를 향해 짜내는 말 한마디 한마디에 범상치 않은 열정이 담긴 것을 틀림없이 남희도 느꼈을 것이다. 밤이 되도록 그의 설명이 끝날 기미가 보이지 않기에, 우리는 바닷가 식당으로 자리를 옮겨 제주도 명물인 해물죽을 먹으면서 이야기를 계속 들었다.

비 극 의   섬 ,   치 유 의   섬

이쪽에서 질문한 것도 아닌데 어느새 김 원장의 이야기는 4·3항쟁으로 전개된다. 돌하르방공원에 쏟아붓는 그의 집념은 4·3항쟁에 깊이 뿌리내리고 있어, 그것을 모르고서야 무엇 하나 제대로 본 게 아니라고 할 기세다.

내가 1948년 4월 3일에 일어난 이 항쟁에 대해 알게 된 것은 외국에서 일본으로 귀국한 뒤 오사카로 재일교포들을 찾아갔을 때였다. 오사카 이쿠노 구에 거주하는 재일교포 중에는 4·3항쟁으로 일본으로 도피한 제주도 출신이 많았는데, 내가 좋아하는 김시종

시인도 그중 하나다. 4·3항쟁은 김석범의 소설『화산도』로도 알려졌고 재일교포들 사이에서는 구전으로 전해지는데, 정작 한국에서는 군사정권 아래 쭉 금기시되어온 일 같다.

　김 원장의 설명을 들어보자. 4·3항쟁의 시작은 남쪽의 단독 정부 수립에 반대하는 세력을 향해 경찰이 발포한 행위였다. 사망자가 속출한 데 대해 항의하는 뜻으로 공산당의 지도 아래 데모가 시작되었고 이를 제압하기 위해 경찰은 관계자를 체포하고 고문했다. 이에 저항이 확대되면서 1948년 4월 3일, 무장반란이 시작되었다. 중산간 지역의 마을과 집이 불타고 사람들은 해안으로 달아났다가 난민캠프에 수용되었다. 김대중 정권이 탄생하면서 섬을 덮었던 역사의 베일이 벗겨지고 제주가 '평화의 섬'으로 되살아나기 시작한다. 이는 드디어 치유의 때가 섬에 찾아왔음을 의미할 터였다. 김 원장의 돌하르방공원은 그때 탄생했다. 항복자는 전쟁과 함께 본토로 후송된 뒤 사라졌고 이후 여태까지 수많은 사람이 행방불명이다. 사건의 사망자 수는 확실치 않으나 적어도 사만 명, 많게 잡아 팔만 명으로 일컬어진다. 많은 쪽의 설에 따르면 당시 인구의 삼분의 일이 죽었다는 소리다.

　"군, 경찰 그리고 자경단이 반란진압을 하겠다고 저지른 잔혹한 수법은 과거 일본군의 전통을 고스란히 물려받은 겁니다"라고 김 원장은 설명한다. 실제 과거에 일본군이었던 자들이 군과 경찰의 지휘부를 차지하고 있었다. 그렇게 말하며 나에 대한 배려였을까 김 원장은 시선을 내리깔았다.

　실은 거기에 수많은 마을 주민들이 포함되어 있었음에도 아무 구별도 없이 산사람들은 빨갱이로 치부되어 살해당했다. 모슬포에서는 108명이나 되는 사람들이 살해된 것으로 알려진다. 지금도 매년 제사를 올리는 이곳, 돌하르방공원이 위치한 북촌은 '무남촌'으로 불렸다.

　거기서 김 원장은 한숨을 쉬더니 이렇게 말했다. "어떻게 된 게 학살이 이루어진 장소들은 죄다 경치가 아름다워요." 나도 어쩐지 그럴 수 있다는 생각이 들었다.

　잠시 틈을 두고 김 원장은 계속했다. "그 비극의 역사를 생각하면 이 섬은 치유의 섬에 걸맞은 것 같아요."

　거기서 그의 이야기는 단숨에 고대로 날아간다. 탐라국이었던 이 섬은 고려로 인해 멸망한 이래 늘 '수탈의 땅'이었고 왜인 해적의 공격에도 시달렸다. 조선 본토의 유형지가 되기도 했다. 태평양전쟁중에는 칠만 오천 명의 일본군이 주둔한 것으로 알려졌는데 도민들의 노역으로 만든 동굴 속에 잠수정(인간어뢰)을 숨겼었다. 오름도 요새화되어 섬 전체가 기지로 변했으며 미군의 폭격도 빈번했다. 만약 전쟁이 오래갔더라면 오키나와에서 그랬듯이 미군이 이곳에도 상륙하지 않았을까. 더 나아가 6·25전쟁 후 미군이 그대로 눌러앉았더라면 이 섬은 '한국의 오키나와'가 되었을지도 모른다.

　그는 말한다. "처음에는 그냥 우리 섬의 자연이 좋았어요. 자연의 아름다움을 표현하려고 그림을 그리다보니 점점 역사에 관심이 생겼죠. 이 섬의 역사를 몰랐더라면 여기는 한낱 조각공원에 지나지 않았을 겁니다."

그런데 왜 하필 돌하르방이었을까. "누구나 아는 제주 명물 중 하나예요"라고 말하며 김 원장은 손가락을 꼽아 세기 시작했다. "감귤, 오름, 동굴, 한라산…… 그리고 돌하르방." 그중에서 돌하르방만은 아무도 그 정확한 정체를 모른다. 다만 이 섬을 위해 쭉 존재해온 일종의 수호신이라는 것은 누구나 안다.

돌이라서 움직이지도 않고 말도 없다. 하지만, 하고 김 원장은 말한다. "그 자체가 이미 평화를 품고 있어요"라고. 그 존재 자체가 이 우주에 대해, 세계에 대해 많은 말을 하고 있다고.

그 말을 듣고 나와 김 원장 사이의 벽이 단번에 허물어진 느낌을 받았다. 나는 오키나와의 우타키를 연상했다. 아열대 정글 속에 돌연 거대한 돔 같은 공간이 나타나고 그 한복판에 마치 누가 잊고 간 듯 바위가 홀연히 놓인 곳. 바로 오키나와의 성역이자 이른바 서낭당이다.

김 원장은 이런 이야기도 해주었다. 그가 아직 아이였던 70년대 박정희 군사정권은 새마을운동을 전개했고, 구폐 타파의 명분 아래 근대화의 불도저로 무수한 인습과 전통이 파괴되었다. 초가지붕이 급격히 사라졌고 전통적인 가치관이나 신앙도 미신으로 치부되어 탄압을 받았다. 제주에는 아직 짙게 남아 있는 무속신앙도 그때 거의 모습을 감추었다.

　　그러나 그것도 최근에는 부활의 기미가 보인다고 김 원장은 말한다. 몇몇 무당이 산속 성지에 들어가 새로운 신기를 받아와서 마을에 전해준다. 그도 직접 그런 영실에 가서 특별한 기운을 받아오기도 한단다. 거기까지는 아니어도 노인들은 지금도 큰 바위나 거목 앞에서 기도를 올린다. 그런 노인들을 미신을 믿는다며 비웃는 젊은 세대도 있지만, 그들에게조차 한라산만큼은 예외다.

　　섬의 중앙에 위치한 한라산은 섬 어디에서나 바라다보인다. 제주도 하면 우선 한라산이다. 한라산이 없는 제주는 없고, 제주가 없는 한라산은 없다. 종교와 상관없이 사람들은 누구나 그 산을 신성한 존재로 우러러보고 숭배한다.

한 라 산 에　오 르 다

대망의 한라산 등반은 맑은 날씨가 도와주었다. 한동안은 숲속의 완만한 길을 걷는다. 가끔 다른 등산객이 기세 좋게 우리를 추월해가는데 대개 중년 이상의 커플이고, 광고에서 튀어나온 듯한 최신 등산패션으로 몸을 치장하고 있다. 그 대부분이 한눈에 평소에 하이킹이 몸에 밴 분위기다. 표정은 심각해서 느긋하게 여가를 즐긴다기보다 도리어 담담하게 할 일을 해치우거나, 자신에게 고행을 가하는 느낌이다.

남희는 전두환 시대에는 3S라고 해서 스포츠, 섹스, 스크린 이 세 가지에 사람들을 몰입하게 해놓고 지배하기 쉽도록 민심을 장악했다고 이야기한다. 이 3S는 현재까지도 그 모습을 교묘하게 바꿔가면서 존재하는 모양이다. 이 세 가지에 매달려 있다보면 사람들은 정치에 무관심해지고 사회가 나아갈 방향을 과학기술이나 경제전문가에게 내맡기게 된다.

최근 이 세 가지에 네번째 S, '스트레스'가 추가되었다. 그리고 스트레스의 증가에 비례해서 '헬스'와 '힐링'에 대한 관심이 급격히 높아졌다. 한국인은 금방 뜨거워지는 근성 때문인지 이게 좋다 싶으면 극단적으로 빠진다고 한다. 현재의 워킹붐이 그 좋은 예로 걷기는 이미 단순한 취미를 넘어서, 일종의 종교의 영역에 이른 느낌이라고 한다.

이야기를 듣다보니 일본인도 마찬가지라는 생각이 든다. 스키든 조깅이든 하이킹이든 골프든 유행하면 사람들은 먼저 장비부터 갖추려 한다.

긴 산기슭을 걷다보니 돌하르방공원의 김 원장의 말이 되살아나면서 지금 걷는 산길이 며칠 전 걸었던 지리산 길과 겹쳐진다. 지리산과 마찬가지로 이곳에서도 많은 사람들이 숲에 들어가 추운 겨울을 나고, 싸우고 혹은 그저 목숨을 부지하려 했었다. 4·3항쟁뿐만 아니라 일제강점기, 그리고 더 오래전에도 이 산으로 도망쳐 바위 그늘에 숨죽이고 살았던 사람들이 틀림없이 존재했다.

남희가 나를 생각해 이런 특별한 장소만 고르지는 않았을 테지만 내가 걷는 한국의 길에는 그 고난의 역사가 그림자처럼 따라붙는다. 저 지리산에 흐르는 강이 새빨갛게 물들었다는 노래가 있듯이, 이 길에도 피가 스며 있다. 산사람들은 언젠가 이 땅이 세계유산으로 등재되고 많은 등산객으로 북적대리라고 상상이나 했을까. 이 평화야말로 우리가 꿈꿔온 것이라며 기뻐해줄까. 일본인인 내가 이 신성한 산을 오르는 것을 보며 어떻게 생각할까.

산길이 험해지는가 싶더니 여기저기에 산밑에서 기세 좋게 우리를 추월해간 사람들이 주저앉아 있다. 밝은 햇살이 점점 더 눈부셔지고 동시에 공기가 차가워진다. 체온을 빼앗기지 않도록 땀을 자주 닦아야 한다. 경사가 심해질수록 남희의 걸음이 빨라지는 게 과연 전 세계를 걸어서 여행하는 사람답다.

점차 전망이 트여온다. 오늘처럼 완벽하게 쾌청한 날을 일본에서는 '닛폰바레'라고 부른다. 얼마나 편협한 국가주의인지를 비웃는 대신, 오늘은 이 훌륭한 '제주바레'를 축하하기로 하자.

김남희

슬로비즈니스를 꿈꾸는
사 람 들

자신을 둘러싼 울타리를 벗어나 바깥으로 나가본 사람들은 안
다. 하나의 세계를 벗어나도 세계는 결코 끝나지 않는다는 것
을. 오히려 더 넓은 세계가 기다리고 있다는 것을. 어떤 시스템
안에서의 '낙오'나 '탈락'이 결코 인생의 실패를 뜻하는 것이 아
니라는 것도. 그리고 새로 만난 세상에서 혼자가 아니라는 사실
도 발견하게 된다. 우리가 아이들에게 가르쳐야 할 것은 이 사
회에서 살아남기 위한 경쟁력이 아니라 시스템 바깥으로 나갈
수 있는 용기와 자신감이 아닐까.

　여기 두 남자가 있다. 그 태생부터 성장과정, 하는 일까지
결코 평범하지 않은 길을 걸어온 남자들이다. 냉혹한 자본주의
의 시스템에 휘둘리지 않고 자신이 하고 싶은 일을 하며 살아가

는 행복한 남자들. 시스템 바깥에서 자기만의 세계를 만들어낸 이야기를 들어보자.

나무늘보클럽부터 슬로비즈니스 스쿨까지

나카무라 유이치 씨(57세). 검은 숄더백을 메고, 검은 티셔츠에 검은 진을 입고, 용산역에 나타났다. 온몸에서 발산되는 땀냄새. 맹수가 날뛰는 깊은 산에서 서바이벌 게임이라도 마치고 살아온 듯한 느낌이다. 예사롭지 않은 분위기다. 낮고 느린 목소리. 살짝 처진 큰 눈. 웃으면 접히는 눈가의 주름까지 사람 좋아보이는 인상인데, 어딘지 길들지 않은 야생의 냄새가 난다고나 할까. 알고 보니 또 은근한 유머감각까지 갖추었다.

그는 규슈 후쿠오카의 갯벌가에서 태어났다. 방죽을 따라 늘어선 무허가 판자촌을 주름잡는 보스의 아들로. 지독한 슬럼가였던 그곳에서 그는 열 살 때까지 살았다. 깡패, 실업자, 윤락녀 같은, 세상의 막다른 골목에 처한 사람들 사이에서. 자연스럽고 당연하게도 10대 시절은 '야쿠자'의 부하 노릇을 하며 보냈다. 학교보다는 거리가 편한 불량 학생으로.

고등학교를 겨우 마칠 무렵, 그는 불량배로 사는 게 슬슬 지겨워졌다. 뭔가 재미있는 일이 없을까 궁리할 때 영화전문학교가 눈에 띄었다. 영화를 좋아했던 아버지 덕분에 어린 시절부터 영화관에 들락거렸던 그였다. 그렇게 들어간 학교에서 우연히 본 미나마타병에 관한 다큐. 구마모토 현 미나마타 만에서 수은에 중독된 어패류를 먹은 마을 주민들에게서 발병된 병에 관한 영화가 그의 인생을 바꿔놓는다. 미나마타병은 남의 이야기로 다가오지 않았다. 그의 모친이 구마모토 현 출신이었기에 본인이 미나마타병에 걸렸다 해도 이상하지 않은 환경 때문이다. 그는 곧 일본 최초의 공해병으로 알려진 미나마타병에 대한 조사를 시작했다. 그 당시 일본에서는 아토피와 암 같은 새로운 병이 생겨나고 있었다. 그는 그런 질환이 산업화로 파괴된 환경과 오염된 먹거리로 인해 생겨났다는 확신을 갖게 되었다. 유기농법의 중요성을 깨달은 그는 직접 농사를 짓는 길로 들어섰다. 단순한 성격 때문에 망설임도 없는 전환이었다. 게다가 회사에 들어가는 것은 관 속에 들어가는 것과 같다고 믿었기에 혼자 농사를 짓는 일에 두려움도 없었다. 벼농사를 짓고, 밭농사도 일구며 닭도 치면서 유기농산물을 생산했다. 하지만 전혀 팔리지 않았다. 때는 80년대 초반. 사람들이 모양 좋고 예쁜 것만 찾던 시절이었다. 시대의 흐름보다 한 발짝만 앞서야지 너무 앞서가도 이런 일이 생긴다. 사람들의 의식을 먼저 바꿔야겠다 싶어 생협에 일자리를 구했다. 노천시장을 열고, 안전한 먹거리를 판매하며 활발히 활동하던 시기, 그의 인생은 다시 한번 전환점을 맞는다. 1986년, 20세기 최대의 재앙이라 불리는 체르노빌 원전 사고가 일어났다. 폭발로 인한 방사능 먼지는 일본까지 날아와 유기농 야채도 방사능에 오염되는 일이 생겼다. 당시 그가 일하던 생협은 방사능 수치 기준이 엄격했고, 방사능 먼지가 묻은 농산물의 판매를 거부했다. 뒤끝이 긴 나카무라 씨. 수입과 판매를 거부당한 그 농산물이 어디로 가는지 궁금해 뒤를 캤다. 생협이 거부한 농산물은 아프리카나 제3세계로 수출되고 있었다. 그 지역의 어린아이들에 대한 걱정과 연민은 그의 삶을 새로운 길로 이끌었다. 그 당시에는 용어조차 없던 '공정무역'이었다.

잠깐! '일진'에서 영화 연출을 공부하는 학생으로, 그러다 농사꾼에서 생협 직원으로, 거기서 다시 공정무역으로의 투신이라니. 도대체 어떻게 이런 변신과 도전이 가능했던 걸까. 그것도 전부 남들이 가지 않는 길로만. 나카무라 씨는 자신의 성격이 단순해서라고 간단히 답하지만 그것만으로는 납득이 되지 않는다.

그는 어릴 적 슬럼가에서 자라면서 '결국 인간은 어떻게든 살아가게 된다'고 생각하게 되었다고 했다. 하는 일마다 실패하고, 땡전 한 푼 지니지 못해도 결국 살아남는 사람들이 주변에 가득했기 때문이다. 차별로 인해 직업조차 구하지 못한 자이니치, 다리 밑에서 살아가는 넝마주이, 여자에게 빌붙어 살아가는 남자, 동네 깡패 들…… 더이상 내려갈 곳도 없는 밑바닥 삶을 살아가는 그들을 보면서 실패에 대한 두려움이 사라진 걸까. 어쨌든 그는 일이 잘 풀리지 않는다 해도 '어떻게든 되겠지, 좀더 해보지 뭐' 이런 마음으로 계속 가곤 했단다. 그 느긋함이 어쩌면 그의 가장 큰 자산이었을지도 모른다.

아무튼 그렇게 80년대 중반에 그는 공정무역을 시작했다. 우리나라에서 공정무역이란 단어가 들리기 시작한 게 십 년도 안 된 일임을 생각하면 정말 빠르다. 윤리적 소비운동의 일환인 공정무역은 기존의 국제무역 체계가 개발도상국들의 빈곤을 해결하는 데 아무런 도움이 되지 않는 불공정한 거래라는 인식에서 출발했다. 우리가 일상생활에서 가장 흔히 소비하는 커피나 설탕, 초콜릿은 대표적인 불공정 무역품이다. 제3세계의 가난한 농부들은 아무리 일해도 굶주림만 겨우 면할 수 있을 뿐, 미래를 위한 저축 같은 건 생각도 할 수 없는 환경에 처해 있다. 이런 문제를 개선하기 위해 생산자와 소비자 간의 직거래나 작물에 대한 공정한 가격의 지불을 통해 농민들의 경제적 독립을 보장하고, 지속가능한 농업환경을 만들고 지키는 일을 추구하는 운동이 공정무역이다.

그는 일본에서 재배하지 않는 커피와 홍차를 공정무역 대상으로 선택했다. 처음에는 정당한 가격을 지불하고 완제품을 사오는 정도였다. 완제품을 판 지 십 년째 되던 해, 에콰도르에서 직접 커피생산을 시작했다. 일본 기업이 동광산을 개발하려다가 자연파괴를 우려한 주민들의 반대로 무산된 곳이었다. 그곳에서 그는 마을 주민들에게 유기농 커피를 재배하는 법을 가르치고, 그 커피를 수입해 일본 전역에 판매했다. 그리고 커피 농사를 짓는 농부들을 일본에 초대했다. 그 자리에 갑자기 일면식도 없던 신이치 선생님이 등장했다. 두 사람은 만나자마자 의기투합했다. 고립된 개인으로서의 존재를 극복하고 함께 배우고, 만들고, 사업까지 해보자는 열망이 일어났다. 호주의 가수이자 환경운동가 안야까지 합세해 세 사람은 '나무늘보클럽'이라는 NGO단체를 만들었다. "느린 것이 아름답다. 패스트푸드가 아닌 슬로푸드. 패스트 비즈니스가 아닌 슬로비즈니스"를 지향하며. '슬로라이프'라는 말을 처음 만든 신이치 선생님답게 '슬로비즈니스'라는 참 어울리지 않는 단어를 잘도 붙여놓았다. 나무늘보클럽을 만들며 그들은 이런 엉뚱한 이야기들을 나누었다. 조직 확장에 힘쓰지 말자. 나가는 사람은 잡지 말자. 십 년쯤 후엔 해산하자. 농담을 생활화하자. 전문가 집단이 되지 말자. 위가 아닌 아래를 향하자. 스스로 대안적인 문화를 만들어내는 일에 주력하는 환경운동, 윤리적이고 착한 비즈니스를 구현하는 경제활동까지 해내는 나무늘보클럽은 십 년을 넘긴 오늘날까지 살아 있다.

나카무라 씨가 공정무역의 길로 들어선 지 올해 이십오 년. 에콰도르뿐 아니라 브라질에서도 최초로 유기농 그늘 커피를 재배해 정부의 표창장을 받기도 했다. 그의 농장은 멕시코, 인도,

페루, 스리랑카 등으로 퍼져나갔다. 그사이 사업 규모도 커졌고 일본 전역에 강연을 다닐 만큼 유명해졌다. 하지만 그는 여전히 검은 숄더백을 메고, 검은 진을 입고 혼자서 남미를 돌아다닌다.

요즈음 그는 젊은 친구들과 함께하는 일에 몰두하고 있다. 20대의 친구들이 자립해 사회적 기업을 만들 수 있도록 가르치는 '슬로비즈니스 스쿨'. 그의 학교에서 가르치는 건 무역학 개론이나 경영학 이론이 아니다. 깨끗한 물과 공기를 마시고, 아이들이 자연에서 뛰어노는 일이 얼마나 행복하고 감사한 일인지를 느낄 수 있는 '행복감수성'을 키우는 일에 주력한다. 다른 사람과 비교하지 않고 스스로 행복을 찾아낼 수 있는 행복감수성이 있다면 적은 돈으로도 만족하며 살 수 있기 때문이란다. 돈 버는 기술이 아닌 삶의 가치를 가르치는 곳이 그의 슬로비즈니스 스쿨이다. 나카무라 씨는 말한다. 경쟁사회의 가치로 직원을 뽑아 이윤 창출만을 위한 사업을 벌이는 것은 과거의 일이라고. 모두를 지치게 만들 뿐인 경쟁 시스템 속에서 일자리를 찾기보다는 윤리적으로도 떳떳하고, 비굴하지 않아도 되는 자신만의 사업을 시작할 수 있도록 돕자고. 상상만으로도 신이 나는 그 일을 그는 지금 신명나게 하고 있다.

　요리타 가즈히코 씨(43세)의 경우는 좀더 극적이다. 자신의 문제를 치유하는 과정이 곧 비즈니스로 이어진 경우니까. 그의 출생과 성장과정 또한 드라마 속의 이야기로 여겨질 만큼 비현실적이다. 그의 어머니는 도치기 현의 명문 정치가 집안의 딸. 아버지는 오사카의 성공한 사업가 집안의 아들이었다. 어마어마하게 부유한 가문에 태어났으니 '금수저를 물고' 태어난 셈이다. 어린 자신의 생일파티에 사백여 명이 올 정도의 부자였다고 한다. 그런 그가 아홉 살 때 쓰레기장 앞에 버려졌다. 야쿠자와의 돈 문제에 얽혀 파산한 아버지가 그를 버리고 사라진 것이다. 가족들은 뿔뿔이 흩어졌다. 그후 이어진 십 년의 세월은 어린 그가 감당하기에는 너무 힘겨운 날들이었다. 폭력배들이 찾아와 돈을 갚으라며 때리고 괴롭혀 전학을 열여섯 번이나 가야 했을 정도였다. 그를 거둬준 친척들에게도 구박과 차별을 받아야 했다. 형제들은 다 남의 집안 양자로 들어갔고, 부모는 도피생활중이었다. 드라마보다 더 극적인 그의 이야기는 여기서 끝나지 않는다. 열두 살이 되던 해, 사라졌던 어머니가 그를 찾아왔다. 삼 년 만에 나타난 어머니는 어린 그에게 같이 죽자며 그를 잡아끌었다. 어머니가 목을 매려고 할 때, 그는 "죽고 싶으면 혼자 죽어!"라고 외친 후 도망쳤다(그후 그의 어머니는 그가 중학생

일 때 재혼했고, 스물다섯 살이 되던 해에 교통 사고로 돌아가셨다).

고등학생이 될 때까지 그는 전국 각지의 친척집을 전전했다. 그래도 머리가 좋고, 스포츠도 잘하고, 친구들에게 인기도 좋아 즐거웠다고 회고한다. 그 시절을 버틸 수 있었던 건 자신에게 했던 거짓말이었다. "나는 신처럼 특별한 인간이다. 그래서 불행한 일이 생기는 거다"라고 스스로를 속이면서 그 시절을 견뎠다. 열일곱 살 때, 세계를 구원할 여행을 하겠다며 고교를 중퇴하고 사 년을 떠돌았다.

하코다테에서 아오모리로 가는 배 안에서 만난 쉰네 살의 일본인 남자가 그의 믿음을 산산조각냈다. 그와 이야기를 나누다가 "자살하려고 이 배를 탔는데 너 때문에 살아야겠다"고 말하던 그 남자. 얼마 후 다시 나타나 말을 걸다가 그의 눈앞에서 바다에 뛰어들었다. 결국 그 남자는 스크루에 말려 죽었다. 도대체 그 중년의 남자는 왜 어린 그의 눈앞에서 바다로 뛰어들었을까. 그의 인생에 등장하는 어른들은 왜 이렇게도 무책임하고 무정한 걸까. 눈앞에서 그런 일을 겪고 나면 어떤 기분이 들까. 요리타 씨가 그 사건을 통해 깨달은 건 자신이 무엇이든 할 수 있는 사람이기는커녕 아무런 힘도 없는 사람이라는 사실이었다. 그와 가까운 주변 사람들이 하나둘 죽어가는 모습을 보며 자살을 시도하기도 했다. 바다로 뛰어들어 죽은 남자는 오랫동안 그를 놓아주지 않았다.

　살 수도 없고, 죽을 수도 없어 고통스럽던 그의 삶을 바꾼 건 사람이 아닌 말이었다. 스무 살 때였다. 동남아를 여행하다 일본으로 귀국한 그는 고등학교 친구 집에 머무르기 시작했다 (친구를 기다리다가 유리창을 깨고 들어갔다니, 그 시절의 그는 그런 사람이었다). 엎혀살게 된 친구는 승마클럽의 멤버였다. 친구가 돌보는 말과 만난 순간, 전기 같은 충격이 그를 관통했다. 말로는 표현할 수 없는 어떤 전달이 말로부터 전해져왔다. 돈이 없었던 그는 친구 집에 있는 값나가는 물건을 팔아 승마클럽에 들어갔다. 아무리 생각해도 친구가 사람이 좋은 건지, 요리타 씨의 무력에 굴복한 건지 사태 파악이 안 된다. 말이 통하지 않는 말과 그는 어떤 교감을 나눴던 걸까. 인간이 위로해주지 못했던 상처를 말은 어떻게 어루만져주었을까. 그의 삶은 정말이지 암호와 같은 그림들로 가득하다.

처음 말을 탔던 날, 말 등에 앉은 그는 금세 잠이 들었다. 달고 깊은 잠이었다. 자신이 유년 시절에 한 번도 편히 잠들었던 적이 없음을 새삼 깨달을 만큼. 그는 클럽에서 말똥 치우는 일을 하며 새벽 네시부터 밤 아홉시까지 일했다. 삼 년 후, 기수가 되어 우승도 하며 인기를 얻었다.

스물네 살이 되던 해 새벽, 운명이 다시 한번 그를 흔들었다. 늘 타던 말이 그를 태우는 걸 거부했다. 아무리 달래도 말을 듣지 않자 그는 말을 때리기 시작했다. "이제 다시는 너를 타지 않을 거야" 하고 소리를 지르며. 그런 그를 지켜보던 말의 눈에 눈물이 고였다. 씩씩거리며 어쩌지도 못한 채 말을 바라보는 한 남자. 물기 어린 눈으로 그를 바라보는 한 마리의 말. 시간이 한참 흐른 후 그가 머뭇거리며 건넨 풀을 말은 조용히 받아먹었다. 말과 그의 화해는 그렇게 이루어진 걸까. 말이 감정을 느낀다는 걸 생생히 깨닫게 된 그날 이후, 그는 다시는 말에게 폭력을 쓰지 않았다.

아무리 힘든 상황에서도 생의 의지를 포기하지 않고, 어떻게든 살아가기 위해 노력하는 사람에게는 기회가 찾아오는 걸까. 그런 그에게도 은인과 같은 존재가 나타났으니. 바로 그가 일하던 후라노 목장의 소유주였다. 말을 끔찍이 사랑하는데다 부지런하기까지 한 그를 유심히 지켜본 소유주는 그에게 20만 엔을 아무 조건도 없이 건넸다. "네 일을 시작해보라"고 격려하며. 그는 그 돈으로 자신의 말을 사고, 말치료 목장을 향한 꿈을 향해 나아갔다. 말이 치유의 힘을 지녔음을 깨달은 그는 미국에서 본격적으로 말치료를 공부하기도 했다.

요리타 씨는 지금 일본 전역에 열네 개의 목장과 말치료 센터를 운영하고 있다. 하지만 그가 개인적으로 소유한 목장은 없다. 후원자의 소유이거나, 프로젝트를 운영하기 위한 계약관계이거나 하는 식이다. 그는 오키나와의 목장에서 젊은이들을 훈련시켜 계약을 맺은 다른 목장으로 파견한다. 치료를 받으러 온 아이들이 목장의 직원이 되기도 한다. 자폐나 정신질환을 가진 아이들, 학교에 적응하지 못한 아이들 등 다양한 아이들이 요리타 씨의 목장에 머물며 말치료를 경험하고 있다. 제주도에도 하자 센터와 함께 말치료 목장을 준비하고 있다. 전 세계에 108개의 말치료 센터를 만드는 게 목표라는, 진담인지 농담인지 알 수 없는 말을 한다. 그 꿈이 문득 사실이 될 수도 있다는 생각이 든다. 지난여름, 홋카이도에 있는 그의 목장에서 보낸 하루를 떠올리다보면.

화창한 여름날이었다. 선생님과 나는 깊은 숲으로 둘러싸인 목장을 찾아갔다. 요리타 씨의 전화를 받은 목장 관리인 다나카

씨가 우리를 맞았다. 몇 가지 코스 중 세 시간짜리 숲 트레킹 코스를 체험하기로 했다. 가격은 8천 엔. 우리 돈 10만 원이 좀 넘는 가격이다. 승마는 시작부터 놀라웠다. 숲에서 자유롭게 쉬고 있는 말을 잡아 직접 고삐를 채우는 일부터 시작했으니. 약간의 두려움과 긴장 속에 내 말 안즈의 주위를 뱅뱅 돌며 기회를 노렸다. 내 초조함이야 아는지 모르는지 이 녀석은 느긋하게 풀을 뜯고 있다. 보통 고삐를 채우는 데 이십 분 정도 걸린단다. 최장 기록은 한 시간 반. 내가 오늘 그 최장 기록을 경신할지도 모른다. 오늘이 두번째라는 선생님은 이십 분 만에 고삐를 채웠는데 나는 좀더 시간이 걸린다. 기껏 고삐를 채웠더니 거꾸로 채운 탓에 다시 해야 한다. 그사이 안즈는 내가 모자란 사람이란 걸 귀신같이 파악했다. 이제는 대놓고 무시한다. 애원에 가까운 말을 걸어가며 맴돌기를 수십 번. 겨우 고삐를 채운 안즈를 목장으로 데려오니 이 녀석과 친숙해지는 시간을 가지란다. 갈기를 빗어주며 기분좋게 해주고, 시원한 물을 먹인다. 안즈의 기분이 느긋하게 누그러진 후에야 안장을 싣고, 등에 올라타고 연습 삼아 운동장을 돈다. 이제는 말을 타고 숲으로 간다. 멀리 홋카이도의 설산이 한눈에 들어오는 숲길은 고즈넉하다. 안즈가 자꾸 발을 멈추고 고개를 땅으로 처박는다. 말은 하루 열여섯 시간을 먹는 데 쓴다더니…… 선생님 말은 얌전히 잘 가는데 얘는 틈만 나면 고개를 처박는다. 다나카 씨가 웃으며 말한다. "말과의 주도권 싸움에서 남희씨가 졌기 때문이에요." 영악하기도 해라. 감정을 느낄 뿐 아니라 기 싸움까지 벌이다니.

어쨌건 안즈에게 끌려다니다시피 숲을 한 바퀴 돌고, 숲 한 가운데의 분위기 좋은 카페에서 커피를 한잔 하고, 목장으로 돌아온다. 그다음은 말을 맡기고 떠나는 게 관례인데 여기는 요리타 씨의 특별한 목장. 그 어디에도 없는 순서가 남았다. 말에게 물을 주고, 체온계를 항문에 꽂고 온도와 심박동을 확인하고, 말의 등을 꼬집는 등 건강상태를 여러 가지 방법으로 확인한 후 일일이 노트에 기입한다. 그러고 나면 수료증을 받는다. 이런 승마는 정말 처음이다. 말을 타기 전과 타고 난 후의 긴 과정을 통해 쌓는 친밀감은 뜻밖의 선물 같다. 남의 말을 잠시 돈을 내고 빌려 타는 게 아니라, 내 말과 개인적인 유대를 나누는 듯한 기분이 든다. 독특한 소통이다. 단 세 시간의 체험만으로도 이런 교감을 나눌 수 있다면, 이곳에서 며칠, 몇 달을 머물며 경험하는 일들은 얼마나 경이로울까. 정말이지 경제적 여유만 있다면 며칠만이라도 머무르고 싶었다.

요리타 씨의 목장에서 말치료는 구체적으로 어떻게 이루어질까. 다른 동물들보다 예민하고 영리해 주인의 마음을 잘 읽는다는 말과의 교감을 통한 치유이리라. 생각해보니 "자, 네게 이 고양이를 맡길게" 또는 "이 개를 네가 책임지고 돌보는 거야"라는 말보다 "이 말이 이제부터 네가 돌봐야 하는 생명이야"라는 말이 훨씬 감동적으로 다가올 것도 같다. 인간이 가까이할 수 있는 가장 큰 동물이 말이니. 그의 말치료는 자폐나 정신적인 문제를 지닌 아이들이 말을 통해 사회성을 회복하는 것으로 유명하다. "아이를 이해하려고 하는 것 자체가 무리입니다. 그냥 내버려둡니다. 인간에게 필요한 것은 관계죠. 말, 개, 풀……그 대상이 무엇이든 관계를 맺는 것 자체가 인간의 생존을 위한 최소한의 조건이니까요." 결국 마음을 나눌 수 있는 단 하나의 존재가 있다면, 인간은 어떤 상황에서도 삶을 포기하지 않을지도 모른다.

요리타 씨는 담담히 말한다. 자신이 지금 살아 있다는 사실이 이미 기적이라고. 파란만장한 어린 시절을 보내고, 부모가 남긴 빚으로 인해 취직도 안 되고, 아르바이트 자리를 얻는 일조차 스물네 번까지 거절당해봤고, 보증인을 구하지 못해 집을 빌릴 수도 없고, 일용직조차 모조리 거부당하기만 했던 삶이었다. "나는 말이 있어야만 힘이 나는 존재예요. 말이 전부인 사람인 거죠. 내가 그랬던 것처럼, 다른 사람들도 말을 통해 치유받을 수 있다고 믿어요." 그는 자신의 일에는 스트레스도 없고, 휴가와 노동의 구별도 없고, 자신에게는 경영자의식이나 책임감도 없다고 한다. 그저 좋아하는 일을 신이 나서 할 뿐이라고 했다. 말을 닮은 커다란 눈을 껌벅거리며.

나카무라 씨와 요리타 씨, 두 사람 모두 남들이 생각하지 못한 사업을 남들과 다른 방식으로 꾸려왔다. 이윤을 창출하기 위한 사업이 아닌 자신이 살고자 하는 삶을 위한 일이었다. 효율성과 생산성을 중심에 놓고 달려온 사업이 아닌 올바른 관계 맺기를 중심에 놓은 사업. 문득 대학을 졸업하는 신이치 선생님의 제자들에게 사티시 쿠마르가 했던 이야기가 생각난다.

　　"직업을 찾지 말고, 당신만의 직업을 창조하세요. 상상력과 창조력을 동원해 자신의 일을 찾는 거죠. 정원사, 시인, 농부, 요리사가 되세요. 우리는 늘 누군가가 직업을 주기를 기대해왔죠. 정부가, 회사가 나를 고용해주기를 원해왔죠. 그건 노예가 되고 도구가 되는 것이고 세뇌당하는 것입니다. 스스로 되고 싶은 존재가 되세요. 삶을 통해서 찾아내세요. 그 길에서 여러분을 기다릴 문제와 어려움을 환영하십시오. 쉽게 살기를 기대하지 마십시오. 어려움을 통과하지 않으면 강해질 수 없습니다. 여러분이 지닌 창조력을 이용할 수 있는 기회이니 문제가 생겼을 때 행복해하십시오. 여러분은 혁명가입니다. 세계를 변화시키는 법은 자기 자신이 변화시키고 싶은 세계가 되는 것입니다."

　　자신의 삶을 스스로 디자인하는 이들이 많아질 때 우리가 살아갈 사회의 희망도 점점 커지겠지. 나카무라 씨와 요리타 씨 같은 젊은이들을 일본과 한국 곳곳에서 만날 수 있게 되기를……

에필로그

쓰지 신이치

소망이 희귀할수록 상상력은 단련되고
기 도 는   간 절 해 진 다

남희와 내가 부탄, 한국, 일본을 여행한 이후 또 여러 날이 지났
다. 길게도 느껴지고 순식간에 지난 것 같기도 했다. 2011년 초,
남희는 남미로 긴 여행을 떠났고, 얼마 후 3월 11일에 내가 사는
일본은 거대한 지진과 쓰나미, 그리고 사상 최악으로 일컬어지는
원전 사고가 덮쳤다.

　3·11 직후 남희가 몇 차례 짧은 메일을 보내왔다. 거기에는 나
와 우리 가족을 비롯해 일본 친구들의 안부를 걱정하는 짧지만 통
절한 비명이 담겨 있었다. 그때는 내 몸의 무사함을 알리기에 급급
했지 대지진이 일본사회에 대체 얼마만큼의 영향을 끼칠지 상상도
못했다. 아니, 일 년이 넘은 지금도 지진 피해와 원전 사고의 전체
상황과 그 역사적인 의미가 명확해졌다고는 단언할 수 없다.

일 년 만에 남희는 무사히 남미에서 돌아왔다. 나와 가족들의 일상도 표면적으로는 이전처럼 되돌아온 듯 보일 것이다. 그러나 우리 존재의 깊은 곳에서 무언가가 분명히 바뀌었다. 그래서일까, 3·11을 언급하지 않고 이 책을 끝낼 수는 없겠다.

내 노트에는 3·11 이후 그해 봄에 내가 지은 하이쿠가 몇 구 적혀 있다. 먼저 3·11 직전의 하이쿠.

창가마다 머물까 망설이는 봄바람이여 (3월 6일)
나의 처지여 갈팡질팡 오가는 겨울과 봄철 (3월 6일)

그리고 3·11 이후의 하이쿠.

비와 흙까지 모든 존재가 나를 시험하는 봄 (3월 19일)
사쿠라 사쿠라 젖으면 안 될 비에 젖어가누나 (4월 9일)
한 달이 지나 망설이지도 않고 피어난 벚꽃 (4월 11일)

4월 10일에는 벚꽃이 만발한 도쿄 고엔지에서 모든 원전의 가동중지를 호소하는 시위가 벌어져 만 오천 명이 참가했다. 나도 나무늘보클럽 친구들과 가족, 학생 들과 함께 밥 말리의 〈ONE LOVE〉를 부르며 걸었다. 그날 읊은 하이쿠.

만발한 꽃 속 고마워요 원전 이제 안녕

실은 이 하이쿠는 내가 이전에 읊은 '보름밤에 고마워요 원전 이제 안녕'을 살짝 바꿔 재활용했다. '보름밤에……'는 재작년, 즉 2009년 가을에 후쿠이 현 다카하마에서 지은 하이쿠다. 나중에 남희에게 알려주자 마음에 든다며 노트에 적어가기도 했다. '고마워요, 이제 안녕'이라는 문구에 담은 마음에 대해 그녀와 토론한 적도 있다. 그녀는 기억하고 있을까.

4월 10일 탈원전 시위에서 '고마워요, 이제 안녕'이라는 문구와 재회한 것은 깜짝 선물이었다. 집회가 열린 공원 주변은 미처 안으로 들어가지 못한 사람들로 넘쳐났다. 주위에 물어보니 모두 시위나 집회는 이번이 처음이라고 한다. 많은 사람들이 자신의 의지를 문구나 그림으로 표현한 종이나 피켓을 들었다. 대부분 틀에 박힌 정치 구호와는 거리가 멀었고 하나하나에 마음이 동했다. 그중 하나가 '원전님, 고마워요 이제 안녕'이었다. 젊은 여성이 한 송이 유채꽃과 함께 손에 든 작은 피켓에 쓰인 문구였다. 나는 엄지를 치켜세우고 그 여성과 마주 웃으며 말없이 마음을 주고받았다.

재작년의 '보름밤에……'의 하이쿠는 다카하마에서 오랫동안 탈원전활동을 해온 여성에게 들은 이야기를 바탕으로 삼았다. H씨라는 여성은 북받치는 감정을 가까스로 가라앉히며 이렇게 말했다. 원전 마을이라는 별명대로 다카하마는 원전과 관련 산업에 따른 고용, 원전 입지 지자체가 받는 보조금과 보상금에 완전히 의존해서 유지된다. 남편을 포함한 수많은 지인과 친구 들이 원전과 깊이 연관된 생업에 종사한다. 남편을 사랑하고 마을을 사랑하고 가족과 지역사회를 사랑하고 지금 같은 행복을 누리는 자신 또한 원전 시스템에 의존한 존재임을 부인할 수 없다.

하지만 한편으로 마을과 지역, 그리고 국가의 미래를 생각할 때 원전은 결코 지속가능한 것이 아니다. 도리어 현세대의 이기적이고 찰나적인 이익과 편의에 대한 대가로 미래에 막대한 빚을 지운다. 더군다나 현재까지도 한순간에 아수라장으로 바꿔버리는 사고의 위험과 늘 이웃한다. 그래서 원전을 끝내야 한다.

"이런 식으로 제 내면은 분열되어 있어요. 그리고 사실 마을도 분열되어 있죠"라고 H씨는 말했다. 그렇다면 앞으론 어떻게 해야 할까? 계속 분열되도록 내버려둘까. 그렇게 살아가지는 못할 것이며 아마 자신들에게는 '치유'가 필요할 거라며 H씨는 말을 이었다.

"그러려면 엄마처럼 다 가슴에 품어주고 '고마워요'라고 한번 말해주는 거예요. 이것도 인연인데 지금 여기 있는 모든 게 고맙다고. 원전도 이제까지 고마웠어, 수고했어. 전 그런 마음이 들더라고요. 그렇잖아요, 고맙게 여겨주지 않으면 원전도 미련이 남아서 이승을 뜨지 못할 테니까요."

나는 이런 H씨의 말에서 큰 깨달음을 얻었다. '고마워요'라는 말은 결코 원전에 찬성하거나 이를 수용하겠다는 의미가 아니라 그저 원전과 그에 얽힌 현실을 있는 그대로 인정하고 받아들이겠다는 의미다. 이런 관점에서 비로소 '반대파'와 '찬성파'는 같은 위치에 서게 된다. 그러면 다가올 미래에 대해 함께 생각하고 토론하는 장이 열리지 않을까.

원전을 끝내자고 서로 상처주는 일은 없어야 한다. H씨는 분명 탈원전을 모든 이의 치유과정으로 삼으려 한다. 탈원전운동가로서 그녀는 잘 알고 있다. 단순한 반대만으로는 대립된 의견이 고정되거나 증폭될 뿐이라는 것, 대립 속에서 사람들은 상처입고 병들어간다는 것, 답은 언제든 사랑과 감사요, 분노와 증오가 아니라는 것.

H씨와 그런 대화를 나눈 날 밤이었을 게다. 해변을 내려다보는 산중턱의 나카야마 절에서 먼 바다 저편에서 뜨는 보름달을 바라보자니 '이 보름밤……'의 하이쿠 구절이 딱 떠올랐다.

3·11 이후 H씨는 어떻게 지내고 있을까. 탈원전활동 때문에 더 힘들어하고 있을 수도 있다. 그래도 H씨이기에 괜찮을 것이다. 그녀의 '사랑'이 있으면 분명 잘 풀릴 것이다. 지금도 그녀는 자신의 주위에 원전을 극복하는 치유의 장을 넓히고 있으리라. 과거의 입장과 상관없이 서로가 가족, 이웃, 마을, 지역을 사랑하는 사람으로서 모여, 과거에 대한 집착이나 지난 논쟁의 전제를 모두 내려놓고 마을의 미래를 생각하고 토론하는 자리. 그런 자리가 다카하마뿐 아니라 온 일본, 그리고 한국에서 펼쳐지지 않을까, 하는 생

각을 해본다.

3·11을 겪은 지금으로서는 겨우 반년 전에 남희와 함께 그곳, 다카하마로 내 친구들을 찾아간 것이 아주 오래전의 일만 같다.

그때 남희에게 소개해준 이가 일본에 산 지 오래된 한국인 예술가 김명희다. 다카하마에는 그녀가 아틀리에로 쓰는 오래된 민가가 있다. 명희는 그곳에 새집을 지어 교토에서 다카하마로 이주할 계획이었다. 이를 두고 가족과 친구 들 사이에 논란이 된 것이 다카하마에 있는 4기의 원전이었다. 사실 다카하마가 속한 와카사 지방에는 일본의 원전 54기 중 13기가 집중되어 있어 '원전 긴자'로 불린다.

내가 남희를 그곳에 데려간 것은 그저 명희를 소개하고 싶어서가 아니었다. 풍광이 빼어나 자연의 축복으로 가득한 과거의 농어촌에 우뚝 선 거대한 원전을 직접 보여주고 일본이 끌어안은 '죽음에 이르는 병'에 대한 생각을 공유하고 싶어서였다. 아마 이 광경은 틀림없이 한국에도 거의 같은 의미를 시사할 것이다.

명희가 아틀리에로 빌려 쓰는 민가는 아오바 산의 산기슭에 있다. 와카사의 후지 산으로도 불리는 아오바 산은 다카하마를 비롯해 와카사 지방의 상징으로 여겨진다. 예로부터 신성한 신앙의 땅으로도 여겨졌다. 거대한 대들보가 있고 백수십 년이나 된 으리으리한 집을 명희는 단돈 일만 엔에 빌렸다. 이십 년 전에 만난 집주인과 지금은 단짝친구가 되어 새로 집을 짓는 땅은 사실 집주인이 공짜로 내주었다.

밤이 되자 명희네 식구들이 집주인의 가족을 포함한 이웃 친구들을 초대해서 나와 남희를 환영하는 모임을 마련해주었다. 그중에는 신사의 신관, 동사무소 직원, 도예가, 목수, 그리고 H씨도 있었다. 원전의 존재 여부에 대해서는 서로 의견도 입장도 다르지만, 원전을 더 장기적인 관점에서 내다보고 지역의 미래를 함께 만들어가려는 의지를 공유한 사람들이다.

내가 탈원전파임을 의식해서인지, 아무래도 대화가 원전에 연관되어 이어진다. 내가 과소화와 인구 유출에 대해 묻자 마을의 젊은 남자 직원이 대답했다.

"동창들 중에 삼분의 일은 고향에 남았어요. 일본의 다른 지역에 비하면 예외적으로 좋은 편이죠. 아무래도 원전 관련 일자리가 있어서가 아닐까요?" 그러자 어떤 사람이 "글쎄, 그럴 수도 있는데 그게 다일까?"라고 말했다.

뒤이어 다른 사람이 말한다. "가능하면 여기 남고 싶다는 사람은 많을 거예요. 다른 지역이랑 비교해봐도 이 고장은 이곳에 사는 사람들을 행복하게 만들어주는 뭔가가 있는 것 같거든요."

그 말을 이어받아 신관의 동창이자 신사의 후원자로 활동한다는 중년 남성이 말한다. "제가 생각하는 행복은 나고 자란 곳에서 사는 거예요. 오래오래 지역 축제에도 참여하면서요."

신관이 말한다. "제가 좋아하는 이 고장 사투리에 '눈 밑'이란 말이 있어요. 폭설지대의 겨울의 느린 생활상을 통틀어 가리키는 말이죠. 하지만 지금은 눈 오는 날이 많이 줄어들어 그만큼 바쁘게 일해야 해요. 심지어 눈이 와도 기를 쓰고 일을 계속해야 해요. 원전에는 당연히 '눈 밑'도 없어요. 고등학교 땐 원전반대운동도 했었어요. 신관이셨던 아버지는 한창 건설중인 원전에서 굿도 하셨어요. 원전 부지 안에 신사가 있거든요. 지금 저에게 원전의 의미요? 그야 여전히 심각하죠……"

다음 차례에는 사냥 솜씨도 좋다는 목수가 이제까지 잡은 동물 이야기를 한참 들려준다. 그러다 좋아하는 레드와인을 마시고 기분이 들뜬 명희가 드디어 입을 뗀다.

"다들 나한테 묻더라고, 왜 하필 다카하마냐고. 왜인고 하니, 난 이 고장이 좋아. 아오바 산도 좋고 여기 바다도 좋아. 그리고 여기엔 그대들처럼 멋진 사람이 있어. 그거면 충분한 거 아냐? 그 이상 무슨 이유가 더 필요해? 그야 원전 따위 없었으면 좋았겠지만 어쩌겠어? 이게 현실인데. 원전 없이도 살 수 있다는 걸 내가 예술가로서 내 삶을 통해 몸소 보여주는 수밖에 없잖아."

그날 밤은 나카야마 사 바로 옆에 위치한 펜션에 묵었다. '보름밤에……'의 구절이 떠오른 바로 그 절이다. 밤에 내리기 시작한 비가 아침까지 세차게 몰아친 모양이다.

다음날 아침, 나는 식당에서 남희와 아침식사를 하고 베란다 너머로 바깥쪽 숲을 바라보았다. 어젯밤 비바람에 단풍이 날려 정원은 계절의 정취를 싹 바꿔버린 것 같았다. 그때 갑자기 뭔가가 이쪽을 향해 날아온다 싶더니 눈앞 유리문에 무언가 부딪혀 충격이 일어났고, 남희가 짧은 외마디 소리를 냈다. 하지만 나나 그녀나 순간 무슨 일이 일어났는지 알지 못했다.

조심조심 다가가 문을 열어보고서야 새 한 마리가 유리에 부딪혀 베란다에 쓰러진 것을 발견했다. 남희가 비명을 질렀다. 그녀에게는 실례가 될지 모르지만, 한 번도 들어본 적 없는 신기한 비명이었다. 길게 끄는 노래나 기도 같은 소리를 내며 남희는 단숨에 달려가 새 옆에 무릎을 꿇고 하염없이 울기 시작했다. 뚝뚝 떨어지는 눈물을 닦지도 않고 왜, 왜라고 중얼거리면서.

나는 어찌할 바를 몰라 그저 내 체온을 전달하려는 일념으로 손으로 새를 덮었다. 남희는 "제발 죽지 마"라고 간절히 기도했다. 내가 반쯤 포기하고 일어서도 남희는 그 자리에 남아 '간병'을 계속했다.

이십 분쯤 지났을까, 새가 눈망울을 굴리기 시작하더니 몸을 받쳐주자 다리로 설 수 있게 되었다. 그러다 십 분이 더 지나자, 마침내 새는 날아올라 저공비행에서 상승비행으로 전환해 거목의 품으로 빨려들어갔다.

소리가 날 정도로 크게 안도의 한숨을 쉬고는 남희가 말했다.

"일부러 저한테까지 와서 죽으려 한 줄 알았어요. 아아, 그게 아니어서 얼마나 다행인지……"

하지만 그 말에 그치지 않고 그녀는 이렇게 덧붙였다. "그래도 역시 저한테 뭔가를 전하러 왔는지도 몰라요……"

그 말에 나는 한국의 솟대를 떠올렸다. 솟대란 긴 장대 끝에 붙은 나무새다. 옛날에는 한국 각지의 마을 어귀나 무당집 앞에 놓여 액운을 막고 길운을 부르는 수호신으로서, 또한 하늘과 땅을 맺고 신령을 부르는 신간神竿 역할을 했다고 한다.

육칠 년 전 서울 인사동에서 '하늘의 새, 솟대'라는 영어시가 인쇄된 티셔츠를 발견했다. 그때 이래 솟대의 신기한 매력에 사로잡혀 한국에 갔을 때 미니 솟대를 기념품 삼아 구입했다.

나는 새.

하늘의 전언을 땅에 전하노라.

(중략)

내가 전하는 전언이 반드시 희망에 가득찬 것은 아니리라.

하늘의 말씀은 언제나 공정하고 엄격하기에.

하지만 염려 말라, 아무리 나쁜 소식이라도

빛을 도둑맞고 날개를 빼앗기는 절망보다 덜하다.

(후략)

위의 시에 빗대어 말하자면 일본 열도와 한반도의 원전을 둘러싼 상황은 도저히 '희망에 가득찬 것'이라 말할 수 없다. 하지만 염려하지 말자. 절망할 필요는 없다. 본디 희망이란 '희귀한希 소망望'을 의미하므로, 소망이 희귀할수록 우리의 상상력은 더욱 단련되고 기도는 간절해질 테니.

에필로그 ●

쓰지 신이치 ●

김남희

내려가는 삶을 위해
나 지 막 이 샨 티 를 외 친 다

선생님과 함께 여행을 다니던 날이 아득한 옛일처럼 느껴진다. 그
사이 낯선 말을 쓰는 나라로 전학이라도 간 듯 내 삶이 달라져버렸
기 때문일까. 일 년간의 남미여행을 마치고 돌아온 지난해. 한 남
자가 내 안으로 들어왔다.

나의 행복만을 중심에 놓고 평생을 살아온 나와는 다른 마음결
을 지닌 사람이다. 상대가 좋아하는 일을 해주는 것보다 상대가 싫
어하는 일을 하지 않는 게 사랑이라고 믿는 사람이다. 아직은 떠돌
아다니는 삶에 매혹된 나를 위해 "격납고가 아닌 활주로가 되고 싶
다"고 말하는 남자. 여행을 마치고 돌아올 때면 빈집을 깨끗이 치
워놓고 "언제나 당신이 돌아오고픈 바로 거기가 되고픈 남자"라고
편지를 남겨놓는 남자. 내가 일구어온 세계를 무조건적으로 지지

해주고, 나로 인해 자신의 세상이 넓어졌다고 고마워하는 남자. 그는 나의 이기심과 제멋대로 살아온 삶의 방식까지 그대로 끌어 안는다. '내가 전생에 나라를 구해도 여러 번 구한 게 틀림없어' 하고 중얼거리며 슬며시 미소를 짓게 될 정도니.

하지만 인생의 복병은 늘 예기치 않은 길목에서 발을 걸어온다. 군대에서 겪은 폭력으로 공황장애를 앓아온 그가 지난해 힘든 일을 겪으며 병이 악화되었다. 우울증이 따라왔고 그가 가장 사랑하는 일을 중단하게 되는 상태까지 이르렀다. 입원과 통원 치료의 날들이 우리를 찾아왔다.

공황장애와 우울증. 아무런 느낌도 주지 않던 그 단어가 내 일상에 가장 가까이 머무는 낱말이 되었다. 그런데도 나는 여전히 그 단어들이 낯설다. 아무리 반복해도 결코 익숙해지지 않는 경험이라는 것. 내가 아는 건 그뿐이니.

예고도 없이 공황장애가 찾아오면 그의 몸은 브레이크가 고장난 자동차처럼 통제가 불가능해진다. 시체처럼 뻣뻣하게 늘어진 몸. 사시나무 떨듯 떨리는 손. 공포로 커진 흰자위. 심장은 터질 것처럼 뛰어 거칠고 가쁜 숨을 내뱉는다. 곧 과호흡이 찾아와 말조차 할 수 없게 된다. 주변의 공기는 돌처럼 굳은 채 가라앉고, 어둠의 장막이 우리를 둘러싼다. 그를 안심시키기 위해 그의 손을 잡고 끊임없이 말을 걸지만 나 역시 두려움에 사로잡힌다. 이대로 그가 돌아오지 못하면 어떡하나. 유령처럼 창백해진 그의 얼굴 위로 내 눈물이 떨어져도 그는 아무것도 느끼지 못한다. 짧으면 몇 십 분. 길면 몇 시간까지 그는 그렇게 '차라리 죽는 게 나을 것 같은 지옥'을 마주한다. 혼자 있을 때 공황장애가 찾아오면 그는 나를 안심시키기 위해 떨리는 손으로 문자를 보낸다. 휴대전화 화면 위로 철자법이 망가진 글자가 떠오른다. "미안래여 이얼게아츤사람이라서" "괜찮아요 겅정마라요".

그는 언제나 가방 속에 약을 한가득 챙기고서야 집을 나선다. 병이 악화된 후에는 비행기를 타지 못해 여행도 못한다. 지하철 노동자의 자살 소식이라도 들리는 날에는 하루종일 말이 없어진다. 집중력이 떨어져 말을 걸어도 못 들을 때가 많다. 끝없이 이어지는 불면의 밤, 겨우 선잠이 들었다 악몽에 사로잡혀 깨어나기를 반복한다. 낮과 밤이 뒤바뀌고, 하루종일 멍한 상태가 이어진다.

공황장애는 온전히 그의 몫이지만 우울증은 나에게도 전염된다. "뭐든지 하고 싶은 일, 좋아하는 일을 하세요"라고 병원에서는 말하지만, 하고 싶은 일 자체가 사라지는 우울증은 주변까지 같은 색으로 물들인다. 바닥이 보이지 않는 암흑 속으로 나까지 덜미를 잡힌 채 끌려들어간다. 고통을 담담히 견디는 법을 배우지 못해 우왕좌왕하는 나를 지켜보던 그가 내게 애원한다. 함께 있으면 나까지 불행해지니까 제발 헤어지자고. 그럴 때면 그도, 나도 서로를 끌어안고 눈물을 쏟고 만다.

지금은 이 세상에 없는 시모노 군. '베델의 집'에서 그와 듀엣으로 노래를 했던 여자친구는 같은 병을 앓는 사람이라고 했다. 차라리 나도 같은 병을 앓았다면 우리가 서로에게 좀더 힘이 되지 않았을까. 사랑하는 사람의 고통을 이해할 수 없는 외로움. 그건 지금껏 내가 끌어안고 살아온 어떤 외로움과도 무게가 달랐다.

내가 '베델의 집'에서 공감이라고 믿었던 감정은 머리로 한 이해일 뿐이었다. 베델의 집 식구들과 나의 관계는 손님으로서의 관계였을 뿐이었다. 노력과 희생이 수반되지 않는 찰나적인 관계. '약함을 유대로' '있는 그대로 받아들이기'. 내 마음을 뒤흔들었던 그곳의 가치를 나는 그에게 구현하지 못한다. 그를 향해 "그대로도 괜찮아요"라고 말하지 못하니. 그가 예전의 건강했던 모습으로 돌아오는 날을 상상하지 않고는 견디지 못한다. 그런 나를 보며 언젠가 그는 이렇게 말했다. "더 나아질 거라는 믿음으로 참는 것이 아니라 지금보다 더 나빠질 수 있다고 생각하면서도 멈추지 않고 계속 가는 것. 그게 인내죠." 평생 병과 더불어 살 수도 있음을 인정하는 일은 언제쯤 가능해질까.

그의 병이 악화된 후 시간은 두 개의 시침을 가진 듯 흘러간다. 그가 깊은 우울 속으로 가라앉을 때는 어깨에 지구를 떠멘 노인의 걸음이다. 어쩌다 그의 머릿속이 맑아져 농담을 하고 산책을 하거나 할 때면 변심해 떠나는 애인의 발걸음이다. 마치 두 개의 세계를 사는 것만 같고, 두 사람과 연애하는 것 같다. 그 간극이 너무 커서 가끔씩 아득해지지만, 덕분에 일상의 사소한 기쁨을 뜨겁게 끌어안게 되었다. 그도 그런 걸까. "병을 앓게 된 후 좋은 점이 있다면 뭐예요?"라고 물었을 때 가만히 내 눈을 들여다보던 그가 이렇게 말했으니. "이 세상에 한 사람밖에 없다는 느낌을 갖게 된 것. 유일한 생명줄처럼 한 사람에게 완전히 의지하게 된 거요." 절실하게 서로의 존재를 갈구하게 된 것. 분명 그의 병이 우리에게 남겨준 선물이다. 그의 병은 나에게 기도하는 습관도 키워줬다. 불가지론자였던 내가 하루에도 몇 번씩 신의 이름을 부르며 무릎을 꿇는다. 내 힘으로는 아무것도 할 수 없는 나의 무력함을 인정하고, 내가 지은 모든 죄를 고백하며 용서를 구하고, 아직 내 안에 깃들지 못한 평화를 간구하는 눈물의 시간. 분명 이전의 나는 알지 못했던 세계다. 기도는 그 자체로 치유의 힘을 지녔음을, 기도하는 이는 결코 오만할 수 없음을 날마다 깨닫고 있다.

"당신과 함께할 미래는 심심했으면 좋겠어. 달력에 적어 기억해야 할 일정도 없고 뒤통수를 쿡쿡 찌르는 마감도 없이 한가하기만 한 날들. 햇살 좋고 바람은 더 좋은, 손님이라도 불쑥 찾아와주었음 하는 마음이 드는, 그런 심심한 날들. 나갈 일이 없어 옷 갈아입을 일 없고, 서랍장 양말은 며칠째 그대로겠지. 가만히 책을 읽는 당신의 맨발을 괜히 간질여 핀잔 섞인 잔소리라도 듣고 싶어지고 너무 자극이 없어 칼칼한 거라도 먹고 싶어지는 그날, 난 당신에게 말할 거야. 비빔국수 해먹고 영화나 볼까요? 그렇게 당신과 함께 심심해하고 싶어."

언젠가 그가 보낸 편지에 적힌 글이다. 우리에게 이런 날이 찾아와줄까. 지난 십 년간 세계를 떠돌며 내가 찾아다닌 것은 나를 떨리게 만드는 자극이었는데, 지금 내가 가장 바라는 건 이렇게 심심하도록 고요한 날이라니. 사람이 이렇게 극단적이어도 되는 걸까.

따사로운 햇살이 가을을 익혀가던 작년 10월. 바람이라도 쐬고 오라는 그의 격려에 힘입어 나는 혼자서 일본으로 날아갔다. 신이치 선생님의 아내 마리 씨에게 나의 부족함을 고백하던 밤. 담담히 내 이야기를 듣던 그녀가 말했다. "그래도 살아 있어주는 것만으로 얼마나 다행이야. 우리 아버지…… 우울증을 앓다가 자살하셨거든." 눈이 붉어진 그녀가 나를 토닥이며 말했다. "살아 있어주는 것만으로 고마운 일이라니까." 생을 포기하지 않고 견뎌주는 그의 옆자리에 있기. 병이 낫지 않는다 해도 끝까지 함께하기. 그 이상 내가 할 수 있는 일이 있을까. 그 이상 그가 원하는 일이 있을까.

오랜만에 깊은 잠에서 깨어난 다음날, 선생님의 강연회를 들으러 갔다. 그날의 주제는 "내려가기"였다. 모든 생명은 태어나는 순간 죽음을 향해 내려가기 시작하는 것이라고, 우리가 죽음을 정면으로 바라보지 않기 때문에 이런 사회를 만들었다는 이야기가 그날따라 내 마음을 가만히 건드렸다. 그의 병은 더 높이 오르려고 스스로를 몰아가지 말라는 신호가 아닐까. 공황장애가 더 천천히 살아야 함을 '알려주기 위해' 찾아오는 거라고, 우리가 공황장애에 '알라미'라는 이름을 붙여준 것처럼. 산다는 것은 결국 죽어가는 일

에필로그 ●
김남희 ●

이다. 어차피 내리막으로 향하는 게 삶임을 자각한다면, 조금은 느긋해진 마음으로 나의 부족함도, 그의 병도 끌어안을 수 있지 않을까.

선생님과 함께한 여행을 통해 만났던 이들을 떠올려본다. 자기만의 행복을 찾은 사람들. 돌이켜보니 그를 만난 이후 내 삶의 속도와 방향도 완전히 달라졌다. 언제나 나만의 보폭으로 달려가던 내가, 아픈 이와 함께 느리게 걸어가는 법을 익히고 있다. 나의 행복만을 갈구하던 내가 관계 속에서 일구어가는 행복의 가치를 배우고 있다. 혼자서 멀리 떠나려고만 했던 내가 그와 더불어 일상 속의 여행을 하고 있다. 아직은 낯선 세계라 나는 늘 서투르고 조급하다. 하지만 이 여행을 끝내고 싶지 않다. 이 사람과 함께 평생토록 '내려가는' 삶을 살고 싶다. 한 사람을 위해 기꺼이 나를 변화시키고 싶다는 마음을 이렇게 이끌어내는 사람을 다시 만날 자신이 없기에. 사랑은 그 사람을 살게끔 하는 것이라는데, 이렇게 나를 살게끔 해준 사람은 없기에.

가끔씩 사티시가 했던 말을 떠올린다. "샨티(평화)를 세 번 말하자. 첫째는 자기 자신의 평화를 위해. 두번째는 타인과의 평화, 마지막은 자연과의 평화를 위해. 자신과 평화를 만들지 못하기 때문에 타인과도, 자연과도 싸우는 것이다."

타인과 함께 살 준비가 덜 된 나 자신을 인정하기. 아픈 이의 보폭에 아직은 잘 맞추지 못하는 나를 받아들이기. 나의 한계를 끌어안는 것에서부터 시작한다면 나 자신과 평화를 이루어낼 수 있지 않을까. 그렇게 된다면 그의 약함을 있는 그대로 존중하고, 병과 함께 살아가는 법도 끝내 익히게 되지 않을까. 그 공감이 나를 여행과 일상 사이의 화해로, 삶과 죽음 사이의 화해, 나와 타인 사이의 화해로 이끌어주리라 믿는다.

삶의 속도,
행복의 방향
ⓒ 김남희, 쓰지 신이치 2013

1판 1쇄   2013년 4월 8일
1판 4쇄   2019년 7월 8일

지은이 김남희, 쓰지 신이치
옮긴이 전세롬
사진 김남희, 쓰지 신이치, 조경국
펴낸이 염현숙

기획 김소영 형소진 | 책임편집 임혜지 | 편집 김소영 오동규 | 모니터링 이희연
디자인 이효진 | 마케팅 정민호 이숙재 양서연 안남영 | 온라인마케팅 김희숙 김상만 이천희 오혜림
제작 강신은 김동욱 임현식 | 제작처 한영문화사

펴낸곳 (주)문학동네
출판등록 1993년 10월 22일 제406-2003-000045호
주소 413-756 경기도 파주시 회동길 210
전자우편 editor@munhak.com | 대표전화 031)955-8888 | 팩스 031)955-8855
문의전화 031)955-3578(마케팅) 031)955-2672(편집)
문학동네카페 http://cafe.naver.com/mhdn | 트위터 @munhakdongne
북클럽문학동네 http://bookclubmunhak.com

ISBN 978-89-546-2106-9 03810
* 이 도서의 국립중앙도서관 출판시도서목록(CIP)은 서지정보유통지원시스템 홈페이지(http://seoji.nl.go.kr)와
  국가자료공동목록시스템(http://www.nl.go.kr/kolisnet)에서 이용하실 수 있습니다.
  (CIP제어번호: CIP2013001719)

www.munhak.com